Denis Grozdanovitch

L'art difficile de ne presque rien faire

Préface de Simon Leys

De

D1018608

© *Éditions Denoël, 2009.*

Denis Grozdanovitch a longtemps mené une double vie d'érudit et de sportif professionnel. Il partage aujourd'hui sa vie entre Paris et la Nièvre. En 2002, il publie *Petit traité de désinvolture* qui obtient le prix de la Société des gens de lettres et devient un livre culte. Il est également l'auteur de *Rêveurs et nageurs*, prix des Librairies Initiales 2005, de *Brefs aperçus sur l'éternel féminin*, prix Alexandre Vialatte 2006 et de *De l'art de prendre la balle au bond*.

« *La méthode authentique consiste à ne rien faire de spécial*

pour faire du feu
le vent m'apporte
assez de feuilles mortes. »

TAO HSIN (579-651)

PRÉFACE

« *J'ai tellement besoin de temps pour ne rien faire, qu'il ne m'en reste plus pour travailler.* »

PIERRE REVERDY

Quand Saint-Pol-Roux se retirait pour dormir, il accrochait à la porte de sa chambre à coucher un écriteau portant l'avertissement *Poète au travail*. Denis Grozdanovitch serait en droit de suspendre une inscription semblable au hamac dans lequel il fait ses fécondes siestes.

À ce propos, songez un peu : pourquoi les poètes aiment-ils tous les chats ?

Les chats passent le plus clair de leur temps à dormir, et leur sommeil est principalement employé à *rêver* (la chose a été très scientifiquement mesurée en laboratoire, avec des électrodes). Ceci explique pourquoi — à la différence (par exemple) des lapins ou des cochons d'Inde, lesquels, ne pouvant jamais fermer l'œil plus de trois minutes d'affilée, sont de lamentables névrosés en proie à une tremblote chronique —

les chats jouissent d'un formidable équilibre : ils retombent toujours sur leurs pattes ; gracieux au repos, foudroyants à la chasse, leurs réflexes sont d'une rapidité et d'une précision infaillibles. D'une certaine manière, ce double talent qu'ils ont et pour la contemplation et pour l'action les rapproche non seulement des poètes mais aussi des champions de tennis. (Notez que j'ai trouvé cette information sur la psychophysiologie des félins domestiques dans un volume des carnets de Claude Roy — le poète et l'ami sous l'égide duquel Denis Grozdanovitch et moi avons développé notre amitié épistolaire : il m'a donc paru tout à fait approprié d'évoquer ici cette mémoire qui nous est chère à tous deux.)

Nous vivons une époque barbare. La dégradation du langage nous en donne une triste illustration. Voyez, par exemple, comment dans l'usage contemporain les notions de « vacances » et de « loisirs » — synonymes à l'origine de pur vide et de liberté — ont fini par désigner une forme d'activité particulièrement lugubre, et font même l'objet d'une *industrie* spécialisée. Les écrits de Grozdanovitch fournissent un réjouissant antidote contre ces perversions-là, et ils s'inscrivent d'ailleurs dans une remarquable tradition. Il y a déjà plus d'un siècle, dans son *Éloge des oisifs*, Robert Louis Stevenson attribuait l'activisme frénétique des « gens occupés » à une carence de vitalité : « Ce sont des morts-vivants qui n'ont conscience d'exister que dans la mesure où ils remplissent quelque misérable emploi professionnel. » En revanche, seuls les « oisifs » savent s'abandonner aux stimulations du hasard ; ils prennent plaisir à exercer gratuitement leurs facultés, tandis que les « gens occupés » sont sans curiosité, car ils sont incapables de paresse : « Leur nature n'est pas assez généreuse pour cela. »

Plus près de nous, Alexandre Vialatte observait de façon semblable que c'est le « temps perdu » qui, en fin de compte, fut le mieux employé : « Un grand professeur de Normale disait à ses élèves "lisez, mais lisez au hasard, lisez sans nul programme. C'est le seul moyen de féconder l'esprit." On ne peut savoir qu'après coup si le temps fut perdu ou gagné. Sans le temps perdu, qu'est-ce qui existerait ? La pomme de Newton est fille du temps perdu. C'est le temps perdu qui invente, qui crée. Et il y a deux littératures : celle du temps perdu, qui a donné Don Quichotte, et celle du temps utilisé, qui a donné Ponson du Terrail. Celle du temps perdu est la bonne. Le temps perdu se retrouve toujours cent ans après. »

Grozdanovitch est, je crois, le meilleur élève qu'ait jamais eu ce grand professeur imaginaire, inventé par Vialatte. L'éventail — riche et surprenant — de ses lectures (et l'usage savoureux qu'il en fait) l'atteste à profusion. Ici je n'ai guère proposé qu'une petite glose sur un seul thème — celui que suggérait le titre de son livre — mais le recueil lui-même couvre en fait un registre de sujets prodigieusement varié. Un seul fil relie tous ces essais, et c'est le désir de piéger la poésie de l'instant présent, de « provoquer au moins une fois par jour un moment de furtive éternité ».

Aussi la lecture d'un tel livre est-elle comme un voyage plein de découvertes et d'imprévu. Mais ne demandez pas à l'auteur où il veut en venir : il vous rappellera avec raison que le vrai voyageur voyage pour la joie du chemin — et non pas pour arriver quelque part. Et sur ce point, comme il convoque lui-même souvent (à bon escient) les penseurs et les poètes chinois, on ne trouvera pas incongru que j'invoque à mon tour l'exemple fameux d'un lettré excentrique des Six Dynasties, Wang Hui-chih. L'histoire est tirée d'un recueil du Ve siècle, *Nouvelles anecdotes et propos du siècle*, chapitre XXIII, « Désinvolture et non-conformisme » : un soir, après une soudaine chute de neige, découvrant à sa fenêtre l'éblouissante blancheur de la campagne nocturne, Wang décida sur-le-champ de prendre un petit bateau pour aller voir son ami Tai qui habitait à quelque distance, au bord du canal. Après une nuit d'extase passée à naviguer sous la lune entre deux berges enneigées, quand il arriva finalement au but, au lieu de mettre pied à terre et de frapper à la porte de son ami, il donna l'ordre au batelier de rebrousser chemin. Comme le batelier s'étonnait de ce revirement, Wang répondit : « Je suis venu ici poussé par une inspiration. Maintenant que cette inspiration est rassasiée, je peux m'en retourner. Pourquoi réveiller Tai ? »

SIMON LEYS

Presque rien
en guise d'avant-propos

Pendant à peu près deux ans, du temps de ma jeunesse, je suis allé à la Sorbonne pour écouter le cours de philosophie de Vladimir Jankélévitch. Ce qui me fascinait chez lui, était ce je-ne-sais-quoi et ce presque-rien[1] de ses discours magistraux qui faisaient que, tout en ne cessant de refréner le rire qui me gagnait de façon incoercible, il m'était impossible de déterminer si cet effet était intentionnel ou non, s'il parlait sérieusement ou se parodiait sans cesse lui-même avec un sens transcendant de l'humour. La merveille était cet équilibre funambulesque entre la délicatesse d'une pensée très subtile, scintillant sur la fine pointe du présent, et sa perpétuelle négation dans le commentaire (souvent plus ou moins précipité) qui allait suivre, comme si l'avancée de quelque proposition que ce fût dût être instantanément corrigée par l'hypothèse sarcastique contraire. Pensée hautement para-

1. Vladimir Jankélévitch, *Le Je-ne-sais-quoi et le Presque-rien*, Paris, PUF, 1957.

doxale, supérieurement humoristique et non dogmatique, dont le « chic » inimitable était de paraître — à travers un exercice d'auto-ironie presque compulsif — en permanente rupture avec elle-même.

Par la suite, j'ai réalisé qu'à l'instar de celle des plus grands clowns, cette faculté participait d'une tactique plus ou moins inconsciente consistant à ne « presque rien faire » de plus que de savoir s'abandonner, en toute humilité, au comique verbal involontaire dont il avait hérité. D'ailleurs, comme chacun sait, ce sont rarement ceux qui font profession de nous faire rire ou de nous émerveiller qui y parviennent le mieux.

Tirés pour partie d'articles ou d'essais parus dans des revues ou encore sur le blog que je tiens sur le site du journal *Libération* — et tous très considérablement remaniés[1] — les quelques textes proposés ici aimeraient se recommander de cette tactique du « presque rien » involontaire et décisif, tant au niveau des détails révélateurs (sans lesquels aucune tentative littéraire n'a d'impact à mes yeux) qu'au plan plus général des idées parfois un peu combatives que je n'ai pu m'empêcher de soutenir — ce à quoi je me suis parfois laissé aller, précisons-le, dans le seul but « essentiel de participer », répondant ainsi (à une époque de ma vie où je dois restreindre mes ébats au sein de la fraternelle compétition sportive amateur) au

1. Sans compter un certain nombre d'inédits.

vœu du cher baron de Coubertin. Participer en l'occurrence à l'effervescence d'un monde en marche dont l'allure est certes devenue nettement trop rapide pour moi, mais dont je ne désespère pas de continuer encore un peu (fatalement à la traîne, essoufflé et incompréhensif, mais, comme l'a si justement déclaré Michel Audiard : « Ce n'est pas parce qu'on n'a [presque] rien à dire qu'il faut fermer sa gueule ! ») à suivre l'évolution, y allant de maints commentaires dont vous serez inévitablement amenés à constater — si toutefois vous avez la patience de lire ce recueil jusqu'au bout — la pertinente et déconcertante sagacité.

J'espère que le lecteur saura donc replacer mes humeurs et mes éventuelles intempérances pugnaces dans la trame plus générale de ce jeu captivant que demeure pour nous la vie turbulente, contradictoire et fascinante, tant que nous conservons le privilège de nous exprimer encore de façon à peu près intelligible — juste avant que de sombrer dans l'inéluctable psittacisme sénile et de vérifier par l'absurde le bien-fondé de l'antique mise en garde du poète latin Horace (cité par Montaigne) : ne te prends donc point trop au sérieux puisque, beaucoup plus vite que tu ne pourrais le subodorer, « la jeunesse en riant va te pousser dehors »...

Sommes-nous plus heureux que nous ne le croyons ?

Nous étions en août, mon père m'éveillait avant le jour et, après avoir rassemblé nos attirails de pêche et calé dans nos sacs les ustensiles et ingrédients nécessaires au pique-nique, nos cannes à la main, nous traversions le village endormi dans les brumes du petit matin annonciatrices de la lourde chaleur de midi. Nous allions directement frapper à la porte arrière de la boulangerie où le boulanger en maillot de corps, perpétuellement harassé mais d'une affabilité jamais démentie, nous laissait pénétrer dans son antre à l'odeur de pain chaud. Maniant la palette en bois de ses bras maigres, il sortait du four les croissants brûlants au fumet — dans mon lointain souvenir de douze ans — tout bonnement céleste !

Mon père bavardait une ou deux minutes avec lui, le temps que les croissants refroidissent, et nous repartions dans l'aube naissante, le long du chemin entre canal et rivière, savourant en silence ces croustillants et fondants prodiges qui me semblaient comme la concentration gustative, sur ma langue, des lueurs rosées et bleuâtres du jour d'été se levant sur la campagne — elle-même paraissant s'extirper avec effort d'un très ancien songe de paisible bonheur végétatif.

Nous franchissions plusieurs barrières de barbelés que nous refermions soigneusement derrière nous, longions un ou deux troupeaux de vaches hébétées devant notre apparition si matinale, pour parvenir enfin au coin de pêche favori de mon père.

Nous déballions notre fourniment : hameçons, plombs et fil de rechange, sondes, vivier, épuisette, dégorgeoir, ciseaux et couteaux, etc. Puis, installant nos pliants sur la berge et après avoir dûment amorcé à la pâte de chènevis ou au blé cuit, et accroché à l'hameçon nos vers de fumier ou nos asticots, nous lancions nos lignes dans le courant alenti de cette anse calme. Alors, sans parler, sous le balancement des ramures des saules et des aulnes, nous commencions notre longue rêverie éveillée dont le dérisoire mais fascinant *mandala* n'était autre que cet imperturbable — transcendantal — bouchon de liège peinturluré, dont seuls les moindres frémissements nous reliaient soudain de nouveau à la réalité immédiate. Il s'agissait alors, en l'espace de quelques dixièmes de seconde, de distinguer les petits coups vifs de la vraie touche de ceux, plus mous, de la maudite « touche de fond » — laquelle se compliquait néanmoins d'une subtile interprétation dans la mesure où certains gros indolents (tels les chevennes et les tanches) pouvaient également se signaler par cette même lente tirade prolongée.

Enfin vers midi (nous réservions les grosses prises — à vider et à étêter — pour le repas du soir), nous avions généralement pris assez de menu fretin pour la friture et mon père commençait alors à s'organiser : sortant la poêle à manche démontable et la petite fiole d'huile de son sac, assemblant proprement les pierres du foyer, tirant de la rivière la bouteille de cidre qu'il y avait mise à rafraîchir. J'avais pour tâche, pendant ce temps-là, de collecter le petit bois pour le feu. Mon père craquait ensuite une allumette puis laissait se former la braise sur laquelle il venait placer la poêle et son fond d'huile et y jetait alevins, goujons et ablettes ne dépassant pas la taille d'une frite ordinaire ; il ajoutait enfin (sortis de son sac) les tomates, les oignons, le sel et le poivre, plus quelques herbes, et, quand le tout était arrivé à point, grignotant un peu de pain et de fromage en accompagnement, buvant quelques gorgées de cidre frais, nous croquions à belles dents dans cette croustillante friture dont la saveur est demeurée pour moi jusqu'à ce jour inégalée !

Je me souviens tout particulièrement que ce repas frugal mais exquis — dont, avec l'expérience, l'avant-goût me venait sur la langue au moment où je voyais ma prise frétiller au bout de ma ligne — se mêlait dans mon esprit à la matière même de l'eau paresseuse et lente qui venait frôler doucement la berge à nos pieds et sur laquelle nos regards demeuraient rivés, tandis que nous dégustions, sous les arbres, ces pique-niques confectionnés par mon père. Déjà, malgré mon âge enfantin, je comprenais que c'était sa façon à lui de m'instiller le goût du vrai luxe, des vrais délices sur cette terre et de me montrer qu'ils pouvaient s'obtenir à partir des éléments les plus simples.

Je me souviens qu'une fois pourtant, lui qui prétendait ne pas aimer les phrases, ne put s'empêcher de parfaire son enseignement d'une déclaration dont le ton un peu solennel ne faisait que masquer son soudain enthousiasme de grand pudique. Il me dit, et cela m'est demeuré gravé dans l'esprit :

— Vois-tu, fiston, nous sommes la plupart du temps bien plus heureux que nous ne le croyons !

L'art difficile
de ne presque rien faire

> « *Pose-toi la question, être ministre à la cour,*
> *comment le comparer à être un immortel dans la forêt ?*
> *Un pichet de vin, un fourneau pour l'élixir*
> *le bonheur d'écouter le vent dans les pins*
> *et en pleine journée de s'endormir.* »

CHANG LING WEN

J'étais paisiblement assoupi dans mon hamac au fond du jardin de la baronne Monti, en Toscane, bercé par les innombrables chants entre-croisés des oiseaux, essayant de chaparder quelques instants de délicieux farniente au devoir qui m'était fait — dans cette résidence d'écrivains — de rédiger un nouveau texte *décisif*, lorsque je fus soudain tiré du sommeil par l'un des volatiles qui poussait le goût de la mauvaise plaisanterie jusqu'à imiter la sonnerie du téléphone… juste avant de prendre conscience qu'il s'agissait de mon portable que j'avais oublié de fermer !

C'était un magazine qui me proposait d'écrire un article sur la paresse…

À la fois flatté par cette élection et, je dois le dire, un peu pris en traître, je n'eus pas sur le moment la présence d'esprit d'opposer la moindre objection mais, une fois la conversation terminée et enfin tout à fait réveillé, le délai me parut soudain affreusement court et je décidai pour l'avenir de rééduquer soigneusement mes réflexes.

Par bonheur, je conserve toujours par-devers moi une collection de petites fables et historiettes propices aux situations épineuses.

On raconte qu'au cours de la dernière guerre, lorsque le général américain qui repoussait les Allemands vers le nord de l'Italie prit possession de Venise, il y eut à l'hôtel de ville une passation de pouvoir momentanée entre lui et le vieux maire vénitien. Or quand ce dernier eut terminé son allocution de bienvenue et que le général eut, à son tour, fait ses remerciements, le premier déclara avoir réservé au nouveau maître des lieux un cadeau particulièrement utile à son intégration au sein des affaires italiennes et lui désigna un gros et magnifique galet qui reposait sur son bureau.

— Voyez-vous, lui dit-il, cet objet est d'un usage inestimable et voici comment il faut l'utiliser : à chaque fois que vous parvient une lettre estampillée « Urgent » vous la placez sous ce lourd galet et vous n'y touchez plus, les affaires, croyez-en ma longue expérience, n'en iront que mieux !

Dans l'*Oblomov* de Gontcharov, un passage donne aussi à réfléchir : dans la vieille demeure familiale d'une province perdue où chacun (maîtres et serviteurs) vit au rythme d'une sorte de léthargie contrôlée (laquelle commande non seulement de ne jamais se presser, mais encore de ne prendre aucune décision d'importance ni de susciter le moindre événement) survient une lettre qu'un domestique étourdi a eu la malencontreuse idée d'accepter des mains du facteur (ce qui lui vaut la qualification d'imbécile de la part de sa maîtresse) et autour de laquelle toute la maisonnée se rassemble : examinant minutieusement sa calligraphie, la retournant, la reniflant, lisant l'adresse à haute voix, la soupesant, cherchant à voir au travers de l'enveloppe, etc., sans jamais, au grand jamais, qu'il soit fait la moindre allusion quant à l'éventualité d'en prendre connaissance. La petite communauté étant fort déstabilisée, l'on décide de mettre l'objet embarrassant sous clef et de ne plus y toucher. Cependant, les jours qui suivent, toute la maisonnée s'en trouve obsédée, les conversations n'ont plus trait qu'à son éventuel contenu et les supputations confinent au délire. Le père de famille décide alors, avec une héroïque détermination, de décacheter la lettre devant la famille et les serviteurs réunis en grande solennité autour de la table de la salle à manger : c'est un lointain cousin qui s'enquiert d'une recette de bière ! Un soudain enthousiasme festif succède à l'angoisse, chacun évoquant avec emphase les termes d'une chaleureuse réponse, laquelle est néanmoins prudemment remise à une période ultérieure mieux appropriée aux efforts épistolaires. Quelques semaines plus tard, le silence est intimé à toute la maison car le père a finalement décidé de se concentrer dans le but de répondre à la missive, on s'aperçoit alors qu'il est impossible de remettre la main sur ladite recette et tout est reporté *sine die*…

Robert Benchley, dans son célèbre essai *Comment venir à bout de tout ce qu'on doit faire*, nous livre le secret de sa méthode :

Nombre de gens sont venus me demander comment j'arrivais à travailler tellement tout en continuant d'avoir l'air aussi dissipé. À quoi j'ai répondu : « Vous aimeriez bien le savoir, hein ? » Ce qui n'est pas une si mauvaise réponse que ça, compte tenu du fait que, neuf fois sur dix, je n'écoute pas la question qu'on me pose.

Le secret de mon énergie et de mon efficacité incroyable n'est pourtant pas compliqué. Il repose sur l'application d'un principe psychologique bien connu, dont j'ai poussé le perfectionnement à un degré tel qu'il est maintenant devenu presque trop *perfectionné, et qu'il me faudra bientôt lui restituer un peu du côté rudimentaire qu'il avait initialement.*

Ce principe psychologique, le voici : N'importe qui peut accomplir n'importe quelle tâche pourvu que ce ne soit pas celle qu'il soit censé accomplir à ce moment-là.

Voyons un peu ce que cela donne en pratique ; disons que j'ai cinq choses à faire avant la fin de la se-

maine : 1° répondre à un paquet de lettres dont
certaines sont datées du 28 octobre 1928 ; 2° fixer des
étagères au mur et y ranger mes livres ; 3° aller chez
le coiffeur ; 4° parcourir et découper une pile de re-
vues scientifiques (je collectionne toutes les informa-
tions possibles sur les poissons tropicaux, avec l'idée
d'en acheter un jour ou l'autre) ; 5° écrire un article
pour un journal.

Or donc, le lundi matin, confronté avec ces cinq
obligations menaçantes, rien d'étonnant que je re-
tourne me coucher tout de suite après le petit déjeuner,
pour emmagasiner la quantité de force nécessaire à la
dépense d'énergie presque surhumaine que je devrais
utiliser. Mens sana in corpore sano, *telle est ma*
devise[1].

Ensuite, ainsi qu'il nous l'explique si bien, il
s'agit de ruser habilement afin de se faire ac-
croire à soi-même que la tâche la plus urgente
n'a aucune importance, ce qui fait qu'après
avoir taillé méticuleusement tous ses crayons,
rangé ses livres par ordre alphabétique, écrit des
lettres à de lointains cousins perdus de vue,
réencadré quelques-uns des tableaux de son bureau et être allé chez le coiffeur, on en arrive à
écrire l'article en question comme par mégarde.

Il me fallait donc écrire sur la paresse et, d'un
seul coup, l'entreprise me paraissait insurmonta-
ble, non seulement à cause du paradoxe intime

1. *Robert Benchley*, traduit de l'américain par Paulette Viel-
homme, Paris, Julliard, coll. Humour secret, p. 31-32.

que cela induisait mais encore du fait qu'il est toujours ardu de parler de ce qui vous est le plus familier. De surcroît, ainsi que le laissait entendre Benchley, les vrais paresseux — les paresseux aurais-je envie de dire qui ont perfectionné la chose jusqu'à un art — sont en réalité très actifs, il leur est simplement presque impossible de faire ce qu'on leur demande. Cependant et par bonheur, une merveilleuse compensation se profilait : l'occasion rêvée, en l'occurrence, d'éprouver les délices de *la vraie paresse*.

Voici un sujet sur lequel je me flatte d'être particulièrement au fait. L'homme qui, quand j'étais enfant, m'a plongé dans les eaux du savoir répétait souvent qu'il n'avait jamais vu un garçon capable d'en faire moins en autant de temps ; ça me rappelle ma pauvre grand-mère : elle avait fait remarquer en passant que je n'en ferai sûrement jamais plus que ce qu'on me demandait, se disant même convaincue que je serais tout à fait capable d'en faire moins.

J'ai bien peur d'avoir fait mentir la prophétie de cette vieille dame. Grâce au ciel, j'ai en effet, malgré ma paresse, accompli beaucoup de choses que je n'étais pas obligé de faire.

La paresse a toujours été mon point fort. Je n'en tire aucune gloire, c'est un don. Et c'est un don rare. Certes il y a beaucoup de fainéants et de lambins, mais un authentique paresseux est une exception. Ça n'a rien à voir avec quelqu'un qui se laisse aller les mains dans les poches. Au contraire, ce qui caractérise le mieux un vrai paresseux, c'est qu'il est toujours intensément occupé.

D'abord, il est impossible d'apprécier sa paresse si on n'a pas une masse de travail devant soi. Ce n'est pas drôle de ne rien faire quand on n'a rien à faire ! En revanche, perdre son temps est une véritable occupation, et une des plus fatigantes. La paresse, comme un baiser, pour être agréable, doit être volée[1].

Rasséréné par ces considérations, je m'apprêtai donc à appliquer scrupuleusement le premier point du programme de l'ingénieux Américain : « emmagasiner de précieuses nouvelles forces », lorsque Teddy, le labrador de la baronne, vint déposer sa balle en caoutchouc sous le hamac pour me proposer une partie. Il n'y a qu'un seul domaine où je n'ai besoin d'aucun subterfuge psychique pour me mettre en branle, c'est celui du jeu. Aussi, sautant sur mes pieds, je commençai de lancer la balle, inlassablement, à Teddy (lequel, soit dit en passant, manifestait d'autres profondes affinités avec moi, restant des heures, lui aussi, sur la terrasse au soleil, à emmagasiner de l'énergie), m'amusant à l'observer ensuite foncer à la manière d'un sprinter de haut niveau pour récupérer la balle dans un freinage énergique et de larges éclaboussures de pâquerettes printanières.

… mon vieil ami trouve mon attitude anormale qui consiste à ramper comme un infirme dans les parages

---

1. Jerome K. Jerome, *Pensées paresseuses d'un paresseux*, traduit de l'anglais par Emmanuel Pierrat et Claude Pinganaud, Paris, Arléa, p. 51-52.

de la paume jusqu'au moment où je prends possession
de la raquette et me mets à courir comme un démon.
C'est pourtant qu'alors j'ai une bonne raison de me
dépenser.

WILLIAM HAZLITT

Quelque temps plus tard, réfléchissant intensément dans le bain chaud que je m'étais fait
couler, je mesurai avec une certaine amertume
la complexité du problème que posait l'exercice de la paresse dans le monde d'aujourd'hui,
lequel, on le savait, avait fait sa religion de l'activisme anglo-saxon protestant : la rédemption
par le travail ! En effet, j'avais pu constater plus
d'une fois combien il était difficile, pour ne pas
dire impossible, à mes contemporains de prendre à la lettre de *vraies vacances* : il suffisait, pour
s'en persuader, d'observer leur rythme de loisirs
frénétiques menés tambour battant dès l'aurore.
Ces prétendus loisirs étaient désormais entièrement inféodés au sacro-saint credo du rendement et de la productivité. Plus triste encore :
ceux-là mêmes qui tentaient d'échapper à cet
activisme des loisirs devaient faire face à une telle
force d'entraînement collectif qu'ils ne pouvaient y opposer qu'une sorte d'inertie annihi-
lante privée des saveurs de la paresse hédoniste
et gâtée par les âcres relents de la culpabilité.

Quand on demandait à Vincent s'il était en va-
cances, il piquait alors une grande colère et rougis-
sait : « Les vacances, affirmait-il, c'est bon pour les
gens qui travaillent. Moi, je ne vois pas pourquoi

j'aurais besoin de vacances. Je n'appartiens pas à ce monde-là, et ses besoins, que j'ignore, me font horreur. »

Pour lui, les journées et les nuits étaient un tout qu'il divisait à son humeur. S'il lui arrivait de se trouver sur la Côte d'Azur en même temps que des gens qui travaillaient le reste de l'année, c'était pour ne pas être systématique. Pourquoi aurait-il pris le contre-pied des mœurs de son temps, c'eût été aussi bête que le contraire ; un défi stupide dont il pouvait se passer.

Il ne travaillait pas, voilà tout, ce qui ne l'empêchait pas de dépenser une énergie intense à essayer de comprendre ce qui se passait en lui, car il avait toujours l'impression qu'une vitre le séparait des autres…

… Dans une société bien faite, celle de demain, on n'empêchera plus Vincent de « jouer » avec ses camarades, et personne ne songera à lui reprocher de ne pas travailler. Dans un monde livré bientôt frénétiquement à l'industrie des loisirs, seul celui qui ne fera rien sera valablement recherché comme une pierre précieuse.

Les autres travailleront, les pauvres, à s'amuser[1].

Plus personne, en vérité, ne semblait capable de s'adonner avec pertinence à l'art difficile et subtil de *ne presque rien faire*. Éduqués comme nous l'avions été — dans le respect sacré du volontarisme et dans la foi indéfectible en les vertus de l'effort pénible —, nous nous surpre-

1. « J'aurais aimé jouer avec vous », *Bostel*, Paris, Julliard, coll. Humour secret, p. 65-66.

nions sans cesse et de façon impénitente à en faire beaucoup trop. Avec cette quantité surnuméraire, nous ne cessions d'écraser et de détruire la qualité de nos plus précieuses entreprises ; nous manquions sans cesse nos objectifs en voulant trop bien faire ; dans l'élan de notre impétuosité, nous pulvérisions au passage les buts que nous nous étions fixés, sans même nous en apercevoir. Nous ne savions plus doser ni équilibrer nos gestes avec la précision et la sobriété requises par *le cours des choses*[1]. Pour finir, nous devenions inéluctablement stériles par crainte obsessionnelle de ne pas être assez productifs.

Le maître zen, lorsqu'il lui révélait que non seulement la force musculaire ne comptait pour rien dans l'acte de bander l'arc (il fallait y adapter son souffle), mais encore que pour atteindre le centre de la cible il ne fallait pas *expressément viser*, se voyait confronté à cette anxieuse interrogation de son élève occidental : « Comment puis-je intentionnellement ne pas vouloir ? » Ce à quoi le maître rétorquait — dans le plus pur style zen de détournement des faux problèmes — qu'il se trouvait désolé de ne pouvoir satisfaire à cette question, vu qu'on ne la lui avait jamais posée auparavant[2].

Des années durant, j'avais pu observer, au tennis, combien il nous était difficile à tous

1. Cette dimension si chère aux anciens maîtres tch'an.
2. Eugen Herrigel, *Le Zen dans l'art chevaleresque du tir à l'arc*, Paris, Dervy, 1970.

d'acquérir à la fois l'efficacité mécanique et l'esthétique du beau geste, sevrés comme nous l'étions dès notre plus jeune âge au lait du volontarisme masochiste, car cet apprentissage ne requérait aucun effort musculaire pénible, seulement une minutieuse vigilance quant à la correction de l'exécution, tandis que nous avions désespérément besoin de la douleur comme pierre de touche de notre mérite. L'énergie développée par une simple et exacte coordination nous semblait, à vrai dire, *trop facile*.

Winston Churchill avait dit une fois que, lorsqu'il prenait le train, il n'arrivait ni avant ni après l'heure mais exactement à l'heure : pour laisser une chance au train ! Il me semblait que nous aurions pu en user de même avec « le train général du monde », afin de lui laisser sportivement sa chance d'échapper à notre dogmatisme impénitent et destructeur, à notre impérialisme anthropocentrique forcené, à notre insatiable appétit prométhéen de domination absolue sur la nature et sur les êtres qui la peuplent.

Confucius demande un jour aux disciples qui sont assis à ses côtés de dire librement ce qu'ils aimeraient faire si leurs mérites étaient enfin reconnus et qu'ils puissent déployer tous leurs talents ; pour les mettre plus à leur aise, il les invite même à oublier un instant — c'est important de la part d'un maître, en Chine ! — qu'il est leur aîné. Un premier disciple répond aussitôt avec assurance que mis à la tête d'une modeste principauté, même dans le plus piteux état, il

saurait en trois ans la rétablir. Un autre, plus mo-
deste, se fait fort seulement d'assurer en trois ans la
prospérité des habitants et laisse à de plus sages le
soin de leur élévation morale. Un troisième, plus pru-
dent encore, se contenterait de remplir dans le temple
ancestral, à l'occasion de rencontres diplomatiques
notamment, le rôle d'un simple acolyte. Enfin, le der-
nier disciple, Dian, interrogé à son tour, pince une
ultime note sur la cithare dont il n'avait cessé de
jouer en sourdine, et laisse le son épuiser sa vibration
et mourir (selon une autre interprétation, sa main
« se ralentissant » sur les cordes égrène quelques no-
tes, plus rares et ténues, et c'est le son que produit la
cithare reposée sur le sol qui s'éteint ainsi progressive-
ment).

La réponse qu'il donne quand il sort de sa réserve
est tout autre :

— Vers la fin du printemps, des tenues printaniè-
res une fois apprêtées, avec cinq ou six compagnons,
six ou sept jeunes garçons, on se baignerait dans la
rivière Yi, on jouirait du vent sur la terrasse des Dan-
ses de la pluie, puis on rentrerait tous ensemble en
chantant.

Et le maître de conclure, avec un profond soupir :
— Dian, je suis avec toi[1] !

Or s'il était permis de radoter (et je ne voyais
justement pas pourquoi j'aurais dû m'interdire
ce plaisir facile et à la portée de tous), je ne
pouvais que réitérer ici mon étonnement de-

---

1. François Jullien, *L'Éloge de la fadeur*, Paris, Le Livre de
poche, 1993.

vant les mœurs du paresseux (l'animal) telles que je les avais découvertes dans une revue de géographie et déjà relatées dans un livre précédent[1].

N'avions-nous pas là un exemple édifiant de tranquille indifférence multimillénaire à l'égard du prétendu devoir d'adaptation permanente pour les êtres vertébrés et ne pouvions-nous constater, en visionnant les films qui nous le montraient accroché à sa branche ou en train de placidement se déplacer vers une autre — sans parler de ses éventuelles évolutions terrestres encore plus parcimonieuses —, que cet indéfectible réfractaire aux thèses darwiniennes (comment concilier, en effet, la fabuleuse pérennité de cet animal si peu doué pour la compétition avec la sacro-sainte théorie du *struggle for life*?) ne se départait jamais d'un sourire ravi, voire extatique ? Et sans vouloir réitérer la dangereuse tentative d'étude mimétique entreprise par ce naturaliste américain qui, après avoir observé l'animal pendant des années dans son milieu naturel, avait fini par sombrer dans un immobilisme total qui avait ruiné sa vie de famille, je ne pouvais m'empêcher de considérer cet énergumène comme mon animal totémique.

(Ne le disait-on pas extraordinairement tenace dans son parti pris de lenteur et de neutralité et ne fallait-il pas ajouter qu'en dépit du fait

1. *Petit traité de désinvolture*, Paris, Points-Seuil, 2005, p. 35-37.

qu'il pouvait apparaître de prime abord comme une proie facile, il était exceptionnel qu'un prédateur ose s'attaquer à lui puisqu'il avait pour réflexe, une fois attaqué, de s'agripper si fermement à son assaillant — au moyen de ses pinces autobloquantes — que celui-ci, même après l'avoir tué, se retrouvait dans l'incapacité de jamais se débarrasser de lui et finissait, alourdi par cette charge, par trépasser lui aussi.)

Oui, non seulement je ne pouvais m'empêcher de le révérer et de l'admirer pour cette sorte de combativité posthume, mais je prenais encore conscience qu'il existait vraisemblablement des similitudes psychiques troublantes (et émouvantes) entre les différentes espèces de paresseux (humains ou animaux, s'entend…), puisque pour ma part, et dès ma plus tendre enfance, j'avais toujours instinctivement adopté cette attitude de neutralité encombrante vis-à-vis de ceux — parents, professeurs ou moralistes de tout poil — qui avaient voulu m'assaillir de leurs préceptes, tous ceux, en bref, qui avaient essayé de me faire œuvrer plus rapidement qu'à mon rythme naturel[1] et qui avaient alors dû souffrir que je m'agrippasse à eux au moyen d'une multitude de questions embarrassantes sur la nécessité d'en user autrement, ce qui avait toujours eu pour effet libérateur de

1. Extrêmement lent, je dois l'avouer, excepté, ainsi que je l'ai déjà indiqué, lorsqu'une balle quelconque passe à ma portée, auquel cas je bondis d'une façon qui m'étonne moi-même…

venir à bout de leur patience et même assez souvent de leur simple résistance physique[1]...

Je venais, en outre, de lire un petit essai sur la création poétique écrit par Denise Levertov. Il y était suggéré que la forme poétique devait s'imposer à nous de façon tout *organique*, c'est-à-dire insensible, fluide, comme allant de soi, et qu'elle ne pouvait s'imposer ainsi, avec bonheur et facilité, que dans la mesure où nous l'aurions sollicitée et suscitée, au long des heures et des jours, par la pratique d'une certaine ouverture au monde. Pratique ni douloureuse ni pénible, plutôt une longue et opiniâtre constance, la douce habitude de demeurer perpétuellement réceptif[2].

Cette pratique du *presque rien* s'apparentait, me semblait-il, à ce que les bouddhistes indiens appelaient l'École de la Voie médiane qui, lorsqu'elle avait pénétré en Chine, s'était mêlée à des éléments taoïstes pour finalement aboutir au tch'an et par la suite à la déformation, hélas un peu hiératique et corsetée, du zen japonais. Or, aux Chinois de cette époque, le besoin de prouver quoi que ce soit était toujours apparu comme assez risible. En bons confucianistes et taoïstes — si dissemblables ces deux pensées puissent-elles être à d'autres égards —, ceux-ci

1. Et je dois ajouter qu'à l'instar de mon cher animal totémique, j'espère fermement que ma maïeutique les poursuivra longtemps après ma mort !
2. Denise Levertov, *La Forme organique*, Mont-de-Marsan, Les Cahiers des brisants, 1988.

n'avaient jamais manqué d'apprécier les hommes qui ne faisaient pas d'histoires. Pour Confucius, mieux valait se montrer humain que juste et, pour les grands maîtres du Tao, il allait de soi qu'on ne saurait avoir raison sans avoir simultanément tort, l'un et l'autre étant aussi inséparables qu'envers et endroit. Tchouang-Tseu avait dit :

Ceux qui voudraient un bon gouvernement sans sa contrepartie de désordres, et la justice sans sa contrepartie d'injustices, ceux-là ne comprennent rien aux principes de l'univers.

Ces paroles pouvaient nous paraître cyniques, à nous autres Occidentaux, et l'admiration professée par les confucianistes pour la modération et le compromis tendait à passer chez nous pour un manque de principes et de fibre morale. Cependant, cela me semblait témoigner d'une compréhension et d'un respect effectifs de ce que nous appelions l'équilibre naturel, humain ou autre, ainsi que d'une vision universelle de la vie comme Tao ou voie naturelle selon laquelle bien et mal, création et destruction, sagesse et folie étaient les pôles indissociables de l'existence. Le Tao, disait le Chung-Yung, « est ce dont la vie ne peut s'écarter. Ce dont on peut s'écarter n'est pas le Tao ». C'était pourquoi la sagesse ne consistait pas tant à séparer de force le bien et le mal qu'à apprendre à les « chevaucher », de même qu'un bouchon suit les crêtes et les creux des vagues. Foncièrement, la Chine faisait confiance au mélange de bien et de mal inhérent à la nature humaine, attitude particulièrement scandaleuse pour ceux que leur éducation judéo-chrétienne avait affligés d'une mauvaise conscience chronique.

Cette terrible mauvaise conscience qui maintenant me suggérait ironiquement de m'extirper du bain pour m'atteler à la tâche de résumer par écrit mes élucubrations sur la paresse !... En bon apprenti taoïste, je décidai donc de biaiser en m'accordant un délai supplémentaire au cours duquel je rassemblerais mes pensées pour ensuite les mettre en ordre. Cela me prit plus de temps que prévu et, lorsque je sortis du bain, je sentis que l'heure était venue d'une petite collation roborative. Me dirigeant vers la cuisine, je commençai par me faire du thé accompagné d'une confortable tranche de *zuppa inglese*. J'avais toujours trouvé qu'un gâteau bien lourd et crémeux, comme je les aime, constituait une excellente préparation au labeur : ça vous évitait d'être nerveux et surexcitable. Nous autres travailleurs cérébraux étions bien obligés de conserver notre sang-froid, sans quoi nous passerions notre temps à sauter d'une chose à une autre et à nous agiter inutilement.

C'est alors que je me remémorai ce texte où le philosophe allemand Sloterdijk disait — dans son style germanique tout aussi lénitif — quelque chose de parfaitement approprié à la question et que je pourrais sans doute ajouter à

mes *considérations paresseuses*. Aussi, buvant
thé à petites lampées et savourant les morcea
de mon succulent gâteau (que je ne manquai
pas de tremper avec une élégante coordination
dans ma tasse), je feuilletai distraitement mon
carnet de citations jusqu'à ce que j'aie retrouvé
le passage « incriminé » :

… opposer à l'ethos activiste de l'autoaffirmation le
modèle d'un individu autosuffisant, capable de ré-
duire ses exigences à un strict minimum « naturel »,
de ne rien souhaiter d'autre que ce dont il dispose
déjà, de s'imposer une discipline suffisamment radi-
cale pour éviter tous les pièges du désir non satisfait
et suffisamment spontanée pour n'engendrer aucune
frustration, d'entretenir une relation non violente, dé-
pourvue de toute espèce d'agressivité avec la réalité, de
remplacer la frénésie de l'intervention active par la
disponibilité et le courage de laisser faire[1]*…*

Oui, cela me convenait parfaitement et j'avais
souvent pensé qu'il fallait en effet manifester
une sorte de bravoure, finalement assez rare,
pour « ne presque rien faire », pour résister à
ses propres préventions activistes, pour s'empêcher d'intervenir à tout prix (particulièrement
dans certaines situations embrouillées où notre
besoin effréné de justice, cherchant à s'exprimer coûte que coûte, déclenchait de sourds et
insidieux désastres), car, en dignes rejetons du

1. Cité par Jacques Bouveresse dans *Rationalité et cynisme*,
Paris, Éditions de Minuit, 1984.

péché originel, nous étions ainsi faits que nous éprouvions toutes les peines du monde à nous abandonner au jeu mystérieux et inévitable des antinomies naturelles.

Aussi pris-je la décision de me vouer désormais à la doctrine de la Voie médiane et, une fois récupérées toutes mes précieuses forces, de laisser courir ma main sur la page, en veillant simplement à ce que, selon le judicieux modèle chinois, mes élucubrations ne s'écartent pas trop d'une « salutaire et fade médiocrité ».

Après l'extrême tension de ces délibérations capitales, je me sentis autorisé à faire une courte pause relaxante sur le sofa du salon. Or, tandis que, vaguement somnolent, je me félicitais d'avoir réussi à rétablir à peu de frais, pour cet après-midi-là, un contact amical avec l'inextricable complexité des choses... je me rappelai opportunément ce court poème de Pessoa :

Sur toute chose la neige a posé une nappe de silence
on n'entend que ce qui se passe à l'intérieur de la maison.

Je m'enveloppe dans une couverture et je ne pense même pas à penser
j'éprouve une jouissance animale et vaguement je pense,
et je m'endors sans moins d'utilité que toutes les actions du monde.

Un idiot plein d'exactitude

Tenter désespérément de raisonner à propos de tout et de rien, de la vie quotidienne et de la littérature, du tennis en particulier et du sport en général, des mœurs des êtres humains et des animaux les plus sympathiques, ou encore au sujet de multiples faits divers incongrus, bref, sauter du coq à l'âne, comme je ne puis m'empêcher de le faire dans ces chroniques n'est — ainsi qu'il en est pour beaucoup d'entre nous, je crois — qu'une manière d'imiter le rythme de la vie telle qu'elle se présente et d'aborder aussi, indirectement, certaines questions d'ordre philosophique ou politique.

Pour ma part, on l'aura sans doute compris, c'est plus encore une voie détournée pour parler de ce qu'il est possible de nommer la stylistique. J'ai toujours eu tendance à penser, en effet, que *la manière* ou *la façon* des moindres actes, le ton et les mots choisis pour exprimer certains sentiments ou certaines idées, que les moyens employés enfin pour tenter de « réaliser » quoi que ce soit au monde, étaient évélateurs de l'âme cachée des gens et des choses.

Que la forme, en bref, était l'instant où le fond venait affleurer à la surface.

C'est pourquoi, dans le but avoué — pourquoi écrit-on après tout ? — de me faire de nouveaux amis (et inévitablement aussi de nouveaux ennemis), j'aimerais poursuivre au long de ces pages la dérive déjà insensiblement amorcée et qui devrait m'amener — selon la pente avérée de mon tempérament — à des considérations mêlées concernant les choses du temps présent, mais, pour le coup, dans un style assez anachronique, celui, pour paraphraser le poète Léon-Paul Fargue, du *fantôme occidental actif* que je pense être en réalité. Des commentaires effectués, en fait, par un être resurgi inopinément du passé dans le temps présent et considérant les choses à travers une structure mentale résolument inactuelle — étonné, voire effaré, pour tout dire, par la tournure prise par les événements. Et cela sans jamais trop m'éloigner du cher *common sense* qui m'a été instillé dès la plus tendre enfance par la branche anglo-saxonne et normande de ma famille.

Un livre désormais oublié, écrit par un auteur lui-même oublié, Remy de Gourmont, s'intitule *Dialogue des amateurs sur les choses du temps*. Il met en scène deux interlocuteurs (M. Desmaisons et M. Delarue — l'un jouant le rôle du raisonneur et l'autre celui de l'intarissable et véhément perroquetteur d'idées toutes faites) qui ne cessent de commenter les événements sur un mode dilettante, plaisant et délibérément décalé.

Je tenterai de donner la réplique à la partie psittaciste de moi-même dans un esprit similaire.

Desmaisons. — Terrés dans notre tanière comme des bêtes sauvages, comme la plupart des artistes, des écrivains, des amateurs, nous regardons par une petite fente le spectacle de la vie et nous trouvons de la laideur aux gestes des comédiens. Mais si tout le monde vivait dans des trous, il n'y aurait pas de comédie, et cela serait très ennuyeux. Nous faisons trop les difficiles.

Delarue. — Peut-être, mais c'est que nous n'avons pas d'intérêt à être indulgents, nous ne sommes pas de ceux qui vont se partager la recette.

Desmaisons. — Et c'est précisément ce qui nous manque. Nous aurions dû prendre parti. Qui sait ? Peut-être notre cœur aurait battu en voyant tel de nos vieux complices promu chef de bande[1] !

Un lecteur m'a adressé dernièrement la citation suivante, laquelle correspond si bien au sujet que j'essaie de traiter en permanence concernant la relation, assez étroite, à mes yeux, entre style littéraire et style sportif, que je l'aurais placée en exergue de mon *Précis de mécanique gestuelle et spirituelle* si j'avais eu le bonheur de la rencontrer plus tôt :

1. Paris, Mercure de France, 1905-1907, p. 145.

J'ai une toute petite idée de ce que c'est d'être vi-
vant. C'est la seule chose à laquelle j'accorde un
grand intérêt. Cela et le tennis. J'ai espoir d'écrire un
jour une grande œuvre philosophique sur le tennis,
quelque chose de l'ordre de Mort dans l'après-midi,
mais j'ai conscience que je ne suis pas encore au point
pour entreprendre un tel travail. Je pense que la pra-
tique du tennis sur une large échelle parmi les peuples
de la terre fera beaucoup pour supprimer les différen-
ces, les préjugés, les haines de race, et cætera. Dès que
j'aurai perfectionné mon coup droit et mon lob, j'es-
père commencer l'esquisse de cette grande œuvre.

(Il peut sembler à des gens sophistiqués que j'essaie
de me moquer d'Hemingway. Eh bien, non. Mort
dans l'après-midi *est un beau morceau de prose, de*
bon aloi. Jamais je n'en dirai de mal au point de vue
philosophique. Je pense que c'est de meilleure philoso-
phie que celle de beaucoup d'universitaires réputés.
Même quand Hemingway est idiot, c'est du moins un
idiot plein d'exactitude. C'est énorme. Cela fait une
sorte de progrès pour la littérature : raconter à loisir
la nature et la signification de ce qui n'a qu'une très
brève durée.)

WILLIAM SAROYAN,
L'Audacieux Jeune Homme au trapèze volant

« Raconter à loisir la nature et la signification
de ce qui n'a qu'une très brève durée », voilà
bien de tout temps, avant même d'en avoir clairement conscience, ce qu'a été mon projet littéraire et il fut, pour moi aussi, toujours plus ou
moins relié au projet quasi obsessionnel de précision dans le placement de mes balles dans les

jeux de raquettes. Et je crois bien m'être encore, et plus qu'à mon tour, retrouvé dans la position de l'idiot ou du lourdaud obstinément attaché à l'exactitude (de très courte durée) d'une trajectoire en revers ou d'une parole frappée au coin du bon sens. Précision et exactitude d'ordre presque mystique qui me sont toujours apparues comme étant le but véritable de l'exercice, bien au-delà du gain ou de la perte.

Il arrive toujours un moment, en effet, où, même après avoir placé vos balles avec une précision et une astuce tactique diabolique, l'adversaire étant meilleur que vous, la partie vous échappe, ou bien encore, après avoir réussi la description la plus éclairante qui soit, le lecteur étant momentanément inattentif, votre prose se heurte à l'indifférence. La belle affaire ! Dans la mesure où, pour votre propre compte, vous avez réussi dans cette entreprise de donner corps à vos désirs : placer la balle au plus près de la ligne, trouver l'expression la plus proche de votre sentiment intime.

Je ne puis, à ce stade, m'empêcher de conclure sur une dernière citation d'un autre écrivain sportif, Jean Prévost, qui écrivit excellemment dans cet ouvrage intitulé *Plaisir des sports*[1], que je ne saurais trop recommander :

Pour réussir une belle œuvre, ce n'est donc point à l'œuvre qu'il faut se consacrer exclusivement, c'est à

1. Paris, La Table ronde, coll. La Petite Vermillon, 2003.

soi-même. Du reste cette méthode est plus sûre, car si par hasard vos œuvres n'étaient pas tout à fait excellentes ou ne se trouvaient pas vouées au succès pendant le cours de votre vie, il vous resterait de vous être amélioré vous-même.

Le bunker de papier

S'il y a une chose dont je devrais sans doute avoir honte, c'est bien de cette propension incorrigible, hélas ! à vouloir tant bien que mal couler des jours heureux dans le Paris agité et (on nous le répète assez) *perpétuellement en crise* d'aujourd'hui — ceci aux « heures creuses », c'est-à-dire au moment même où mes contemporains, j'en ai peur, œuvrent d'arrache-pied pour s'assurer un standing en rapport avec leur conception du luxe ou encore pour être en règle avec leur conscience, se tourmentant à l'occasion en faveur d'un monde mieux organisé, plus équitable, économiquement stable, et, à ce qu'ils prétendent (quelles raisons aurais-je de ne pas leur faire confiance ?), définitivement meilleur.

Le fait est qu'après avoir tenté au cours de la matinée d'assurer ma subsistance, mon luxe personnel demeurant mon précieux capital de temps vacant, je ne déroge jamais à mon entraînement quotidien de courte-paume (tenant coûte que coûte à conserver mon rang parmi les rares toqués de ce jeu encore pratiqué dans une cour de cloître reconstituée au 74 *ter*, rue Lauriston, avis aux amateurs !), après quoi je consacre le reste de l'après-midi à traîner parmi les bouquinistes des quais de Seine ou dans mes librairies favorites pour ensuite, les jours de beau temps, me diriger vers les fauteuils de l'Orangerie du Luxembourg où, essayant d'éviter les regards moqueurs de mes partenaires d'échecs habituels (qui continuent de considérer ma marotte de la lecture comme une dérobade — persuadés qu'ils sont toujours d'avoir enfin concocté une défense valable contre ma redoutable ouverture Bird-Larsen), j'examine mes trouvailles du jour : admirant une couverture fanée, d'anciens caractères d'imprimerie, humant la fragrance spirituelle désuète qui en émane…

Agissant ainsi, oublieux du devoir de morosité politiquement correct, ma félicité (il n'y a pas d'autre mot) se trouve renforcée par le sentiment d'être escorté et encouragé par les chuchotants fantômes fraternels de mes prédécesseurs en érudition impénitente, mes *vicieux compagnons d'impunité livresque* qui, à leur heure, arpentèrent en rêvant, tout comme moi, ces mêmes allées, scandaleusement insoucieux, eux aussi, à les lire, des problèmes du monde en marche : Valery Larbaud, Léon-Paul Fargue, Charles-Albert Cingria, Remy de Gourmont, Charles Du Bos, André Maurois, Anatole France, Georges Limbour, Jean Follain et, entre tous, le plus proche de mon cœur, mon maître existentiel, Blaise Cendrars qui, décrivant la démarche hagarde des lecteurs-rêvasseurs invétérés que nous sommes, écrit :

… pas chancelant, commun à tous les lecteurs tant soit peu prisonniers de leur vice comme si on avait introduit entre l'infundibulum et l'hypophyse des imprimés hachés menu menu qui leur démangent comme un milliard de fourmis rouges les replis de la cervelle, car bien rares sont les humains qui sont assez solides pour supporter sans fléchir, ainsi que des caryatides, un balcon énorme et délicat, de la tête, le poids d'une bibliothèque.

Et les jours de mauvais temps ? me demanderez-vous.

Il vous est sans doute facile de deviner qu'au fil du temps j'ai fini, comme mes congénères, par me constituer mon propre antre aux livres, ma grotte aux imprimés, ma crypte de lecture, dont les parois sont tapissées de livres bien serrés et où je savoure de précieux instants ôtés de la course chronophage des heures mécaniques, merveilleusement abandonné à mon succédané d'éternité jusqu'à la fin de l'après-midi…

Toutefois, je dois avouer que la confection méticuleuse de ce véritable bunker de papier n'est pas totalement dénuée de souci pratique et stratégique. Un ami lausannois, dont en tant que citoyen suisse il est impossible de douter des compétences en la matière, m'a solennellement affirmé que les parois de livres bien serrés et correctement rangés (il a beaucoup insisté sur cette clause helvétique), constituaient non seulement une parfaite isolation thermique, sonore et bien entendu mentale, mais en outre une efficace protection provisoire en cas de déflagration atomique — de l'ordre d'une heure et demie de survie selon ses évaluations.

J'ai fait le calcul : c'est le laps de temps à peu près nécessaire à la lecture d'un chapitre supplémentaire de *L'Anatomie de la mélancolie* de Robert Burton, d'une nouvelle plaquette de poèmes de William Cliff ou bien encore d'un nouveau petit livre de Jacques Réda ou de Pierre Michon.

Je n'en demande pas plus.

Le cercle des poètes hermétiques

De passage dans la bonne ville de R. en avril dernier, je fus convié à venir découvrir l'invité vedette du Printemps des poètes : un Chinois du nom de Xan Wan Kung. Bien qu'en règle générale je m'efforce désormais à la tempérance dans le domaine émotif, gagné par la gentillesse du président du cercle local, j'acceptai.

Le lendemain, je parvins à trouver une des dernières places parmi une assemblée chuchotante attendant religieusement « l'office ». Au bout de quelques minutes, un garçon athlétique, au physique de jeune premier de la nouvelle vague du cinéma taïwanais, cheveux longs retenus par un catogan, pantalons moulants de cuir noir, lunettes de soleil sur le nez (sans doute pour protéger ses yeux sensibles des éventuels éblouissements de l'inspiration intempestive, toujours à craindre pour un poète !), fit son apparition sur l'estrade et salua la foule — parcourue d'un frisson — d'une cérémonieuse courbette extrême-orientale. Il était suivi comme son ombre par sa traductrice, petite souris universitaire à l'allure d'humble vestale dévolue à la flamboyance du Maître. Après qu'ils se furent assis côte à côte et tandis que le poète arborait une expression d'absence complaisante, elle commença d'égrener d'une voix fluette de dame de catéchisme la biographie et les mérites du Maître, puis annonça pour finir que notre invité — pour le respect de l'atmosphère psychique originelle — allait lire chaque poème en chinois et qu'elle en lirait, immédiatement après, sa propre tentative de traduction. Une discrète rumeur de ravissement traversa l'auditoire puis le poète se leva et commença de proférer une suite de sons gutturaux et rauques répercutés et amplifiés par la voûte moyenâgeuse du cloître, le tout accompagné d'une impressionnante gestuelle de champion de tai-chichuan. Aussitôt qu'il eut terminé sa période sur un superbe geste de sobriété millénaire, il se rassit, les yeux brillants, et la traductrice, se levant à son tour, lut sur un ton pénétré la modeste traduction qu'elle proposait des périodes du Maître. Il est si rare que l'opportunité s'en présente *stricto sensu*, que je ne pus résister à la tentation de me faire en secret ce commentaire (un peu facile, je l'admets) : le fait que, pour moi, la traduction demeurait littéralement du chinois.

L'assemblée présente, après un court moment de recueillement méditatif, applaudit à tout rompre et, une fois de plus, je me sentis stupide et dépassé par les événements du monde d'aujourd'hui : tous ces gens participaient d'un bonheur dont j'étais exclu. J'en étais là de mon amertume lorsque le président, m'ayant aperçu, insista, en dépit de mes mouvements de dénégation désespérés, pour que je vienne dire un mot au sujet de la poésie en général.

Une fois sur l'estrade, je décidai de m'en tirer en leur racontant la fois où j'avais rendu visite au poète instituteur Jean-Pierre Georges, par un sombre jour pluvieux d'hiver, dans les faubourgs de Romorantin — parfait bout du monde possible, s'il en est. Comment, après avoir traversé la cour d'école humide et déserte, je l'avais trouvé au fond de sa classe en train de corriger des cahiers, désemparé par le train des jours et l'agencement du monde — précisément, lui, le poète de la mélancolie désopilante, l'auteur de *Je m'ennuie sur terre*[1]. Comment, après avoir suivi une rue néantique longeant un haut mur d'usine, nous étions allés nous restaurer dans un couscous borgne où J.-P.G. s'était copieusement saoulé au boulaouane en débitant des sarcasmes désabusés et comment, pour finir, ressortant du boui-boui sous le crachin rayant l'atmosphère, comme dans un vieux film noir, le poète, rabattant la capuche de sa vieille parka et pataugeant dans les flaques d'eau du trottoir, s'était soudain retourné et, me fixant de ses grands yeux bleus embués, m'avait déclaré : « Je suis désolé, mais les poètes sont décevants. »

1. Éditions Le dé bleu, 1996.

À la chute de l'anecdote, l'assemblée resta médusée et il s'ensuivit un silence de trente longues secondes, jusqu'à ce que je soulage l'assistance en lançant : « Je plaisante ! »

À cette déclaration, les gens s'ébrouèrent en riant, m'applaudirent aussi chaleureusement qu'auparavant le poète (lequel, penché vers la vestale, paraissait se montrer aussi incrédule aux tentatives de traduction de mes propos que je l'avais été à ses envolées lyriques) et un grand mouvement joyeux se fit vers la table où claquaient les bouchons de champagne.

Tout le monde était content, moi aussi.

Le syndrome d'Alice

> « — Mais je n'ai nulle envie d'aller chez les fous ! fit remarquer Alice.
>
> — Oh ! Vous ne sauriez faire autrement, dit le chat : ici tout le monde est fou. Je suis fou. Vous êtes folle.
>
> — Comment savez-vous que je suis folle ? demanda Alice.
>
> — Il faut croire que vous l'êtes, répondit le chat ; sinon vous ne seriez pas venue ici. »

Combien d'entre nous, une fois entrés dans un bistrot de quartier — où les modalités de la conversation, portant généralement sur la politique, ressemblent si souvent à celles d'un jeu compliqué dont personne ne connaît les règles et où chacun, bien que raisonnant à tort et à travers, tient absolument à faire prévaloir son opinion — n'ont-ils pas éprouvé cette sensation d'avoir été invités à *un thé chez les fous* ? Et combien n'ont-ils pas alors commencé de se questionner sur leur propre santé mentale ? Peter Handke, dans *L'Après-midi d'un écrivain*, nous confesse avoir souvent éprouvé ce « syndrome d'Alice » :

Aussi entra-t-il dans cette auberge des confins de la ville que par-devers lui il appelait « le troquet » pour être bien sûr qu'il n'était pas fou mais que bien au contraire, comme il s'en était toujours rendu compte quand il était avec d'autres, il était l'un des rares qui fût à peu près sain d'esprit.

S'il fut un enfant qui eut très tôt cette troublante impression face au monde auquel il était confronté, c'est bien le fils du pasteur de Daresbury dans le comté du Cheshire. Très tôt, en effet, ce garçon (un peu trop doué pour la logique et les mathématiques, peut-être…) éprouva le sentiment de son altérité et de son corollaire : la solitude. Aussi, pour se consoler, il s'inventa un compagnon tutélaire et fraternel qu'il nomma Lewis Carroll, avec qui il put élaborer un compensatoire théâtre intime, comique et sarcastique tout à la fois, où les petites filles qu'il admirait en secret, les animaux, pour qui il ressentait une si puissante empathie, et les divers personnages du monde guindé et conformiste de son époque, apparaissaient sous la forme de marionnettes archétypiques.

Or, si celui qui deviendra l'étrange et excentrique révérend Charles Lutwidge Dodgson était d'une intelligence nettement au-dessus de la moyenne, Lewis Carroll, lui, était un authentique génie et, en créant ce guignol onirique, il développa non seulement une ironie mordante à l'égard de la société victorienne ultra-corsetée de son temps, mais aussi — sous une forme apparemment anodine — une critique impérissable des critères moraux et intellectuels de l'Occident tout entier.

Comme tous les génies, Carroll se contenta de faire une chose somme toute très simple : il renoua tout naturellement avec la plus ancienne et robuste tradition spirituelle de son pays, le pragmatisme anti-intellectualiste, l'indéracinable tradition anglo-saxonne du *common sense* dont le docteur Johnson avait précédemment fourni le modèle le plus achevé et dont la lignée allait se poursuivre plus tard avec des écrivains sarcastiques du type de Samuel Butler (« C'était une belle, une magnifique théorie, hélas, lâchement assassinée par un vilain petit fait ! », dans *Ainsi va toute chair*), Laurence Sterne, Charles Dickens (en partie), G.K. Chesterton (« Le fou est celui qui a tout perdu sauf la raison », dans *Orthodoxie*) et surtout Jerome K. Jerome.

Cependant, Carroll, en bon logicien — ce qui rend son apport à la fois désopilant et inoubliable —, se contenta d'une démonstration par l'absurde, il poussa jusqu'au *nonsense* (arme sarcastique favorite du *common sense*) les conséquences dernières des préjugés les plus conventionnels et les plus bornés de son époque et, ce faisant, rédigea le traité antidogmatique le plus efficace qui ait jamais été écrit.

Lin Yutang, philosophe chinois exilé aux États-Unis, écrit :

Le mépris des Anglais pour les théories, leur façon de les saboter lentement, au besoin, et en tout cas leur lenteur à trouver leur voie, leur amour pour la liberté individuelle, le respect, le bon sens de l'ordre, sont des choses qui agissent plus puissamment sur le cours des événements que toute la logique du dialecticien allemand...

et j'ajouterai : ainsi que tous les brillants raisonnements du cartésien français, raison pour laquelle, soit dit en passant, Lewis Carroll est sans doute si peu lu en France ; et certainement le moins par les esprits réputés sérieux qui le relèguent dans le rayon de ce qu'ils estiment être celui de la littérature enfantine. La vérité, me semble-t-il, est que cette lecture, ils le pressentent, risquerait fort de leur renvoyer une image d'eux-mêmes immortellement campés sous la forme d'un Humpty Dumpty — le pédant impénitent, bien enclos dans sa forme d'œuf très satisfait de lui-même et qui se targue de faire dire aux mots ce qu'il en a décrété, puisque, ainsi qu'il le déclare péremptoirement à Alice : « Il s'agit seulement de savoir qui est le maître, un point c'est tout ! », ou bien encore dans celle de l'inénarrable Chevalier Blanc, dont le brillant cerveau ne cesse de multiplier les inventions les plus chimériques et les plus inutiles, sans qu'il parvienne toutefois à se maintenir en selle plus de quelques secondes, sur sa paisible monture.

C'est sans doute aussi pourquoi il m'est advenu d'imaginer follement un soir, juste avant de m'endormir, que l'œuvre de Lewis Carroll pourrait être inscrite avec un certain profit — à la fois pour eux et pour nous, veux-je dire, car ils commenceraient peut-être alors de se méfier un tant soit peu des vilains petits faits sournois qui se tiennent dans leur dos ?... — au programme des fameuses grandes écoles dont sont frais émoulus tous ces modernes technocrates qui fabriquent, avec une logique implacable et une arrogance tout à fait comparable à celle de la Reine Rouge, ce « meilleur des mondes » où nous vivons désormais.

Cependant, presque aussitôt, bien entendu, je me suis endormi, traversant moi-même le miroir... me retrouvant mystérieusement devant le brasero de charbons rougeoyants d'un salon victorien (quelque part dans le Cheshire, m'a-t-il semblé...) où, calmement assis en face de moi sur un fauteuil à oreillettes, se tenait un énorme matou au sourire énigmatique qui m'adressa ce bref discours :

« Ce que vous souhaitez là, je vous crois tout à fait assez *bon* pour le faire, mais il y a tout à craindre que vous ne soyez pas, hélas, assez *fort*, car vouloir modifier le train du monde est presque aussi difficile, figurez-vous, que d'arrêter un Bandersnatch ! »

L'amour aura-t-il éternellement
un goût doux-amer ?

Je me souviens du vieux parc de Bagatelle alangui sous la pluie d'automne, des cygnes méditant sur l'eau noire du bassin, de la grande cascade bruissante parmi les rochers artificiels, des allées jonchées de feuilles mortes humides, des flaques pensives, des arbres s'inclinant vers nous (me parut-il) avec sollicitude. Je me souviens surtout de la désuète décoration du pavillon-salon de thé où, après que nous eûmes commandé nos chocolats chauds (pour lequel cet établissement était réputé), elle commença de m'expliquer avec d'infinies précautions et un luxe de détours rhétoriques pourquoi notre « grand amour » n'avait plus d'avenir.

J'observais son allure stricte de fille de bonne famille, son beau visage absent, son corps désincarné de sylphide — qu'à l'époque je désirais tant — et ses paroles me parurent ouvrir un gouffre béant sous mes pieds, j'eus littéralement la sensation de m'évanouir à ce monde.

J'avais vingt-quatre ans, c'était ma première grande désillusion amoureuse !

Cependant, tandis que je l'écoutais ainsi — tel le fantôme transi de ma prime jeunesse —, le souvenir qui m'en reste, un peu enfoui à vrai dire sous les décombres de tant d'années, est étrangement celui de l'âpre jouissance procurée par cet ineffable chocolat que je laissais couler dans mon gosier. Ce fut vraisemblablement à cette occasion que je pris conscience du pouvoir apaisant des synesthésies, car n'avais-je pas lu peu de temps auparavant, dans une étude sur Platon, que, pour les êtres ardents, le goût de l'amour resterait éternellement doux-amer ? Cette simple allégation, alliée au goût bien matériel, sur ma langue, du cacao, du sucre et de la crème si savamment dosés, me raccrocha inespérément à ce monde controversé m'évita de sombrer dans la pire des détresses juvéniles.

Non seulement je découvrais les plaisirs subtils de la délectation morbide, la saveur douce-reuse de la mélancolie, mais je réalisais encore avec une sorte de jubilation sombrement euphorique que la vie, l'immense vie réelle, qui englobait tous les enthousiasmes et les éventuelles désillusions des inéluctables péripéties (dont l'avenir, je le pressentais, ne serait pas avare) était en même temps si fastueusement prodigue qu'il se présenterait toujours, à l'instant des mauvaises fortunes, quelque infime élément compensatoire auquel se raccrocher ; et je dois dire que cette croyance, cette foi, ne m'a jamais plus quitté ni fait défaut depuis ce jour — à l'instar (bien que de manière inversée, en quelque sorte) de ces combattants qui, menacés par d'implacables ennemis, conservent en permanence sur eux une capsule de cyanure libératrice.

Pour ma part, ce fut toujours — sous forme d'un furtif bonbon (comme ceux dispensés par ma mère pour consoler mes gros chagrins d'enfance) ou (comme au temps de l'incommensurable ennui scolaire) d'un vieux chewing-gum insipide collé sous le pupitre et toujours prêt à être remâché —, ce fut toujours, oui, une petite capsule de bonheur bien concret que j'ai pris l'habitude de conserver à portée de main, prête à être dégustée au bord des précipices de la désespérance, et rares sont les fois où cette astuce tactique, consistant à subvertir l'âme trop idéaliste (et fatalement dépitée) par les petits plaisirs gourmands, n'a pas fonctionné.

Par la suite, j'appris que le mot chocolat, qui vient de l'ancien vocable mexicain *xocolatl* (signifiant « eau-amère »), désignait pour les Mayas la nourriture divine ou plus exactement — dit le livre savant où je me suis instruit[1] — l'élément médiateur entre les dieux et les hommes.

Or ce jour de mon premier grand désamour, lorsque avec ce sourire désolé — ineffaçable — elle me quitta en me souhaitant bonne chance, me tourna définitivement le dos pour faire

1. Alfred Franklin, *La Vie privée d'autrefois, arts et métiers, modes, mœurs, usages des Parisiens du XIIe au XVIIIe siècle — le café, le thé et le chocolat*, Paris, Plon et Nourrit, 1893.

quelques pas vers ce futur où je n'aurai plus aucune part, puis que, peu après, je repartis moi-même comme une âme en peine parmi les allées désertes (qu'une puissante averse obscurcissait), j'ai souvenir d'avoir formulé un fervent vœu propitiatoire : que le sardonique Cupidon — dont je devinais le plaisir pervers qu'il prenait à tourmenter ses naïves victimes — demeure suffisamment compatissant, lorsqu'il m'adviendrait d'être encore la cible de sa cruelle fantaisie, pour me dispenser d'aussi savoureuses compensations *chocolatées* !

Sortilèges de l'indiscrétion

Descendu du train à la gare du Midi, je m'étais incorporé à la brume bruxelloise pour rejoindre une rue borgne du quartier de Schaerbeek, là où, disait-on, Michel de Ghelderode avait enfanté ses macabres fables médiévales. Or, cherchant l'adresse qui m'avait été indiquée, je passai devant la porte entrouverte d'un logement en rez-de-chaussée et ne pus m'empêcher d'y couler un regard. C'était un atelier d'artiste presque vide, au charme désuet. Intrigué, je m'enhardis à pousser la porte, m'enquérant à voix haute de savoir s'il y avait quelqu'un. Pas de réponse. Mû par une audace qui me surprit moi-même, j'entrai plus avant dans les lieux.

J'avais en face de moi une verrière aux vitres dépolies, de hauteur moyenne, éclairant l'endroit d'un jour blafard et presque irréel ; au centre s'ouvrait une porte, vitrée elle aussi, d'où je crus inexplicablement sentir qu'une présence venait de se soustraire à ma vue ; pour le reste, des murs nus, sans le moindre meuble hormis une jolie table basse et ronde sur laquelle reposaient un carnet et un tampon encreur ; sur le parquet poussiéreux gisaient de la toile et de grandes feuilles de papier ; un peu plus loin, toujours à même le sol, quelques brosses, un marteau, ainsi que trois bols d'où émanait une forte odeur de colle ; contre le mur de gauche un cadre était appuyé et sur celui de droite trois toiles retournées. Le tout vibrait du magnétisme des choses tout juste abandonnées. Au fond à droite enfin, une porte fermée et sur la gauche, une autre ouverte sur ce qui se révéla, à l'examen, n'être qu'un débarras éclairé par une simple lucarne donnant sur une courette.

Je demeurai quelques instants à contempler ce décor spectral, pratiquement vidé de toute substance mais qui, pour quelque mystérieuse raison, me fascinait au point de me faire oublier l'objet de ma venue dans le quartier. Pour finir, je ne pus résister à la curiosité et retournai les toiles une à une.

Quelle ne fut pas ma stupéfaction de constater qu'elles représentaient toutes — parfaitement exécutées dans la manière silencieuse, calme, extralucide, d'un Morandi — le décor de l'atelier lui-même. Seule la lumière variait quelque peu d'une toile à l'autre.

Saisi de vertige, je dus me ressaisir pour récupérer mon bon sens car j'avais soudain l'étrange sensation de revivre l'un de mes plus vieux rêves récurrents : celui où j'étais invariablement entraîné dans la spirale infinie d'un emboîtement répétitif… Je demeurai un temps indéterminé dans cet endroit, littéralement envoûté, puis, oubliant mon objectif premier, retraversai la moitié de Bruxelles pour me réfugier dans ma chambre d'hôtel.

Ce soir-là, je sombrai dans un sommeil de plomb. Je m'éveillai le lendemain avec le désir obsédant de revisiter l'atelier. Vers onze heures, n'y tenant plus, je m'y acheminai. La porte était encore entrouverte, dans la même exacte position que la veille. J'entrai, cette fois-ci, sans prévenir pour tenter de surprendre une présence éventuelle mais rien n'avait changé, à cette exception près, toutefois, qu'une nouvelle toile s'était ajoutée aux autres. La retournant, je ne pus constater qu'une variation de plus dans l'éclairage du tableau, pour le reste identique aux autres.

Les trois jours suivants, je revins dans l'endroit à la même heure et tout se répéta encore comme si je participais déjà d'un rituel — la toile du jour présentant à chaque fois une lumière subtilement différente, sans qu'aucun autre élément fût modifié d'un iota. Le matin de mon retour à Paris cependant, dès l'entrée, mon regard fut attiré par un minuscule changement dans l'ordonnancement des lieux : un crayon reposait à côté du carnet ouvert où je pus lire, calligraphié d'une belle écriture tremblée : « Merci pour votre attentive participation. » Saisissant le crayon, je sentis qu'il était encore chaud de la main qui l'avait tenu.

J'ouvris la porte vitrée : rien que la minuscule cour sans issue et pas âme qui vive...

Dans le train du retour, tandis qu'une pluie battante giflait les vitres de milliers de gouttes vibratiles, j'eus la sensation de m'abandonner comme jamais au charme incantatoire de leurs innombrables tapotements ténus et amicaux.

Frisson panique à l'Académie

Le critique d'art réputé m'avait invité à venir écouter une conférence qu'il tenait à l'Académie des beaux-arts — contiguë à l'Académie française. Comme non seulement je ne manque jamais une occasion de m'ennuyer délicieusement, mais qu'encore je n'avais jamais eu l'occasion de pénétrer dans cette enceinte prestigieuse, j'avais accepté avec empressement.

Je me retrouvai donc — intimidé par un décor dont je n'avais entrevu l'équivalent jusqu'à ce jour que dans les émissions télévisées retransmettant des déclarations ministérielles depuis l'hôtel Matignon — assis à la place qu'un appariteur cérémonieux m'avait impartie.

J'observais d'une part les hauts plafonds à caissons enluminés, les immenses peintures murales représentant les vertus civiques majeures, la coursive courant en mezzanine et donnant accès à des rayonnages où reposaient des milliers de volumes dorés sur tranche, des niches en rotonde où se dressaient les statues de peintres célèbres, la tablette devant moi tapissée de cuir vert, avec son opaline dispensant un éclairage propice à la méditation et d'autre part, l'assemblée assez nombreuse qui, bruissante de chuchotis, attendait comme moi l'événement, notant au passage que j'étais de loin la plus jeune des personnes en présence — lesquelles représentaient manifestement la fine fleur septuagénaire du milieu de la littérature d'art parisienne. Je pouvais notamment admirer en face de moi une imposante galerie d'anciennes beautés décaties arborant des panoplies de bijoux à faire pâlir le plus désinvolte des gigolos. Les hommes, eux, costumés, cravatés et peignés, affichaient toutefois cette légère touche de négligé et d'élimé qui est l'apanage du grand âge et confère un chic supplémentaire à ceux qui n'ont plus rien à prouver. Sur une estrade latérale se tenaient le président de séance et ses deux assesseurs conversant avec animation.

Enfin mon nouvel ami fit son apparition et le président, après avoir brièvement dénombré ses mérites, lui donna solennellement la parole.

La communication, autant qu'il m'en souvienne, avait trait aux *Arcanes secrets de la plastique moderne*. Après une entrée en matière humoristique, mon ami embraya brusquement sur une démonstration savante au sujet du mathématisme fondamental qui sous-tend l'architecture des hautes époques — égrenant pour ce faire une foule d'exemples illustrés par la projection sur l'écran qui nous faisait face (un appariteur manœuvrant l'appareil) d'une multitude de schémas ornementés d'une kyrielle de chiffres abscons.

Le bienheureux engourdissement escompté commençait à faire son effet lorsque je dus me rendre à l'évidence que l'orateur m'avait choisi comme récepteur privilégié de son discours et me fixait tout en parlant. Luttant de toutes mes forces contre la torpeur qui me gagnait, je demeurai stoïquement les yeux ouverts, souriant de temps à autre d'un air entendu à ce que, d'oreille, je supposais être les fins de phrases. Louchant sournoisement sur les rangs voisins, je pus constater qu'une bonne moitié de l'auditoire dormait pour de bon ; avec beaucoup d'élégance toutefois, la plupart — le front dans les mains — adoptant des attitudes de recueillement.

Cependant, l'allocution étant parvenue à son point crucial — l'art nègre et son influence déterminante sur le cubisme — nous vîmes se succéder sur l'écran une série de masques africains tous plus saisissants les uns que les autres.

L'orateur devenant soudain extraordinairement lyrique, le reste de l'assemblée sembla parcourue d'un frisson électrique. Des interjections et des rires fusèrent, les vieilles belles se trémoussèrent sur leurs sièges et l'une d'elles, interrompant le discours officiel, nous raconta tout à trac une expérience de transe qu'elle avait vécue dans une forêt du Gabon. Durant ce récit et tandis que les figures d'idoles continuaient de défiler sur l'écran, plusieurs vieux messieurs se mirent à tapoter en cadence sur leur tablette comme sur des percussions, d'autres à chantonner des mélopées improvisées à voix basse, d'autres encore à esquisser des gestes cabalistiques.

Sur ces entrefaites, l'orateur, parvenu aux conclusions, entreprit de nous énumérer avec méthode ce qu'il considérait comme les avancées décisives de sa thèse et, l'assistance reprenant tranquillement son rythme de croisière, chacun put réintégrer sa somnolente, éminente et délicieuse urbanité.

À mon grand soulagement.

Évangélisation laïque

Ayant donné rendez-vous à mon ami Patrick pour lui emprunter son échelle qu'il m'apportait dans sa camionnette, j'eus quelques instants d'avance pour apprécier le « lieu du calvaire », au croisement de la petite et de la grande route.

À côté d'un terre-plein où les voitures peuvent manœuvrer se trouve un chemin mi-champêtre mi-forestier s'enfonçant dans un sous-bois ombreux et qui se présente comme « une invitation à la promenade dans l'atmosphère de Gustave Courbet ». À la naissance de ce chemin, un ruisseau s'écoule par-dessus les racines d'un gigantesque frêne poussé là les pieds dans l'eau. Quand le silence se fait (c'est-à-dire lorsque aucune automobile ne passe), on entend l'aigrelette ritournelle de la minuscule chute d'eau.

Plus près de la grande route, et faisant face à la rampe qui descend du hameau le plus proche de chez nous, est dressé le calvaire proprement dit. C'est une niche de pierres rouges défendue par une grille, dans le creux de laquelle est placée une statuette de la Vierge de facture assez grossière (les yeux, d'un bleu soutenu, levés au ciel…). Devant, sur la margelle, sont disposés trois vases dont l'un contient des fleurs en plastique, le deuxième des fleurs des champs un peu fanées et le dernier… en fait un pot de terre garni d'un splendide géranium ! Le dessus de la niche est couronné d'une guirlande de pierre disposée avec une grâce et un raffinement surprenants.

Cet ensemble, reposant à l'ombre des grands arbres qui enchantent les parages, forme un tableau représentatif de l'aspect encore si pittoresque des campagnes françaises.

Cela dit, et comme on peut s'y attendre, la pression colonisatrice du monde moderne ne s'y laisse pas oublier. Pour commencer, la grande route a été récemment élargie pour permettre aux automobiles de passer plus vite encore, leur laissant peu de chance d'apercevoir l'endroit. Ensuite, l'éventuel envoûtement du spectateur ayant eu l'inspiration de s'y poser un instant est assez vite interrompu par le vrombissement désenchanteur d'un moteur quelconque et, visuellement parlant, par la présence polluante (et je le crois — sans disposition paranoïaque déclarée — *pas tout à fait innocente* au niveau des luttes sous-jacentes et des menées inconscientes des groupes antagonistes au sein de la société) par la présence polluante, donc, d'une table de pique-nique d'un modèle réglementaire fourni par l'office du tourisme et que l'on retrouve partout en France sur le bord des routes — table qui joue son rôle assigné à la fois, superficiellement, de propagande péda-gogique en faveur du système en place et à la fois, plus profondément, plus vicieusement di-rais-je, de stigmatisation de ce qui, en ces lieux charmants, pourrait inciter au moindre épan-chement lyrique se rattachant au sacré ou à la religiosité ; il s'agit avant tout, en banalisant, de désamorcer, voire si possible d'éradiquer toute charge spirituelle éventuellement encore vivace en ces lieux.

Aussi, observant ce calvaire comme il en existe une multitude encore aujourd'hui au bord des routes de campagne, et dont on pourra vérifier que la plupart — comme celui que j'avais sous les yeux — continuent d'être fleuris discrète-ment et régulièrement (par les âmes simples qui parviennent mystérieusement à perdurer dans les lieux reculés ?...), je songeais que ceux-ci étaient symboliques, non point tant de la force présente du christianisme dans l'âme populaire mais plutôt de la puissance sous-jacente, jamais résorbée, du paganisme... Car ces statues de Sainte Vierge, de saints variés, toutes ces chapel-les sylvestres ou agrestes, tous ces tertres et ces calvaires au croisement des chemins et des rou-tes sont manifestement placés là de façon straté-gique, un peu à la manière de ce qu'on raconte des lignes de force telluriques que certains croient pouvoir déceler dans la topographie des pays.

Oui, tous ces saints locaux semblent être sa-vamment disséminés en fonction des diverses charges de pouvoir attribuées à leurs figures.

Ce sont les génies des lieux, à la vérité mi-chrétiens (par obligation et soumission) et mi-païens (par croyance profonde, véritable, atavique et multiséculaire). Et c'est bien pourquoi, d'ailleurs, les guérisseurs et les rebouteux (toujours plus ou moins mystiques, on le sait, et demeurés si actifs dans les campagnes) prescrivent à leurs patients des ex-voto et des prières dédiées à ces petites divinités vernaculaires. C'est sans doute aussi la raison pour laquelle, comme je le disais plus haut, les planificateurs de la modernité triomphante, s'ils se gaussent de telles pratiques et croyances, ne peuvent manquer (les êtres humains, même les plus cérébraux, étant reliés les uns aux autres par des « antennes psychiques » mystérieuses) de chercher à réduire, à contrecarrer aussitôt qu'ils le peuvent et avec la dernière énergie (ce qui prouve bien qu'ils prennent la chose au sérieux), les éventuelles émanations magiques encore vivaces dans ces lieux charmants — le charme étant, au sens littéral du mot, déjà révélateur d'une subtile présence que l'esprit rationnel a du mal à appréhender.

Or, de même que l'on sait que la chrétienté a presque toujours bâti ses églises sur l'emplacement des anciens temples païens — pratique à mon sens ambivalente : cherchant dans le même mouvement à assimiler l'éventuelle charge magique tout en l'annulant sur le plan symbolique — de même, aujourd'hui, la nouvelle laïcité universelle (en vérité d'obédience chrétienne en profondeur mais dans la version ultra-intellectualisée du protestantisme le plus pur et le plus dépouillé) la laïcité universelle, dis-je, à savoir la technocratie militante, ne peut faire autrement que de chercher à évangéliser à sa façon, avec un zèle ardent, en venant placer invariablement ses instruments de contre-pouvoir aux derniers endroits où perdurent encore de puissantes survivances archaïques. Elle ne le ferait certes pas si elle ne pressentait intuitivement l'étrange, inexplicable pouvoir — dont ils ont manifestement peur — de ces croyances enracinées dans les âmes naïves.

D'ailleurs, ce sont sans doute les plus obtus parmi les techno-promoteurs qui s'arrêtent le plus volontiers, en famille, afin de régénérer leurs petites âmes un peu flétries, desséchées et rigidifiées par l'embrigadement rationnel, au contact des fluides émanés du charme sylvestre et agreste si mystérieusement quintessencié dans ces lieux consacrés, sans ainsi risquer pour autant — rassurés par la présence des tables de pique-nique homologuées — un éventuel laisser-aller ou un abandon lyrique, toujours à craindre (allez savoir…) dès qu'on a franchi le pas.

Rumeurs du monde en marche

Ayant dû, pour de tristes et pénibles obligations que de temps à autre, hélas, l'existence
nous impose (en l'occurrence l'agonie d'un proche dans un hôpital assez sinistre), me couper
quelque peu de la marche du monde pendant
une bonne partie de l'été, ne faisant qu'en percevoir la rumeur, il m'est apparu que, d'une certaine façon, cette distance avait quelque chose
de salubre, qu'elle permettait de mieux distinguer peut-être l'essence des événements que la
proximité immédiate a une fâcheuse tendance à
occulter.

Ainsi, ai-je appris avec un peu de retard
qu'Ingmar Bergman et Michelangelo Antonioni
étaient morts approximativement en même
temps que Michel Serrault. Cette nouvelle
étrange m'a fasciné pendant plusieurs jours sans
que je puisse en démêler la raison. Puis, j'ai
commencé à me dire que mon subconscient
devait y percevoir une vague compensation naturelle ; comme si, en réalité, Serrault nous
avait fait la farce de mourir en même temps

que ces deux-là pour nous rappeler au non-sé-
rieux, au dérisoire fondamental de toute sacra-
lisation outrancière et faire une sorte de pied
de nez clownesque à ces deux figures majeures,
parfois sublimes mais souvent aussi austères, de
l'esthétisme et de l'intellectualisme cinématographique mondial.

Je me suis alors souvenu des longues heures
hypnotiques de ma jeunesse, passées dans les
salles obscures en compagnie de mes camarades apprentis cinéastes, à visionner les films de
ces deux chantres de la désillusion, de l'incom-
municabilité et de l'angoisse de vivre, ces esthètes du désenchantement d'après-guerre qui faisaient peser sur nous autres, nouveaux venus —
snobisme et érotisme juvénile aidant —, l'obligation de nous montrer tout aussi moroses, désabusés et artistement paumés que les protagonistes de leurs films.

Oui, les élégants héros déphasés, les ineffa-
bles « étrangers » camusiens qui promenaient
leur spleen existentiel (et surtout existentialiste) en compagnie d'héroïnes aussi boulever-
santes, aussi fatales, que Monica Vitti, Lucia
Bosé, Vanessa Redgrave, Ingrid Thulin et Liv
Ullmann… Ces dandies crépusculaires et blasés
à la diction grave, aux sourires las et aux gestes
lents et parfaits, tels que Max von Sydow, Gun-
nar Björnstrand, Marcello Mastroianni ou David Hemmings.

Je me suis encore souvenu, en effet, des longues heures de somnolent ennui que nous nous
imposions (conformisme parisianiste oblige !)

et qui, par bonheur, débouchaient parfois sur quelque admirable scène rédemptrice : le geste de fraternité de Monica Vitti en conclusion des interminables longueurs de *L'Avventura*, les dix dernières minutes de pure poésie cinématographique après les lévitations suspensives de *L'Éclipse*, la partie de tennis mimée dans le parc londonien après les fatuités masculines un peu superfétatoires de *Blow-up*, les plans picturaux à la Rothko dans le conceptuellement confus *Désert rouge*, l'adieu poignant de Victor Sjöström aux jeunes gens, sur le balcon, dans *Les Fraises sauvages* (celui-ci parfait de bout en bout), les visages des trois femmes reflétés par les miroirs des coulisses du théâtre dans *La Fontaine d'Aréthuse* (le chef-d'œuvre de Bergman), la gaieté crypto-shakespearienne de *Sourires d'une nuit d'été*, puis la séquence de l'angoisse planante et mozartienne de *L'Heure du loup* — une des premières œuvres d'une longue série inaugurée avec *Persona* et dédiée principalement aux très pesantes angoisses métaphysiques d'obédience kierkegaardienne — et je me suis dit qu'au bout du compte, au sein des grandes œuvres comme dans la vie, il fallait savoir s'ennuyer un peu (et parfois même beaucoup…), qu'en bref il fallait savoir attendre suffisamment pour recueillir les plus insignes prodiges ; savoir supporter, par exemple, les longues digressions oiseuses de la *Recherche* pour soudain déboucher sur les plus pures merveilles de la littérature introspective, supporter toute la trivialité des fonctions digestives dans *Ulysse* pour atteindre au monologue de Bloom, digérer les innombrables supputations de Musil sur l'âme et la précision, dans *L'Homme sans qualités*, pour vibrer enfin à la plus exaltante histoire d'amour de la littérature européenne et j'en ai conclu (du moins momentanément, car en matière de conclusion le spectre de Flaubert ne cesse de planer lourdement au-dessus de ma tête) que les plus grands artistes ne faisaient qu'abriter en eux-mêmes un génie aux apparitions intermittentes, un farfadet aux inspirations sporadiques et que notre erreur — inlassablement réitérée — était de vouloir à toute force idolâtrer nos maîtres au point de les croire infaillibles...

N'était-ce pas cela, au fond, que mon subconscient essayait de me suggérer en m'obsédant avec la coïncidence de la disparition simultanée de notre clown national — lui-même tout aussi intermittent dans ses prestations, d'ailleurs — et de celle des légèrement fastidieuses, mais finalement sublimes, grandes figures du cinéma *d'art et d'essai* (comme on ne dit plus) du siècle dernier, qu'étaient Bergman et Antonioni ?

Un poème,
ça vaut bien un sandwich, non ?

Aussi loin que je remonte dans mes souvenirs, l'homme s'est toujours tenu à l'emplacement où il se tient encore aujourd'hui : très précisément sur le trottoir qui fait face à la brasserie de l'hôtel Lutetia, non loin du kiosque à journaux et à deux pas du métro Sèvres-Babylone. Tout au long de ces dernières années (celles de la fin du siècle passé et celles du début de celui-ci) je l'ai aperçu à cet endroit, vêtu de son costume bien coupé, cravaté, ses chaussures bien cirées, ses petites lunettes cerclées sur le nez, le regard fixe et un peu résigné, légèrement penché en avant et piétinant sur place les jours de froid, débitant sur votre passage, d'une voix neutre et avec une régularité de métronome, la même formule absolument inchangée :

— Un poème, ça vaut bien un sandwich, non ?

J'avais toujours été à la fois fasciné, un peu méfiant et interloqué par le personnage, surtout par son « accroche » un peu maladroite et prononcée sans conviction, n'ayant d'ailleurs pas le souvenir d'avoir jamais vu quiconque s'arrêter pour lui parler. Ce qui faisait qu'en dépit de mes auto-exhortations réitérées je n'avais jamais réussi, moi non plus, à lui adresser la parole. Quelque mystérieuse inhibition, une sorte de peur sacrée, peut-être, m'en avait toujours empêché. Comme si, dans cette rencontre périodique, quelque chose de follement ambivalent outrepassait mon simple raisonnement, comme si à la fois j'avais craint d'entrer en contact avec un demi-poète autiste, tel qu'il en existe de multiples variétés dans les grandes villes et, à la fois, j'avais redouté, à l'instar de ce que croyaient les Grecs anciens, d'être mis à l'épreuve par quelque entité divine dissimulée sous la défroque d'un pauvre hère. Plus étrange encore, j'avais eu beau me dire, toutes les fois où je l'avais aperçu, qu'il me fallait impérativement témoigner par écrit de ce singulier *survenant*, inopinément surgi en plein cœur du quartier de l'« establishment » littéraire parisien, à chaque fois un voile était venu occulter après coup mon projet.

Pendant longtemps, il avait porté sous le bras une serviette assez mince et non fermée d'où dépassaient quelques feuillets dactylographiés, paraissant toujours sur le point de vous en proposer un au prix du fameux sandwich. Cependant, ces dernières années, j'avais noté qu'il avait désormais les mains vides et qu'en outre son apparence à la fois vestimentaire et physique s'était nettement dégradée. Plus récemment encore, j'avais pu le voir assis et courbé en avant sur le banc le plus proche, à quelques pas de son poste habituel et marmonnant sa phrase rituelle entre ses dents, mais pas jusqu'au bout : « Un poème, ça vaut bien… », comme si le mécanisme s'enrayait à mi-chemin. Et là encore, pris d'une sorte d'incoercible respect humain, je n'avais pu m'arrêter.

La réalité semblait bien être que le quidam s'étant désormais définitivement clochardisé, il eût en même temps perdu l'énergie de proposer sa mendicité poétique et que, par une habitude devenue rituelle, il continuât, à cet emplacement sur le trottoir qui, de droit, était devenu le sien, de remplir machinalement sa mystérieuse fonction. Mais quel pouvait bien être le secret de sa prodigieuse ténacité ?

Au printemps dernier, au moment même du Marché de la Poésie (lequel dresse ses tréteaux place Saint-Sulpice, à quelques encablures de là), comme je venais de flâner quelques instants parmi les innombrables stands où s'émulsionnait le petit monde des poètes officiels, lequel ressemble assez à un congrès de cruciverbistes ou de philatélistes en plein exercice de congratulations réciproques, et après avoir tenté — une fois de plus et par acquit de conscience, mais en vain — de déchiffrer quelques-unes des énigmes proposées dans les ouvrages empilés sur les tables, je décidai de marcher un peu pour m'aérer l'esprit.

Passant inévitablement par la rue de Sèvres pour rejoindre ma station de métro, je l'aperçus de nouveau, assis là sur le banc, prostré, ne prononçant même plus sa demi-phrase automatique mais se contentant, les yeux baissés, de marmonner dans sa barbe des phrases incohérentes.

Touché au cœur, j'eus pour la première fois l'audace de m'adresser à lui. M'étant approché, je lui demandai si je pouvais lui être d'un quelconque secours. Relevant la tête, il m'a alors fixé avec une expression infiniment incompréhensive, presque ahurie, et j'ai lu, sans équivoque, la demi-démence dans son regard éperdu. (Était-ce la première fois depuis longtemps qu'on lui adressait la parole ?) Il ne m'a rien répondu et j'ai poursuivi mon chemin.

Longeant ensuite, un peu incrédule et mélancolique, les hautes fenêtres brillamment éclairées de ce quartier huppé, je me suis soudain souvenu que, par une soirée toute semblable, Gérard de Nerval, parvenu au bout de sa propre folie et de ses maigres ressources, s'était, selon l'expression de Georges Limbour, « pendu au bec de gaz d'une rue de Paris *comme au poing surhumain d'un dieu* ».

Sportifs et fantômes
au bois de Boulogne

Ce qui m'a toujours fasciné dans les parcs, c'est le fantastique social.

Que ce soit dans ma jeunesse, à la faveur de mes entraînements de tennis qui avaient lieu à Roland-Garros et au Racing Club de France, au cours des rencontres par équipes qui nous ouvraient les portes du Tir aux pigeons et du Polo de Bagatelle, ou plus tard, le parcourant en deux roues sur toute sa longueur, ou encore la nuit en automobile, de retour de la banlieue ouest, ralenti par les encombrements de voitures dans les phares desquels s'exhibaient des créatures d'apparence féminine à moitié dénudées, ou bien des hommes en imperméable entrouvert brandissant leur sexe en érection tel un objet de culte intemporel, j'ai rassemblé, au long des années, quantité d'instantanés hétéroclites sur le bois de Boulogne où sportifs et apparitions se mêlaient étrangement.

Lorsque nous arrivions au Polo de Bagatelle pour les matchs par équipes, mes camarades de club et moi, légèrement tendus à l'idée du faste grand-bourgeois auquel nous savions devoir être confrontés, je ne pouvais m'empêcher de sourire en apercevant — à deux pas des limousines de luxe où somnolaient les chauffeurs en uniforme et d'où s'étaient extraits, un instant auparavant, des dandys bottés, casqués de cuir verni, en blazer à écussons (à cette époque, arborant encore parfois des monocles), suivis de majordomes portant leurs sacs de sport et leurs longs maillets, non loin des lads qui faisaient trotter les chevaux chamarrés sur le gazon — l'énorme logistique du matériel à la fois halieutique, alimentaire et familial (bouteilles Thermos, barbecues, radios portatives, parasols, cannes à pêche télescopiques, chiens-chiens, bambins criards, grands-parents impotents, etc.) qui avait été déployée — comme dans une photo des premiers congés payés prise par Cartier-Bresson — par les quelques pêcheurs à la ligne ayant établi leur campement du jour sur les bords du petit étang (ouvert à tous) situé à quelques dizaines de mètres de là.

Le luxe était à peu près équivalent, bien que socialement un cran au-dessous, au Tir aux pigeons (fréquenté essentiellement alors par des généraux à la retraite) et au Racing (déjà envahi insidieusement, au grand dam des membres de longue date, par toute la nouvelle richesse parisienne plutôt arrogante — en tenues de sport flambant neuves). Je m'y amusais à observer le manège des vieux beaux athlétiques, en tee-shirts et shorts bleu ciel, qui faisaient saillir leurs muscles un peu fripés, courant en longues foulées étudiées sur la piste de gazon, devant les innombrables naïades, en mal de protecteurs, bronzant aux abords de la piscine.

Durant les intervalles des entraînements à Roland-Garros, et comme j'avais compris de longue date qu'il était crucial de dissimuler mes intérêts littéraires à mes camarades de sport, je me réfugiais en face pour lire, dans les splendides serres des jardins d'Auteuil peuplées de botanistes en extase devant les fougères naines de Sumatra et qui, pour leur part, Dieu merci, paraissaient considérer un jeune garçon plongé dans un livre en pleine journée comme une présence fraternelle.

Plusieurs années plus tard, me rendant tous les samedis matin sur l'île de Puteaux où j'enseignais le tennis, j'empruntais l'itinéraire qui longe le champ de courses de Longchamp, m'arrêtant pour contempler le déferlement, sur leur piste réservée, des vagues successives de coureurs cyclistes lancés à toute allure, dans leurs tenues moulantes fluorescentes, casqués, lunettés et arc-boutés sur leurs bécanes comme pour un Paris-Roubaix de légende, insultant, bien entendu, au moment de les dépasser, les gêneurs, tête nue, le buste relevé, en train de pédaler tranquillement l'air de rien mais dont on pouvait deviner à leur nonchalance affichée qu'ils étaient venus là tout exprès pour entraver sournoisement la course au record des fanatiques de la performance.

Si j'optais pour l'itinéraire intérieur, je longeais le grand lac, enviant au passage les couples en train de flirter dans les canots, ramant vers la petite Cythère verdoyante de l'île aménagée en son centre, puis j'empruntais le raccourci me permettant d'entrevoir le groupe solennel des pêcheurs à la mouche en plein exercice de lancer au bord de la rivière artificielle.

Aujourd'hui, lorsque je m'engage à vélo dans les allées du bois — généralement pour aller ensuite courir un peu autour du grand lac —, après avoir franchi l'autoroute de l'ouest par le petit pont qui l'enjambe derrière Roland-Garros, je m'attarde un instant près de l'aire des joueurs de pétanque où, dit-on, sont pariées des sommes astronomiques, puis je roule jusqu'au bassin où les modélistes haut de gamme font évoluer leurs prototypes télécommandés, pour redescendre enfin — croisant des dizaines de joggeurs et de chiens d'extractions diverses — jusqu'aux terrains où, le week-end, des équipes de foot et de rugby s'affrontent devant un maigre parterre de supporters somnolents, et je demeure longtemps à observer, entre les lignes à moitié effacées sur l'herbe pelée, non loin des grands arbres du parc de Bagatelle, ces sportifs amateurs en maillots disparates en train de se démener comme de beaux diables — considérant, avec une certaine amertume, ce dont le sport de haute compétition m'a privé au sortir de l'enfance : la joie salubre de l'effort gratuit et sans arrière-pensée.

S'il est cependant une présence tutélaire assez peu sportive qui me hante lors de mes randonnées dans le bois de Boulogne, c'est bien celle de Marcel Proust dont on sait la place qu'il lui a réservée dans la *Recherche*. Or, un certain soir que je m'étais attardé auprès de la grande cascade à écouter vaguement le bruit de l'eau, je crus apercevoir, dans l'ombre des arbres, en surplomb, une silhouette à l'élégance un peu gourmée, enveloppée d'une lourde pelisse désuète, qui paraissait observer de loin les derniers retardataires en train de boucler leurs itinéraires dans les allées. Il me vint soudain à l'esprit qu'il était bien possible, après tout, qu'aux heures équivoques et à ceux qui le désiraient suffisamment fort, l'au-delà accordât parfois certaines brèves permissions…

La barbarie au cœur de la cité

Jeudi de la semaine dernière, une femme de mon entourage, alors qu'elle circulait à Vélib', a été renversée et broyée quai de la Rapée par un camion aveugle dont le conducteur était probablement exaspéré comme le sont, à ce que j'ai pu constater dernièrement, beaucoup d'automobilistes, par le ralentissement occasionné par les vélos.

Or ce qui me motive à en parler ici est ce fait ahurissant que, lors de l'enterrement et également au cours d'entretiens subséquents, j'ai cru ressentir comme une soumission fataliste et incontournable des consciences parisiennes au fait que le vélo était devenu si dangereux dans la cité moderne qu'il ne restait plus qu'à proscrire ce moyen de locomotion pour laisser les automobiles circuler sans entraves aux allures les plus vives. Comme si l'automobiliste roi avait une sorte de droit intangible et sacré comparable aux anciens privilèges seigneuriaux.

Ayant pour ma part proscrit l'usage de l'automobile en ville et ne circulant qu'à vélo depuis des décennies, je ne nie pas qu'en l'état actuel des choses l'exercice comporte de multiples dangers — qu'il s'agit d'avoir répertorié et qui nécessitent différentes réactions, ainsi qu'un entraînement approprié : l'acquisition de certains réflexes, une prudence et une attention aussi soutenues que lors d'un match de rugby ou pis de football australien. Cependant, ce que je voudrais dire ici est que non seulement il ne devrait pas en être ainsi, mais encore qu'il s'agit de faire en sorte que les habitudes changent et que je ne vois aucunement pourquoi les automobiles, *a fortiori* les camions et les autobus, devraient absolument continuer de se considérer comme prioritaires à la manière des brutes qui imposent leur point de vue par la violence.

À ce sujet, j'ai envie de raconter une anecdote vécue il y a quelques années à Abidjan :

En plein centre-ville, un homme juché sur un vélo rouillé surgit sans crier gare au milieu d'un carrefour et une automobile qui arrivait, ne pouvant légitimement l'éviter, le renversa. Une foule dense et vociférante se forma immédiatement autour du blessé (gémissant à terre) et du conducteur, qui — descendu de son véhicule arrêté au milieu de la chaussée, portière ouverte — se mit à haranguer la foule à la façon d'un tribun. Comme je m'étais mêlé aux personnes du second rang ne participant pas au débat, le dialogue s'engagea tout naturellement avec mon voisin. Il me dit, désignant le conducteur :

— C'est très mauvais pour lui, il s'est mis dans une situation embarrassante.

— Mais pourtant, ça n'est pas de sa faute, le vélo a surgi au carrefour sans même regarder.

— Oui, mais ici en Afrique, on estime que c'est le plus fort qui a tort. Une voiture c'est beaucoup plus fort qu'un vélo, non ?

— En effet, je suis tout à fait d'accord, on devrait toujours voir les choses ainsi...

— Ici, nous avons des habitudes de respect : mon père, qui habitait en brousse, m'a dit qu'un éléphant n'écrasait jamais la moindre petite bête, car ils ont horreur de broyer quoi que ce soit sous leurs pas.

— Ah oui ? Eh bien, il serait bon que nous ayons acquis les mêmes réflexes ; malheureusement chez nous...

— Ah bon ? Chez vous, dans Paris-Ville, un chauffeur qui écrase un cycliste n'a pas de problème ?

— Théoriquement si, mais en réalité, tout le monde estime plus ou moins que le vélo n'avait qu'à faire mieux attention...

— Mais vous êtes des barbares ! s'exclama mon interlocuteur, puis il ajouta, désignant le conducteur de la voiture en train de se débattre au milieu des gens très en colère : et il faut espérer que le chauffeur soit très bon palabreur jusqu'à ce que la police arrive, sinon c'est lui que les gens vont massacrer...

Je crois que cette personne, qui était médecin et psychanalyste, femme particulièrement prévenante, d'une grande capacité d'écoute naturelle, extrêmement attentive aux autres et très concernée par les questions sociales, aurait été de mon avis et qu'elle n'aurait pas aimé que son triste exemple soit l'occasion pour les rustres de triompher en nous imposant leurs mœurs soumises à la vitesse, à l'efficacité maximum, à la puissance et à la seule rentabilité, au stress permanent, au gain à tout prix, à l'écrasement des faibles donc, en bref à une sorte d'insidieuse barbarie menaçant à la fois le maintien d'un simple bon sens civilisé, mais aussi (sans même évoquer le plan écologique) le plaisir qu'il y a à vivre ensemble au sein d'une grande ville sans que d'aveugles machines inhumaines nous dictent leurs lois implacables.

Pour terminer, j'aimerais encore dire, comme pour élever une petite stèle à sa mémoire, que, s'il y a bien une chose qui ressortait de sa fréquentation, c'était ce besoin raffiné chez elle de ne blesser personne, d'éviter et de réparer les dommages psychiques que nous pouvons nous infliger les uns aux autres dans la vie courante. Elle plaçait la politesse et la prévenance au nom de ses valeurs suprêmes ; ce qui faisait d'ailleurs que son commerce était des plus agréables et que sa disparition est si douloureuse à ses amis, à ses proches et sans aucun doute à ses patients.

Or un témoin oculaire du drame aurait semble-t-il raconté qu'il avait vu cette femme, longeant le trottoir à vélo, toucher légèrement du bras un passant et que c'est précisément en se retournant pour s'excuser qu'elle aurait dévié de sa route au moment même où le monstre mécanique surpuissant (incarnation du Léviathan moderne), exaspéré par les embarras du trafic, démarrait en trombe.

Il semblerait donc que ce soit cette qualité insigne, qui nous la rendait si précieuse, sa volonté permanente de réparer même les plus infimes dommages (qui était en même temps sa mission professionnelle) qui ait déséquilibré et tué la conciliatrice qu'elle s'efforçait d'être au sein d'un monde où les brutes ne nous laissent pas la moindre chance de dévier de l'étroite ligne qu'ils ont décidé de nous impartir et où ils tolèrent encore de nous laisser exister un tant soit peu...

Une planète qui sombre

L'instauration du vélo dans les déplacements, en ville comme ailleurs, dévoile en réalité toute une problématique sous-jacente concernant la place accordée au développement de la technique dans notre existence. Il m'a semblé remarquer plus d'une fois, en effet, que ceux qui prônent ce qu'il faut bien appeler « le progrès à tout va » et qui font une confiance aveugle aux bienfaits du monde techniciste, ne se préoccupent que très peu de la question du bien-être, des commodités réelles, de la courtoisie, de la civilité au sens propre du terme et, en bref, du bonheur en général.

Ils ne veulent considérer que la notion de performance, c'est-à-dire les chiffres établissant les records de vitesse, de rendement, de fortune, les statistiques économiques massives et cætera… quitte à sacrifier le simple bon sens. Ce sont les partisans de la civilisation quantitative opposée à celle du qualitatif, ce quantitatif quasi tyrannique dont on a tout lieu de craindre, pourtant, qu'il nous achemine plus ou moins lentement vers cette « apocalypse tranquille » (selon le mot de Kenneth White) que personne ne veut sérieusement considérer.

Tout semblerait nous indiquer, en effet, que la planète est en train de sombrer et que, à moins d'un miracle, les générations futures devront vivre d'une façon pour le moins extraordinairement restreinte, si tant est qu'elles parviennent à survivre. Mais les esprits forts, les chantres du développement — à qui leurs brillantes études n'ont permis qu'une chose notable : la perte du sens commun — continuent de nous prédire des lendemains enchanteurs où tous les problèmes seront résolus par un surcroît de techno-science, alors qu'il semble assez évident (à moins d'une heureuse surprise) que c'est elle, bien au contraire, qui nous mène inconsidérément au désastre.

À force d'être obnubilé par la société idéale qui n'existe qu'en rêve, on risque d'être aveugle au développement empirique des choses, de sorte que, à cause de cette négligence, on accélère le processus de la décadence qu'on radie de ses préoccupations en vertu de ses fictions abstraites.

JULIEN FREUND,
La Décadence

Les débats politiques actuels m'ont souvent fait penser à l'équipage d'un navire en train de couler se divisant en clans opposés qui se disputent avec véhémence pour établir lequel d'entre eux aura l'honneur d'être le capitaine appelé à sombrer à la barre — saluant militairement sa propre image narcissique du dévouement, bien sanglé dans son bel uniforme...

Je suis parti d'un simple accident de la circulation (anecdotique au regard des vastes problèmes qui agitent le monde et tragique pour moi car il me touche de près, mais là n'est plus la question) pour en arriver à parler de l'état du monde ; cependant, cette histoire de vélo renversé et les réactions d'hostilité au Vélib' que j'ai rencontrées à sa suite me paraissent symptomatiques d'une ville et d'un pays en passe de devenir les plus réactionnaires d'Europe en matière d'environnement. Un pays où le mot écologique est raillé de toutes parts et au sein duquel les vélos, en ville, les voitures sans permis sur les routes départementales, tout ce qui freine la frénésie de vitesse étourdissante, sont devenus des empêcheurs de tourner en rond... sans que quiconque se pose jamais la question élémentaire de savoir si tourner ainsi en rond n'est pas une sorte de fuite en avant vers le néant, au cœur même du cercle vicieux qu'est probablement l'accélération indéfinie de nos modes de vie.

Pour en terminer, je suggère à ces impatients adeptes de la vie trépidante, à chaque fois qu'ils sont obligés de rouler plus lentement derrière un vélo (peut-être un peu maladroit) ou de patienter derrière une vieille dame un peu effrayée dans sa voiturette électrique (sur une route de campagne), d'utiliser ce laps de temps inespérément préservé de la frénésie habituelle de leur vie, pour réfléchir un peu (même s'ils n'y sont nullement habitués : en principe, ça n'est pas douloureux) et se poser cette question cruciale, déjà osée il y a quelques siècles par les philosophes éléates : *et si le temps gagné par l'entremise de la vitesse était inutilisable pour le bonheur ?*

Daniel le ratisseur de plages

L'autre soir (il y a un certain temps déjà), dans l'émission télévisée Thalassa, l'apparition improbable, merveilleuse, de Daniel le *beach comber*, autrement dit « le ratisseur de plages ».

En Colombie-Britannique, au sein d'un labyrinthe compliqué de fjords canadiens où circulent en permanence d'énormes trains de bois dont se détachent accidentellement (mais avec une grande régularité) quelques fûts qui vont s'échouer sur les plages, parmi les rochers de criques isolées, Daniel, avec sa petite vedette (très puissante au demeurant), inspecte les moindres recoins et, au moyen d'un système sophistiqué de chaînes et de grappins, remorque les énormes troncs d'arbres sur lesquels il a jeté son dévolu (ceux-ci, dès qu'ils sont échoués — selon la loi canadienne — appartiennent de droit à celui qui se donne la peine de les ramasser).

La caméra suivant Daniel en train de fureter, jumelles en main, dans les moindres replis du fjord dont la beauté sauvage coupe le souffle, on était vite pénétré par le sentiment que notre personnage vivait en état de perpétuelle jubilation. Euphorisé à la fois par la splendeur naturelle du décor dans lequel il avait le privilège d'évoluer et à la fois en raison, on le percevait encore par empathie, de la salubre alacrité physique et mentale que procurent le contact permanent de l'eau, du bois, du ciel, les incertitudes des intempéries et le plaisir suprême de « la chasse au trésor », le jeu passionnant de la découverte : anticiper, essayer de repérer « la grosse prise », celle que personne n'a encore vue, échouée sans doute quelque part, dans la prochaine crique !...

Cela nous apparaissait avec d'autant plus d'évidence que Daniel — costaud jovial, avec son accent canadien-anglais savoureux — avait quelque chose de tous ces robustes *tramps* ou journaliers-aventuriers décrits dans les bouquins de Steinbeck, Kerouac ou Jack London. Le simple fait de l'entendre parler de son boulot, des animaux, de la beauté des montagnes enneigées qui encerclent le fjord, des éventuelles tempêtes ou des pannes mécaniques, tout en riant et en plaisantant — tel, pour le coup, un sportif animé d'un réel fair-play vis-à-vis des coups du sort et des avanies de sa rude existence —, puis, revenu dans sa maison-cabane, au cœur d'une île perdue parmi les rochers, chanter près du feu, le soir, en compagnie de son copain et associé, ressuscitait en moi les images d'un rêve d'enfance sur la vie exaltante des trappeurs et des Indiens du Grand Nord, réveillait le lointain souvenir enfoui d'une vieille utopie panthéiste élaborée au long des nombreuses lectures des livres de Fenimore Cooper ou de Grey Owl.

Comme le disait si bien, interviewé dans la suite du reportage, le métreur du port (précieux intermédiaire qui détermine le prix des fûts), prix, hélas — on le comprenait — loin d'être en proportion des efforts fournis : « Ces gars-là ne font pas ça pour le fric, ils sont accros à leur mode de vie ! »

Or d'un seul coup, en contemplant, à travers l'œil de la caméra, Daniel, sur le plan final, en train de saluer joyeusement de la main sans se retourner tandis que son bateau s'engageait de nouveau entre les hautes pentes boisées du fjord vers les vallées perdues où il perpétue son grand jeu enfantin de chasseur de bois échoués, je suis d'abord demeuré longtemps songeur, nostalgique, puis j'ai été progressivement gagné par un autre sentiment, plus roboratif : une confiance renouvelée et presque inespérée en l'humanité ; ragaillardi, en fait, par le spectacle inattendu d'une sagesse encore possible sur cette planète déboussolée… Une très ancienne sagesse nordique, anglo-saxonne, païenne, active, pleine d'alacrité, d'humour et de poésie de plein vent — à l'extrême opposé du rêve sécuritaire de l'Occident chrétien, confit dans sa permanente névrose agrémentée de culpabilité sadomasochiste. Oui, une vieille sagesse celtique, sans arrière-pensée, comme nous en parle si bien, à ses heures, Kenneth

White, lorsque, toutefois (personne n'est parfait), il évite de se prendre lui-même pour le
druide suprême investi de la mission de régénérer les civilisations agonisantes.

> *Les voilà tous*
> *blottis dans leur lit*
> *attelés à leur conjoint qui ronfle*
> *tandis que moi*
> *à travers des continents inconnus*
> *et des océans couleur de vin*
> *j'erre comme Ulysse...*

MAC DIARMID
(poète écossais cité par Kenneth White)

2020

Puisqu'il a été tant question de ce qui ressortira éventuellement du Grenelle de l'environnement, je me suis souvenu qu'il y a une quinzaine d'années le journal *Libération* avait demandé à plusieurs écrivains célèbres de donner leur vision anticipée des années 2020 en France. Le texte qui m'avait le plus frappé à l'époque était celui de Le Clézio et particulièrement sa description de la Bretagne.

Sur tout le pourtour du littoral breton, une bande de terrain de plusieurs centaines de mètres était considérée comme « no man's land ». Entourée de barbelés, elle était gardée de loin en loin par des sentinelles pour interdire à quiconque l'approche du rivage. Une puanteur intolérable s'en dégageait et ce que l'on pouvait apercevoir des anciennes plages ou des rochers dans les criques était recouvert d'une épaisse couche d'algues verdâtres que le ressac parvenait difficilement à soulever… Il en était de même des rivières et des rias.

Or, à la suite d'un court voyage que je viens

de faire aux environs de Quimper, j'ai pu me convaincre que la vision de Le Clézio n'avait rien d'alarmiste, qu'elle était en bonne voie de réalisation et sans doute dans les délais impartis. Je peux assurer, par exemple, que l'élevage des porcs et des poulets en batterie est plus florissant que jamais et continue de déverser des quantités astronomiques de lisier dans les rivières avec des quotas de pollution contrôlés par des autorités terrorisées par le mécontentement possible des éleveurs n'osant pas faire appliquer la loi — ceci en dépit des multiples mises en demeure des instances européennes. Je confirme également qu'il n'est plus possible de boire l'eau du robinet et que l'usage des pesticides s'y pratique sans la moindre inhibition. Il y a notamment, à quelques kilomètres du Guilvinec — notre grand port de pêche —, une immense exploitation d'horticulture dirigée par des Hollandais. Ceux-ci cultivent la tulipe et non seulement déversent des doses massives de pesticides sur leurs cultures, mais encore pompent radicalement toute l'eau des nappes phréatiques au point qu'elles sont menacées d'être envahies par l'eau de mer.

Pour ce qui est de l'eau, d'ailleurs, les habitants sont invités — au moyen de campagnes de propagande très démagogiques visant à leur faire croire qu'on s'occupe de la question — à se restreindre sur leur eau de consommation, tandis qu'on peut facilement apprendre (si on a envie de le faire, bien entendu) que les élevages de porcs en batterie nécessitent quatre-vingts litres d'eau potable par jour et par animal (pour la boisson et le lavage) dans des élevages qui comptent plusieurs milliers de têtes (lesquels sont légion dans la Bretagne intérieure) et où la plupart des propriétaires ne cessent de tricher sur les quotas d'animaux qui leur sont autorisés. (Sans parler ni de la qualité déplorable du jambon qui en est issu, ni du côté profondément barbare de ces camps de concentration pour animaux.)

Tout cela pour en arriver à dire mon pessimisme sur la question environnementale.

La question fondamentale, à ce que je crois d'ailleurs sentir autour de moi — dans l'atmosphère française ambiante, disons —, est que personne ne veut être importuné avec ce type de constat qui tend à remettre en question la belle image d'Épinal du prétendu progrès que nos instituteurs et nos professeurs nous ont peinte à loisir durant notre scolarité. Personne n'a envie d'admettre qu'on nous a tout simplement floués et qu'on nous a fait prendre des vessies pour des lanternes. Personne n'est jamais venu, au cours de nos études, nous parler de la très élémentaire loi des compensations, qui paraît pourtant à l'œuvre aussi bien dans le monde matériel que dans le monde spirituel, laquelle peut s'énoncer sous cette simple forme : ce qu'on gagne d'un côté, on le perd de l'autre ; nos technoscientifiques s'étant toujours rués sur les avantages avec un enthousiasme enfantin sans jamais, au grand jamais, inclure une quelconque évaluation des inconvénients éventuels simultanés. Ce qui a permis au grand psychanalyste Havelock Ellis de déclarer de façon désabusée : « Ce que nous appelons progrès n'est que le remplacement d'un inconvénient par un autre. »

Sur cette question des compensations, j'ai retrouvé ces jours-ci, dans mes carnets, un extrait d'un très ancien roman (*Le Passage disputé*, de Lloyd G. Douglas, éd. Grosset and Dunlop, 1939) où sont mis en présence un Chinois dénommé Abott, et un Américain du nom de Beaven, qui commencent à se lier d'amitié.

Un certain jour, Abott apporte dans un panier tout ce qu'il faut pour confectionner un ragoût à sa façon et il se montre excellent cuisinier, ce qui ne l'empêche pas de deviser sur les grandes questions avec Beaven juché sur le tabouret. Le Chinois assure que dans son pays on s'est contenté, jusqu'alors du moins, des choses telles qu'elles sont, tandis que les Yankees ont toujours été avides de changement. Et en effet à ce mot, Beaven réagit : il faut bien qu'il y ait du changement, dit-il en substance, pour qu'il y ait progrès ; si on le poussait, il dirait sans doute : du moment qu'il y a changement, il y a progrès. C'est une manière de penser qui lui est congénitale.

Mais le Chinois lève les yeux et sourit avec scepticisme. Lui, il n'est pas loin de tenir tout ce qui se targue d'être progrès pour un changement assez indifférent. Il résume sa philosophie par la sentence déjà évoquée plus haut : « Ce qu'on gagne d'un côté, on le perd de l'autre. » Et il commente :

Il se peut qu'une douzaine de vies soient sauvées aujourd'hui, dans le Michigan, par les nouvelles inventions de la chirurgie. Il y en a autant de perdues par l'invention de l'automobile. L'aviation permet aux personnages importants d'expédier plus rapidement leurs transactions. Mais elle fournit aussi un nouvel engin de destruction. Et les affaires n'en vont pas mieux.

Ce qui est intéressant, c'est que cette loi des compensations a précisément été développée au XIXe siècle par le philosophe américain Ralph Waldo Emerson, ce qui veut peut-être dire que les Chinois et les Américains, en se replongeant un tantinet dans leurs propres traditions culturelles respectives, pourraient éventuellement s'entendre sur autre chose que le développement consumériste à tout va.

Hélas, à vrai dire, en ce qui me concerne, je n'y crois nullement. Le monde industriel et mécanique est une si lourde machine dont la force d'inertie est si énorme que d'essayer de limiter son avance rapide paraît devenu définitivement utopique et je crois plutôt qu'elle nous entraîne vers une relativement rapide agonie. Ne dirait-on pas que le réchauffement climatique (que certains nient encore !) a une fâcheuse tendance à s'emballer quelque peu ?

Il y a une vingtaine d'années, des sociologues s'étaient réunis (à Madrid, autant qu'il m'en souvienne) pour plancher sur la question des autolimitations, des comités d'éthique sur les possibilités de se restreindre dans la course aveugle à la technicité (en tout cas, de marquer une pause pour éventuellement réfléchir un peu). Or le triste et pessimiste constat final des débats (proclamé sous la forme de ce que l'on a appelé la *loi de Gabor* — du nom de celui qui l'avait formulée dans le rapport final) fut qu'aucun des sociologues en présence ne voyait, en l'état mental des communautés scientifiques, comment on pourrait éviter cette évidence que : *Tout ce qui pouvait être fait serait fait !* sans la moindre limitation éthique ou précaution d'aucune sorte. Autrement dit, que rien ne pourrait jamais empêcher les chercheurs en laboratoire de tenter les plus invraisemblables manipulations génétiques, les pires expérimentations biologiques et les plus sulfureuses expériences dans les domaines les plus dangereux — toujours au prétexte, bien entendu, d'améliorer la santé des malades, de nourrir les populations les plus défavorisées et autres prétextes de mauvaise foi... Alors qu'on sait qu'il s'agit pour eux, avant tout, de pouvoir continuer leur « passionnant » jeu virtuel au sein de leurs laboratoires-citadelles hermétiquement fermés sur le monde extérieur (*a fortiori* sur le monde naturel[1]) ; eux-mêmes aussi aveugles et sourds que des enfants accros aux jeux vidéos ; sans

---

1. Ce qui me paraît grave — si tant est que rien ne le soit vraiment, ce qui est une autre *grave* question... — n'est pas tant qu'ils soient hermétiquement fermés au monde naturel mais qu'ils l'utilisent comme terrain de jeux et d'expérimentations.

parler, enfin, de leur volonté d'ignorer à tout prix les applications à court terme (parfois potentiellement catastrophiques) qui ne pourront manquer d'en découler, dès que les profiteurs de toutes extractions en auront eu vent.

Comme un homme de science trimant jour et nuit dans son laboratoire pour inventer une nouvelle forme de chagrin.

JACK KEROUAC

Mais ici, le dernier mot revient au philosophe Jules de Gaultier :

L'esprit scientifique, par les applications pratiques qu'il détermine, donne une place telle dans la vie sociale à l'activité technique, industrielle et commerciale, ainsi qu'à toutes les formes du souci utilitaire que, sous l'apparence d'augmenter le bien-être, il menace de tarir les sources de la joie.

Y a pas d'malaise !

Il était déjà tard dans la nuit.

Comme je m'arrêtai au feu rouge qui est presque en face de l'Opéra, je ne pus éviter de venir me placer côte à côte avec cette sorte de moto imposante apparue depuis quelques années, ultra-luxueuse, et qui, en sus d'être entièrement carénée et équipée d'une multitude de phares avant et arrière, d'innombrables clignotants, accessoires (utiles ou inutiles mais tous chromés et du plus bel effet), de multiples commodités du genre petits marchepieds, dossier pour le passager arrière, mallettes incorporées, minibar télescopique avec tire-bouchons et décapsuleurs, écran vidéo encastré dans le dos du siège avant, que sais-je encore…, est avant tout, bien entendu, munie d'une puissante chaîne stéréo qui, pour l'heure assez tardive, diffusait à tue-tête et « à discrétion » une musique d'enfer pour les rares passants abasourdis du boulevard désert…

Sur l'engin lui-même était juché un gentleman-rider entièrement vêtu de cuir noir, blouson clouté, somptueuses santiags ouvragées aux pieds, lunettes impénétrables et élégante barbe poivre et sel bien taillée (avec le zeste de négligence appropriée, toutefois…) ; le tout surmonté d'un splendide casque bleu métallisé étincelant aux lumières des réverbères. Un peu honteux de venir placer à côté de l'engin éblouissant ma ridicule petite Mobylette déglinguée dont l'unique feu arrière clignote de façon intermittente en raison d'un faux contact (revêtu, pour ma part, de mon imperméable de l'armée tout taché et coiffé de mon casque trop grand acheté aux puces de Montreuil, qui finit toujours par se mettre de guingois), je vins me glisser le plus discrètement possible le long du trottoir.

Or, une fois arrêté, ne sachant comment me comporter puisque, somme toute, malgré l'écrasante disparité de nos conditions, nous restions assis coude à coude sur nos engins respectifs, je détournai la tête, feignant de m'intéresser à quelques détails architecturaux du boulevard. Cependant, après quelques secondes, la curiosité, qui n'est pas le moindre de mes défauts, reprenant ses droits légitimes, je coulai un regard respectueux vers l'imposant équipage ronflant puissamment à mes côtés.

C'est alors que, se tournant vers moi, mon voisin me lança :

— Y a pas d'malaise ?

— Heu… non, non… pas du tout…

— Tout est bon ?

— Ben oui…

— Ouais, parc'que faut pas s'ignorer comme ça dans la vie !

Mais à l'instant où je m'apprêtais à m'embarboter dans des justifications vaseuses et alambiquées pour tenter d'aplanir ladite suspicion de malaise, le feu passa au vert et le gentleman-rider démarra avec une telle fougue et dans une telle rage de pistons déchaînés qu'il était déjà pratiquement hors de ma vue avant que j'aie même eu le temps d'ouvrir la bouche.

Les écureuils se sentent-ils coupables ?

Rangeant les livres de la bibliothèque du haut de la grange, je m'aperçois qu'un loir, qui n'y est plus, s'était creusé une niche en rongeant l'intérieur du livre d'André Lamandé, *La Vie gaillarde et sage de Montaigne*[1].

Quand on connaît la grande passion « animalière » de Montaigne, sa constante révérence envers ce qu'il considère comme la sagesse animale, on ne peut qu'être émerveillé de l'extraordinaire prescience du petit rongeur qui a choisi ce livre-ci, et pas un autre, pour en faire son refuge.

Il y a trois jours, prenant mon petit déjeuner sur la terrasse, je suis tiré de mes songeries par le bruit insistant d'une sorte de lime s'acharnant sur du bois. Je devine au bout d'un moment qu'il s'agit d'un bruit animal et je m'approche du pied du noyer pour apercevoir, sur l'une des plus hautes branches, un écureuil affairé à ronger consciencieusement une noix.

1. Paris, Plon, 1927.

L'après-midi du même jour — ayant installé mon nouveau hamac indien sous l'un des grands chênes qui entourent la maison — et étant précisément plongé dans la relecture de *L'Apologie de Raymond Sebond*, je suis distrait de ma lecture par les coups insistants, répétés et très sonores d'un pic-vert juste à l'aplomb de ma tête sur le tronc de l'arbre dont l'une des branches maîtresses soutient *physiquement* mon farniente philosophique. J'ai l'impression d'une sorte de rappel à l'ordre émanant de la vie vivante mais suscité par ma lecture même. Or, à bien y réfléchir, mon impression ne peut être entièrement absurde dans la mesure où Montaigne ne cesse de prêcher l'attention à tout ce qui survient de nouveau, d'inédit, dans notre vie (souvent initié, si l'on sait y prendre garde, par les animaux) et d'y adapter notre jugement. Sans l'influence de Montaigne, sans doute n'aurais-je pas considéré le surgissement intempestif du pic-vert d'un point de vue comique.

Hier matin de très bonne heure, J. et moi interrompons notre petit déjeuner pour observer avec jubilation le bel écureuil à la longue queue si luxueuse qui a élu domicile dans notre jardin et nous chipe nos noix.

Nous sommes à la fois interloqués et admiratifs de son agilité et de sa vélocité à passer de branche en branche. L'animal ne marque pratiquement pas le moindre arrêt ou s'il le fait — si peu ! —, c'est en tournant la tête de tous côtés, comme extraordinairement inquiet...

Revenus devant nos café et thé respectifs, J. semble soucieuse et son expression reflète alors cette profonde angoisse ancestrale… que je lui connais si bien.

Elle me dit : « Tu crois que les écureuils vivent dans l'inquiétude permanente ? »

Moi : « Oui, non seulement dans l'inquiétude mais, je l'espère bien, dans la culpabilité ! »

À l'écoute
de la sagesse radiophonique…

Ce matin à la radio un philosophe révolutionnaire italien, considéré par le gouvernement de son pays comme l'instigateur des Brigades rouges et emprisonné pour cette raison, à ce que j'ai cru comprendre, pendant cinq ans.

Quand le journaliste lui demande ce qu'il pense aujourd'hui du terrorisme, celui-ci répond longuement qu'il s'y est en fait toujours opposé, considérant qu'il s'agissait d'une manière coercitive qu'avaient certains — la plupart du temps des intellectuels exaltés — de vouloir changer les choses à la place des « gens du peuple », d'obliger les « masses » sans les consulter, etc.

Je suis une fois de plus éberlué de la naïveté fondamentale de ces penseurs humanitaires qui ne cessent d'invoquer « les gens », le « peuple », les « masses », sans s'interroger une seconde sur la *part platonique* qui préside à la constitution de telles conceptions.

Poursuivant son exposé, le philosophe nous explique qu'une véritable révolution doit éma-ner du peuple tout entier et non point d'une élite. Là encore, je mesure à quel point la représentation mentale que nous nous fabriquons des événements historiques peut varier en fonction de nos sources. Peut-on se dire philosophe sans pratiquer quelque peu la réduction phénoménologique à propos de ses propres croyances les plus ancrées ? Pouvons-nous être certains que les révolutions françaises et russes émanaient de la masse du peuple ? Peut-on faire fi de la facilité avec laquelle il est toujours possible de manipuler cette dite masse populaire ? Comment être certain que l'habileté éventuelle des agitateurs ou des meneurs (selon la façon dont on les voit) n'y ait pas toujours été pour beaucoup ?

Pour ma part, il me paraît assez évident que les révoltes réussies tiennent en très grande partie au talent personnel de ceux qui les ont initiées. J'ai toujours considéré comme utopique et idéaliste ce mythe du « soulèvement populaire » explosant comme de lui-même sous la pression des événements, par « génération spontanée » en quelque sorte. Cela évidemment doit bien se produire parfois, mais il me semble qu'au cœur des pays dits civilisés — ô combien « civilisés » et conformisés ! — l'oppression peut opprimer très longtemps et très cruellement avant de rencontrer une quelconque résistance, surtout lorsque celle-ci — ainsi qu'on peut le constater tous les jours en s'asseyant devant son poste de télévision aux heures des rituelles et sacro-saintes informations —

s'y prend de façon doucereuse, habile et machiavélique.

Je m'étonne aussi de la candeur d'un penseur cultivé — ayant vraisemblablement étudié l'histoire des grandes révolutions — et qui continue de s'imaginer que quelque changement d'importance puisse avoir lieu dans une société établie, sans le recours, à un moment ou à un autre, à la coercition. Étant donné l'inertie naturelle des dites sociétés, dès l'instant où l'on veut changer une institution quelconque n'est-il pas inévitable de devoir, à un moment ou un autre (et plutôt plus que moins), bousculer les habitudes ? Or avoir recours à la violence, si ce n'est — on a bien dû le constater à la suite de la plupart des révolutions coercitives et tout particulièrement au siècle dernier — à la terreur, débouche de façon invariable sur des conséquences non seulement incalculables, désastreuses, mais encore opposées aux buts recherchés ! Cependant, d'un autre côté, accepter de s'adapter tant bien que mal à une institution donnée, aussi inique soit-elle, en louvoyant et en essayant de la modifier petit à petit, de la réformer en douceur, aboutit généralement à ce qu'une bien pire vienne finalement la remplacer en trompant tout le monde par son déguisement...

Un inéluctable cercle vicieux, une aporie, en somme.

Le regard le plus juste porté sur le processus révolutionnaire me semble être celui d'Anatole France avec son chef-d'œuvre *Les dieux ont soif*. On y voit à la fois le caractère atroce, inhumain de la fameuse période dite de la Terreur et son caractère inéluctable de par l'insouciance des classes privilégiées vis-à-vis des défavorisées.

La question que je me pose, tandis que l'interrogé prolixe continue son exposé bien huilé, est celle-ci : je me demande — fidèle à mon tempérament — s'il ne serait pas temps d'essayer encore une fois, en l'occurrence, de ne presque rien faire ou disons de tenter une tactique plus subtile et mieux adaptée à la réalité humaine globale : à savoir se contenter de rappeler aux grands de ce monde leurs devoirs vis-à-vis des démunis ?

Autrement dit, la seule prophylaxie éventuelle et possible sur cette étrange planète — définitivement baroque et irraisonnable — ne demeurerait-elle pas que les nantis considèrent comme un devoir moral de tenter d'alléger le sort des malchanceux et d'organiser tant que faire se peut la vie économique dans le sens d'une répartition à peu près décente pour ces derniers ? Ce qui, soit dit en passant, fut l'éthique des classes aristocratiques d'antan, avant qu'elles ne se dévoient et ne se corrompent en se civilisant à l'excès. En ce sens, Jean-Jacques Rousseau n'a fait que dénoncer à son époque cet état de fait, sans doute largement provoqué par l'institution de la cour versaillaise mise en place par le vaniteux et mégalomaniaque Louis XIV, que d'aucuns considèrent comme le véritable responsable de la dégradation de la société française d'ancien régime.

Reste à savoir maintenant s'il est possible de supprimer l'antagonisme de la richesse et de la pauvreté. Car si les récits ethnologiques font état de nombreuses sociétés où cet antagonisme n'existait pas, il semble que les grandes civilisations dominatrices telles que la nôtre aient toutes été inféodées à ce fatal couple mécanique et qu'il constitue donc une sorte de loi organique inhérente au développement. Les recherches anthropologiques devraient donc, à mon sens, s'orienter plus précisément vers l'étude de la mythologie psychique des peuples vue sous cet angle.

Une civilisation réussie — si l'on veut bien adhérer à cette vision — ne serait-elle pas alors fondée du point de vue social sur un monde où les riches, n'écrasant et ne méprisant pas trop les pauvres, demeureraient assez vigilants pour les empêcher de basculer dans la misère et dans l'humiliation, et où les pauvres parviendraient à survivre en se contentant du peu qu'ils ont ? Un *peu* qui, à bien l'examiner, est souvent amplement compensé par une joie existentielle robuste et tangible interdite aux riches, se délitant, eux, la plupart du temps, dans un luxe névrotique abrutissant[1].

Cela étant dit, n'est-ce pas une civilisation de

1. « La pauvreté est une souffrance ; mais il faut peut-être la préférer aux absurdes distractions des classes dites supérieures, si dépourvues à la fois de cœur et de sens. Je suis heureux d'y avoir maintenant échappé et suis résolu à m'en tenir à l'écart pour tout le reste de ma vie. » Lord Byron, *Correspondance* (je cite de mémoire).

ce genre que nous connaissons actuellement en Occident — avec tout ce que cela comporte de péripéties et de circonstances dans le jeu des uns et des autres. L'interviewer de la radio jouant, en l'occurrence, ce matin, auprès du naïf et généreux philosophe italien, le rôle — ô combien nécessaire dans cette optique — du diplomate patenté de la classe dominante chargé d'octroyer une sorte d'aumône existentielle aux dominés et de leur laisser croire qu'on les écoute attentivement, qu'on prend en compte leurs revendications.

Avoir accès aux ondes et à la reconnaissance médiatique étant sans doute un excellent cataplasme pour les douleurs de l'humiliation petite bourgeoise d'aujourd'hui, la meilleure façon d'endormir sa légitime méfiance vis-à-vis d'une classe de privilégiés — laquelle ressemble à s'y méprendre, du moins pour ceux qui ont la curiosité de se pencher sur les comptes rendus historiques de l'époque, à celle qui, en 1788

« Si je compare ensemble les deux conditions des hommes les plus opposées, je veux dire les grands avec le peuple, ce dernier me paraît content du nécessaire, et les autres sont inquiets et pauvres avec le superflu. Un homme du peuple ne saurait faire aucun mal ; un grand ne veut faire aucun bien et est capable de grands maux. L'un ne se forme et ne s'exerce que dans les choses qui sont utiles ; l'autre y joint les pernicieuses. Là se montrent ingénument la grossièreté et la franchise ; ici se cache une sève maligne et corrompue sous l'écorce de la politesse. Le peuple n'a guère d'esprit, et les grands n'ont point d'âme : celui-là a un bon fond et n'a point de dehors ; ceux-ci n'ont que des dehors et une simple superficie. Faut-il opter ? je ne balance pas, je veux être peuple. » La Bruyère, *Les Caractères*.

dans les salons de Versailles, paradait sans se préoccuper des multiples arrivistes dont la rage et l'envie grondaient si fort, en sourdine, dans les antichambres, auxquelles elle ne voulait surtout pas prêter l'oreille et qui allaient pourtant précipiter les événements.

Or pendant ce temps-là, les dites masses populaires continuaient vraisemblablement de vivre au sein de leur robuste bonheur précaire, attendant — sans le savoir encore — qu'on vienne les persuader de leur insoutenable malheur et que de brillants orateurs bourgeois (et parfois aristocrates) — n'y voyant que leur propre intérêt ou aveuglés par un idéalisme pathétiquement candide — viennent les embrigader sous les bannières ronflantes de la justice sociale, de la fraternité, du splendide mirage de la liberté et qu'on les fasse ainsi basculer définitivement, pour le coup (et comme cela a été le cas pour toutes les révolutions ultérieures prenant exemple sur la française), de la digne pauvreté dans la misère sordide — tant existentielle que matérielle.

Les exemples sont si nombreux qu'il serait fastidieux de les énumérer. Plus aisé serait de tenter de distinguer parmi ces révolutions celle qui n'a pas débouché sur une situation bien pire qu'auparavant. Cependant, pour ne citer que les deux plus célèbres, la française et la russe, notons simplement que la première a abouti en très peu de temps à la boucherie napoléonienne, puis au retour au pouvoir de la bourgeoisie la plus pragmatique (celle qui allait développer le capitalisme triomphant et l'industrialisation à outrance) et la seconde, après une longue période de tyrannie totalitaire sans précédent (assortie d'innombrables tueries, déportations et d'un retour massif de l'esclavage le plus sordide[1]) à l'établissement du pire État mafieux que la terre ait jamais porté.

Mais ce matin, à la radio, le célèbre philosophe s'interrogeait avec sincérité et émotion, examinant complaisamment ses erreurs conceptuelles passées, et tentait de développer une belle et toute nouvelle théorie concernant l'amélioration sociale possible par la progressive prise de conscience que les « gens » (cette magique entité) devraient opérer sur leur propre aliénation — sans nous donner, bien entendu, plus de précisions quant aux moyens à employer pour y parvenir. Comme dit l'humoriste : « J'adore la théorie parce qu'elle m'évite de passer à la pratique. » Cependant, continuant de songer à ce problème épineux du passage à la pratique et sur le terrain, dont le siècle dernier nous a donné tant de vigoureux et désastreux exemples, je me suis encore souvenu de cette phrase lue il y a longtemps (dans un livre des frères Tharaud) et que je cite de mémoire :

C'est, en effet, une fatalité attachée à ces régimes qui ne cessent d'en appeler à la conscience des masses populaires, que de multiplier à l'infini les services de

1. Je veux parler des goulags, bien entendu.

contrôle, et de créer rapidement une nouvelle classe privilégiée, bien plus nombreuse, stérile et corrompue encore que l'ancienne.

*

L'autre jour, encore à la radio — que j'écoute décidément beaucoup à la campagne —, une émission sur « L'énigmatique Aragon ».

Finkielkraut, le meneur du jeu, questionne avec une candeur (trop appuyée pour être crédible) deux des derniers biographes du poète.

Tous trois s'étonnent de la « mystérieuse, énigmatique, étonnante » duplicité à tous niveaux — personnelle et sociale — du personnage.

Il est beaucoup question, entre autres, de ses contradictions politiques et aussi de l'éventuelle dichotomie que représenterait le fait (selon eux) d'être un grand poète, un grand romancier, et un stalinien convaincu.

Il est aussi question de la navrante comédie de l'amour fou qu'Elsa et lui exhibèrent à leurs admirateurs pendant un quart de siècle et dont le tragique culmine dans l'une des dernières lettres (désormais publiée) de la « complice », révélant soudain le rôle de mannequin qui lui était assigné dans la représentation, accusant le grand amoureux d'être le pire narcisse qu'on puisse imaginer et terminant sa missive par cette conclusion terrible : « Et même quand je mourrai, ma mort sera quelque chose qui t'arrivera à toi ! »

Viennent alors de la part des commentateurs toutes les justifications allouées au génie : c'est par amour, entraîné par les complications inhérentes à ses amours à savoir le peuple, les femmes et la littérature qu'Aragon en est venu à se dédoubler constamment, ne sachant comment concilier tous les pôles de son existence, etc. À aucun moment il n'est fait la moindre allusion à la vanité, à l'ambition, à la soif de reconnaissance éventuelle du « Grand personnage ».

Comme le déclare le soir même au téléphone une amie à qui je relate l'émission, laquelle a été longtemps mariée à un personnage du même acabit : « Bien sûr, ils n'en parlent pas parce qu'eux-mêmes sont menés par le même inconscient. L'ambition est leur point aveugle. »

*

Sur France Culture une émission théologico-philosophique sur la célèbre preuve de saint Anselme, laquelle n'aurait été en aucun cas, selon les deux invités (un jésuite et un prof de philo très « catho »), réfutée par Kant, ainsi que « beaucoup de gens », n'est-ce pas, avaient eu tendance à l'estimer trop vite...

Cette preuve — fleuron de ce qu'ils appellent la Théologie Négative — consistant à démontrer non point que Dieu existe mais qu'il est impossible, dans le respect des règles d'une logique en bonne et due forme, d'affirmer que *Dieu n'est pas*. Plus subtilement encore et d'après ce que j'ai cru comprendre : Dieu étant ce qui subsiste perpétuellement de plus grand, excédant nos raisonnements les plus larges, une fois qu'on a épuisé notre capacité de penser.

Cette dernière définition — qui rejoint apparemment la conception de nombre de philosophes laïques sur « le réel englobant » — me semble parfaitement convenir à la sorte de mysticisme qui m'habite de façon sporadique et qui, en deçà de mon désenchantement quant à l'état immédiat du monde, soutient mon optimisme foncier (un tantinet volontariste, toutefois…) concernant son évolution ultérieure. Cependant, en dépit de cet accord intuitif *essentiel*, je reste extrêmement attentif — rompu comme je le suis depuis l'enfance à la mauvaise foi rhétorique des jésuites et des rationalistes chrétiens — afin de repérer le moment exact où cette pensée abstraite va glisser en catimini (tel un tour de passe-passe logique, aurais-je envie de dire…) sur les prétendues conséquences éthiques. Oui, je le sais de longue date, il ne faut jamais perdre de vue l'instant précis où les penseurs de cette sorte escamotent les cartes en jeu et opèrent leur articulation subreptice sur le réel.

Or, bien entendu, la petite manœuvre ne manque pas d'advenir et très vite, sans qu'aucun lien de cause à effet vraiment patent n'ait montré le bout de son nez, nous nous retrouvons — par l'opération du Saint-Esprit, en l'occurrence ! — dans l'impératif subséquent de l'amour de Dieu, du Prochain, de la Charité universelle, etc.

Il est temps pour moi d'interrompre le prêche radiophonique.

Je m'avise d'un seul coup que cette émission a fait immédiatement suite à celle de Ruth Stégassy (que je me fais un *devoir religieux*, pour le coup, d'écouter chaque samedi à sept heures du matin) intitulée « Terre à terre », où il a été question de la progressive disparition des diverses variétés de céréales sur la planète et, conséquemment, de l'uniformisation dans la fabrication du pain. Constat alarmant sur l'impérialisme destructeur de la pensée industrielle univoque (d'obédience judéo-chrétienne, à mes yeux, comprenons-nous bien...) au sein de l'agriculture.

Et, resongeant à ce que j'ai noté dans un précédent texte sur la stratégie de la technocratie militante cherchant à phagocyter insidieusement ce qui tend à lui échapper, je ne puis m'empêcher de m'interroger sur la programmation successive des deux émissions.

Le froid augmente avec la clarté

Pour continuer mon combat d'arrière-garde désenchanté et utopique quant à l'état du monde actuel, j'ai eu envie ce matin de faire appel à des alliés et de vous livrer le discours que Thomas Bernhard prononça en 1965 à la remise en public d'une des plus hautes récompenses littéraires allemandes, discours qu'il avait intitulé « Le froid augmente avec la clarté ».

J'espère que les lecteurs — du moins ceux qui partagent mon désir de lutter (non par souci d'efficacité mais pour la simple satisfaction de ne pas participer d'une forme de bêtise supérieure et institutionnalisée) contre le scientisme débridé et destructeur de notre époque — apprécieront à la fois le style incantatoire et répétitif, la manière allusive enveloppante et surtout l'ironie et la mélancolie sarcastique du grand écrivain autrichien.

Il me semble que le froid dont il est question est celui-là même qui nous transit dans le film intitulé *Le Désert rouge* d'Antonioni. Je me souviens d'ailleurs que dans ce film est racontée une des plus belles petites fables antipositivistes que je connaisse. Un jeune garçon demande à son père :

— Dis-moi papa, tu es sûr que 1 + 1 ça fait toujours 2, non ?

— Tout à fait sûr ! lui répond son père.

— Ben regarde, pourtant !…

On découvre alors que le garçon a apporté avec lui un compte-gouttes rempli de sa mince réserve d'eau. Il se penche sous la lampe et dépose sur la table, en pleine lumière, une seule goutte bien brillante qui reste lovée sur elle-même sur le bois lisse et il annonce :

— 1 !

Puis il lâche une deuxième goutte sur la première en annonçant :

— + 1 !

La seconde goutte s'amalgame immédiatement à la première, n'en faisant plus qu'une seule, et le garçon annonce :

— = 1 !

Oui, de même que nous n'avons plus la moindre chance de rejoindre ne serait-ce qu'un semblant de féerie au sein du monde qui s'instaure — ainsi que le constate amèrement Bernhard —, nous n'avons plus le moindre interstice de reste non plus pour échapper au 1 + 1 = 2 de la grille (on pourrait presque dire le grillage) arithmétique interposée entre le cosmos ambiant et notre éventuelle — quoique faiblissante — fantaisie. Mais écoutons ce que nous en dit le maître d'ironie autrichien :

Honorable assistance,

Je ne peux me satisfaire de votre conte des musiciens de Brême ; je ne veux rien raconter ; je ne veux pas chanter ; je ne veux pas prêcher, mais c'est vrai : les contes ne sont plus de saison, ni les contes sur les villes ni sur les États ni tous les contes scientifiques ; même les philosophiques ; il n'y a plus de mondes des esprits, l'univers lui-même n'est plus un conte ; l'Europe, la plus belle est morte ; voilà la vérité et la réalité. La réalité, comme la vérité, n'est pas un conte, et la vérité n'a jamais été un conte.

Il y a cinquante ans encore l'Europe était un vrai conte de fées. Beaucoup aujourd'hui vivent dans ce monde de conte de fées, mais ceux-là vivent dans un monde mort et il s'agit d'ailleurs de morts. Celui qui n'est pas mort vit, *et pas dans les contes ; celui-là n'est pas un conte.*

Moi-même, je ne suis pas un conte, je ne sors pas d'un conte de fées, j'ai dû vivre dans une longue guerre et j'ai vu mourir des centaines de milliers de gens et d'autres continuer de vivre en passant sur leurs cadavres ; tout a continué, dans la réalité ; tout a continué ; tout a changé en vérité ; en ces cinq décennies où tout s'est révolté et où tout s'est transformé en *la* réalité et *la* vérité, je sens que j'ai toujours plus froid tandis qu'un vieux monde s'est transformé en nouveau monde, une vieille nature en une nouvelle nature.

Vivre sans contes de fées est plus difficile, c'est pourquoi il est si difficile de vivre au XXe siècle ; d'avancer ; vers *où* ? Je ne suis, je le sais, sorti d'aucun conte de fées et je n'entrerai dans aucun conte de fées, voilà déjà un progrès et voilà une différence entre hier et aujourd'hui.

Nous sommes sur le territoire le plus effroyable de l'histoire tout entière. Nous sommes terrifiés, et terrifiés *en tant que matériau à ce point monstrueux de l'homme nouveau* et de la connaissance nouvelle de la nature, du renouvellement de la nature ; tous ensemble nous n'avons rien été d'autre pendant ce demi-siècle qu'une grande douleur ; cette douleur aujourd'hui c'est *nous ;* cette douleur est maintenant notre état d'esprit.

Nous avons de tout nouveaux systèmes, nous avons une toute nouvelle vision du monde, effectivement la plus remarquable vision du monde qui entoure le monde, et nous avons une morale toute nouvelle et nous avons des arts et des sciences tout nouveaux. Nous avons le vertige et nous avons froid. Nous avons cru que nous allions, puisque nous sommes finalement des hommes, perdre l'équilibre, mais nous n'avons pas perdu l'équilibre ; et nous avons tout fait aussi pour ne pas mourir de froid.

Tout a changé parce que *nous* l'avons changé, la géographie extérieure a tout autant changé que l'intérieure.

Nous plaçons maintenant très haut nos exigences, nous ne saurions placer nos exigences assez haut ; aucune époque n'a placé ses exigences aussi haut que la nôtre ; nous existons dans la folie des grandeurs ; mais comme nous savons que nous ne *pouvons* ni tomber ni mourir de froid, nous n'hésitons pas à faire ce que nous faisons.

La vie n'est plus que science, science tirée des sciences. Nous voilà soudain dissous dans la nature. Nous sommes des familiers des éléments. *Nous* avons mis la réalité à l'épreuve. La réalité nous a mis à l'épreuve. Nous connaissons maintenant les lois de la nature, les Hautes Lois infinies de la Nature, et nous pouvons les étudier dans la réalité et en vérité. Nous n'en sommes plus réduits à des suppositions. Nous ne voyons, quand nous regardons dans la nature, plus de fantômes. Nous avons écrit le chapitre le plus audacieux de l'histoire du monde ; et cela chacun de nous pour soi dans la terreur et la peur mortelles et aucun selon sa volonté, ni selon son goût, mais selon la loi de la nature, et nous avons écrit ce chapitre derrière le dos de nos aveugles de pères et de nos idiots de professeurs ; derrière notre propre dos ; après tant de chapitres infiniment longs et fades, le plus court, le plus important.

Nous sommes terrifiés par la clarté qui constitue soudain notre monde, notre monde scientifique : nous gelons dans cette clarté ; mais nous avons voulu ce froid, nous l'avons suscité, nous ne devons donc pas nous plaindre du froid qui règne maintenant.

Le froid augmente avec la clarté. Désormais régneront cette clarté et ce froid. La science de la nature sera pour nous une clarté plus haute et un froid bien plus hostile que nous ne pouvons l'imaginer.

Tout sera clair, d'une clarté toujours plus haute et toujours plus profonde, et tout sera froid, d'un froid toujours plus effrayant. Nous aurons à l'avenir l'impression d'un jour toujours plus clair et toujours froid.

Je vous remercie de votre attention. Je vous remercie de l'honneur que vous m'avez fait aujourd'hui.

Sans ça, on ne s'y retrouve plus !

Extrait de mes carnets, au 16 août 2007 :

Hier après-midi, dans cette chambre imper-
sonnelle donnant sur une rangée de peupliers
figés dans un hiératisme qui m'apparaissait
plein de désolation, ma mère, reliée à toutes
sortes de tuyaux, une barrette d'oxygène sous
le nez (depuis avant-hier elle éprouve des difficultés à respirer), le silence de ce gigantesque
hôpital — déserté en ce jour férié — accen-
tuant notre isolement, nous nous entretenons
malgré tout, elle et moi, d'une multiplicité de
détails à régler — comme il est inévitable de le
faire dans la vie tant qu'elle se perpétue même
si, pour Jacqueline, en l'occurrence, elle ne se
perpétue plus qu'à grand-peine...

Oui, tous les deux hier, dans la pénombre de
l'orage s'accumulant dans les hauteurs du ciel,
le fils et la mère unis une dernière fois dans ce
dérisoire dialogue maintenu contre l'inéluc-ta-
ble, elle, allongée et presque entièrement para-
lysée sur son lit de mort, murmurant ses recom-
mandations, moi, transi par l'imminence de ce

que je souhaite et redoute à la fois, penché, tendant l'oreille pour percevoir ce que me dit ce filet de voix essoufflé et intermittent (car même parler la fatigue)…, je me représente d'un seul coup le tableau classique que nous formons au sein de cet éphémère immédiat désormais réduit à la peau de chagrin et qui va s'amenuisant rapidement au rythme inexorable des secondes…

Cependant, un peu plus tard, le calmant que l'infirmier a fini par lui administrer (après que j'ai dû le réclamer plusieurs fois — les jours fériés, de surcroît au mois d'août, le personnel hospitalier est si peu nombreux) faisant son effet, elle commence de somnoler et j'entreprends alors, sur sa requête, de lui masser longuement les mains et les avant-bras endoloris par l'ankylose.

Je m'effraie au passage de la grosseur croissante de son bras droit, sans doute en métastase, tandis qu'elle m'indique de temps à autre, les yeux fermés, le sens et le rythme adéquat ; je masse du mieux que je le peux ces membres déjà insensibilisés par la morphine. Je me laisse néanmoins bercer par le bruit de fontaine que produit l'oxygène qui vient glouglouter dans un flacon de liquide au-dessus de nous. Ce bruit est apaisant et je m'abandonne au charme de ce subreptice répit. Pendant un long moment, reliés par ce contact physique et par le subtil babil de l'oxygène, nous paraissons, elle et moi, suspendus entre ciel et terre, comme du temps de mon enfance et de sa jeunesse, lorsque c'était elle qui calmait par des massages mes angoisses d'enfant hypernerveux…

Soudain, s'éveillant à demi, elle me chuchote : « Tu penseras à remettre la clé du garage à sa place habituelle, parce que sans ça, on ne s'y retrouve plus ! »

Quel dommage que le monde ne se limite pas à soixante-quatre cases !

Très souvent le dimanche, je participe à des rencontres d'échecs par équipes. L'autre dimanche nous rencontrions l'équipe d'un grand lycée parisien.

Survinrent dans la salle de classe de l'école communale où nous avons nos locaux deux jeunes hommes et deux messieurs nettement plus âgés (genre professeurs à la retraite) qui, se parlant à peine entre eux, se mirent en demeure d'attendre chacun dans son coin, ménageant leurs forces mentales.

Je remarquai tout de suite l'un d'eux, un petit vieux bossu, fluet et timide, arborant un permanent sourire malicieux et introverti — en parfaite connivence, aurait-on dit, avec d'hypothétiques instances supérieures en train d'ourdir sous ses yeux la grande stratégie universelle, bref, souriant extatiquement aux anges...

Pour tromper mon ennui — et parce qu'il m'a été imparti depuis si longtemps le rôle d'espionner mes contemporains —, j'observais discrètement, dissimulé derrière les pages d'un journal périmé trouvé dans le couloir (ressassant inévitablement les ultimes soubresauts de la Bourse mondiale), cet être étonnant qu'aucune alarme majeure ne semblait pouvoir entamer. Je subodorai, ce qui, par la suite — au moment de la présentation des équipes —, se révéla *tout à fait exact*, qu'il s'agissait d'un ancien prof de maths. Cependant, s'avisant que je l'épiais, le bonhomme, sans s'en émouvoir le moins du monde, me sourit avec la même expression ravie qu'à ses mystérieuses idoles abstraites.

Nous restâmes ainsi les uns en face des autres, en silence — un silence bien symptomatique de l'introversion paranoïde des joueurs d'échecs —, dans la demi-pénombre automnale de la salle dont les hautes fenêtres donnaient sur les arbres de la cour bitumée et déserte. Le vent chassa une petite troupe de feuilles mortes qui vinrent stationner quelques secondes dans l'exigu paradis d'une marelle à moitié effacée… et le temps — comme toujours très discret, lui aussi — parut s'être ralenti, comme pour alourdir encore l'ennui endémique qui pèse réglementairement sur une salle de classe.

Le petit bossu au sourire indéfini, sans doute habitué à pallier cet ennui scolaire et peut-être en même temps gagné de sympathie par l'intérêt que je semblais porter à sa personne, s'approcha de moi et, d'une voix de fausset semblable à celle de Jerry dans le célèbre dessin animé, me proposa de résoudre un problème d'échecs.

Se saisissant d'un échiquier et d'une boîte contenant les pièces — d'où il extirpa un cavalier, une tour et une dame —, il jucha lestement la dame en équilibre sur la tour à quelques cases du cavalier, puis me demanda sur un ton strident :

— Pourquoi diable la dame s'est-elle réfugiée sur la tour ?

Je restai coi, souriant le plus malicieusement possible, en attente de la solution.

— Vous donnez votre langue au chat, cher ami ? Eh bien, c'est très simple : *la dame a vu le cheval et elle a été effrayée parce qu'elle l'a pris pour une souris !*

Et sans même attendre ma réaction — sous le regard morne de ses coéquipiers sans doute lassés par la récurrence de cette blague dominicale —, il se trémoussa en gloussant comme un farfadet hystérique. Puis subitement, s'arrêtant tout net comme un pantin mécanique parvenu au bout de son ressort, il retourna s'asseoir, toujours souriant pour lui-même, sur sa chaise située juste à l'aplomb du tableau noir, où un triangle isocèle tracé à la craie paraissait nous révéler le véritable motif de son indicible extase…

Ce fut à cet instant que j'aperçus, loin au-dessus des toits de zinc, le ciel gris impassible et, dans la cour en contrebas, les arbres encore humides de la dernière averse se reflétant dans une flaque. Étrangement, je me sentis soudain gagné moi aussi par le sourire béat du petit professeur. Le monde, après tout, pour nous autres éternels grands enfants, n'était-il pas aussi merveilleusement agencé qu'un triangle isocèle, que les soixante-quatre cases où — par-delà le miroir du réel décevant — nous allions bientôt nous aventurer à la probable rencontre d'un cavalier blanc, d'une reine effarouchée ju-chée sur une tour et, non loin de là, c'était pré-visible aussi, d'un loir dormant philosophique-ment dans une théière ?

Le jeu de l'oie du professeur Lorenz

Bien qu'en réalité il n'ait fait que renouer avec les vieilles méthodes naturalistes employées en leur temps par Jean-Henri Fabre et Charles Darwin, Konrad Lorenz passe pour être le fondateur de l'éthologie — c'est-à-dire l'étude et la description du comportement animal dans son milieu naturel. Rompant de fait avec les théories béhavioristes, vitalistes et pavloviennes qui étaient alors à l'honneur, il fut surtout, et c'est là, me semble-t-il, que réside sa plus grande originalité, le premier à induire avec un tel talent, à partir de ses observations animalières, de possibles analogies éclairant notre comportement humain, notamment — pour faire allusion à son livre le plus célèbre — cet instinct d'*agression* qui couve en permanence dans les sociétés humaines.

Dans la mesure où il paraît de plus en plus évident que la pensée scientifique demeure soumise, comme les autres et quoiqu'elle s'en défende, aux canons de la mode intellectuelle de l'époque qui la voit fleurir, il est difficile de

déterminer ce que l'avenir retiendra de ces élucubrations[1]. Il n'en reste pas moins que Konrad
Lorenz a non seulement stimulé puissamment
l'imagination de ses contemporains, mais encore qu'il l'a fait dans un langage clair et accessible au commun des mortels — raison probable de son succès populaire —, lui qui aimait à
répéter qu'« il serait présomptueux de penser
que ce que l'on sait soi-même n'est pas accessible à la majorité des autres hommes ».

Presque tout le monde, aujourd'hui, a vu des
photos de ce grand gaillard à barbe et chevelure blanches immergé jusqu'à la ceinture dans
un étang boueux et environné d'oies cendrées
qui paraissent l'adorer comme un dieu tutélaire. C'est d'ailleurs de cette étude effectuée
sur les oies qu'il tira deux de ses théories les
plus marquantes : *la conduite d'appétence* et *l'empreinte*.

La première, qui participe de ce qu'on appelle l'hérédité phylogénétique, tend à démontrer que des animaux en captivité, privés des
exutoires naturels dévolus à leurs instincts, vont
très rapidement développer une conduite artificielle et surcompensatoire. Les prédateurs
poursuivront dans le moindre objet mouvant —

---

1. « De même que les cours d'eau prennent la teinte du
sol qu'ils arrosent, de même toutes les œuvres de l'esprit, si
abstraites qu'elles soient, contiennent en elles les idées reçues
de leur époque, sans en excepter ses préjugés. » Johann
Jakob Bachofen, Leçon inaugurale de droit naturel, cité par
Ernst Jünger dans *L'Auteur et l'Écriture*, Paris, Christian Bour-
gois, 1982 et 1988.

une feuille morte poussée par le vent pour ce qui est du chat, par exemple — « l'ombre de la proie métaphysique ».

La seconde, le phénomène de l'empreinte (décrit pour la première fois par Lorenz), illustrerait la part de l'inné et de l'acquis dans le comportement animal. À un stade précis de sa vie, le jeune animal s'identifierait nécessairement à un autre être vivant, quel qu'il soit, et aurait alors tendance à le suivre constamment. La Nature (l'inné) lui commanderait de suivre et la Culture (l'acquis) lui fournirait l'identité de l'être à suivre. Bref, en ce qui concerne les oies élevées dans son parc, ainsi que pour un certain nombre de ses lecteurs — privés de père spirituel en une époque de désacralisation galopante —, cette occasion inespérée se présenta en la personne de Konrad Lorenz lui-même.

Quoi qu'il en soit, l'une des choses qui est, je crois, le plus frappante dans son livre majeur, *L'Agression*, est la description des fonctions rituelles chez les animaux.

Selon lui, une colonie d'animaux dont le gîte se situe en un lieu précis et qui a pris l'habitude de rejoindre un point d'eau vital en empruntant un certain trajet — parfois très long et sinueux alors que cette source se trouve presque contiguë à leur gîte — ne modifiera pourtant ce trajet ritualisé qu'au cas où l'un des représentants du groupe, glissant accidentellement le long d'une traînée boueuse, par exemple, et réalisant la proximité du lieu, ouvre pour la communauté ce chemin plus direct. Cependant, la colonie, contrariée dans son rituel, connaît alors une sorte de malaise existentiel et il n'est pas rare qu'après l'avoir adoptée pour un temps, elle abandonne cette commodité pour retourner à ses anciennes habitudes.

En tant que joueur d'échecs assidu, je peux témoigner que la plupart des joueurs (les amateurs d'échecs formant une espèce probablement aussi homogène que celle des oies cendrées) ne modifient leur tactique coutumière, leur schéma géométrique spatio-temporel favori sur l'échiquier, qu'à la faveur d'une méprise heureuse et en éprouvent presque toujours un sentiment de malaise intense qui leur gâche ainsi la victoire éventuellement remportée. J'ai d'ailleurs connu un joueur très maniaque et donc de tempérament passablement obsessionnel qui, en dépit du fait que tous les membres de son cercle le lui aient fait remarquer des centaines de fois (et qu'il le reconnût volontiers), continuait invariablement et sans jamais déroger de commettre en toute tranquillité la même erreur fatale au onzième coup de son ouverture préférée.

Or on raconte que le professeur Lorenz — qui avait pris l'habitude, marchant à pied depuis son domicile, d'emprunter un certain trajet, assez tortueux, passant par des lieux consacrés qu'il affectionnait, arrivait régulièrement avec quelques minutes de retard à ses cours de l'Institut Max Planck à Munich. Ses étudiants lui suggérèrent un jour un trajet plus direct et plus rationnel qu'il essaya d'adopter jusqu'à ce que ceux-ci, prenant conscience que le maître devenait de plus en plus maussade et irritable, le persuadent de revenir à son chemin antérieur. Ce sur quoi le professeur recouvra sa bonne humeur coutumière.

Le fascinant fantôme de la liberté

J'ai trouvé la photo ci-contre dans un numéro de *Libération* du 20 avril 1999 et l'ai collée ce même jour dans mon carnet. C'est un mort de l'insurrection de la fameuse Commune de Paris en 1871. Un mort anonyme. On les exposait pendant quelques jours dans un hôpital afin qu'une personne de leur entourage vînt éventuellement les reconnaître. Ils étaient ensuite évacués vers la fosse éponyme.

Cette photo a pour moi quelque chose de fascinant. Ce bel homme encore jeune, à la chevelure abondante, sanglé dans son uniforme de la Garde nationale, à l'expression douce et paisible, dont le regard semble plongé dans le plus prégnant des songes éthérés... la mort est-elle venue le prendre en pleine méditation après qu'il eut été blessé ? On croit deviner qu'elle s'est fait attendre et que quelques images fortes se sont présentées à lui, juste avant l'évanouissement final. Revoit-il un ruisseau d'enfance dans les alentours champêtres du Paris d'alors, le visage de ses parents ou de ses enfants, un détail insignifiant qui vient tout occulter, comme dans les rêves, ou bien mesure-t-il d'un seul coup la vanité des choses que la passion nous fait embrasser avec tant d'ardeur durant notre existence ? A-t-il, pour finir, le pressentiment de la vacuité probable et future de cet exaltant fantôme de la liberté pour lequel tant de générations d'hommes se sont ruées au combat et ont péri, comme il s'apprête à le faire, pour qu'ironiquement ensuite leurs enfants soient encore moins libres qu'ils ne l'étaient eux-mêmes ?

Un certain nombre d'entre nous, à moins d'y être acculés, hésiteraient sans doute aujourd'hui, je suppose, au vu des résultats que nous ont amplement fournis les siècles passés (tout particulièrement le dernier : ce vaste chantier expérimental en la matière !) à s'élancer avec la même fougue derrière ce fascinant mirage. Mais peut-être aussi, à bien y regarder, que ce qui nous motive réellement, dans ces circonstances, n'a pas grand-chose à voir avec nos motivations conscientes, peut-être sommes-nous agis par des pulsions profondes et incontrôlables venues des tréfonds de l'inconscient collectif ?

Comme nous connaissons mal nos pensées !... Oui nous connaissons nos actions réflexes — mais nos réflexions réflexes ! L'homme, parbleu, s'enorgueillit d'être conscient ! Nous nous vantons d'être différents des vents et des vagues, et des pierres qui tombent, et des plantes qui croissent sans savoir comment, et des bêtes errantes qui vont et viennent, suivant leur proie

sans l'aide, il nous plaît à dire, de la raison. Nous
autres nous savons si bien ce que nous faisons et
pourquoi nous le faisons ? J'imagine qu'il y a quelque
chose de vrai dans l'opinion qui commence à se ré-
pandre aujourd'hui, selon laquelle ce sont nos pensées
les moins conscientes et nos moins conscientes actions
qui contribuent surtout à façonner notre vie et la vie
de ceux qui sortent de nous.

SAMUEL BUTLER,
Ainsi va toute chair

S'il est un livre exemplaire sur le sujet, c'est
bien celui d'Anatole France intitulé *Les dieux
ont soif* (dont j'ai déjà parlé précédemment),
qui nous montre, durant la première Commune de Paris, celle de 1792 qui déboucha sur
la Terreur, l'enchaînement implacable des
faits, leur côté à la fois monstrueux et inévitable. Je constate cependant avec étonnement
que ce chef-d'œuvre est tombé dans l'oubli. Je
ne saurais trop le recommander à ceux qui veulent saisir comment un être pétri de bons sentiments, mais un tantinet exalté, le protagoniste
de ce livre (pour qui, au début, nous prenons
fait et cause jusqu'à ce que nous découvrions
qu'il s'est progressivement, à son insu et au nôtre, transformé en monstre sanguinaire) peut
basculer dans le terrorisme au nom de la foi en
ses idées.

Cependant, au-delà des tribulations de l'inéluctable utopie sociale, au-delà des paradoxes
que la réalité paraît s'amuser à multiplier, cette
image du fédéré méditant dans la mort pose

pour moi cette question cruciale : pourquoi donc les implacables Versaillais, qui fusillèrent sommairement tous les insurgés tombant entre leurs mains, prirent-ils néanmoins la peine de photographier un à un chacun des morts anonymes de cette sanglante répression ? J'avance ici une hypothèse : ne serait-ce pas qu'en les individualisant ainsi, ils pressentaient (encore une fois inconsciemment) que d'instituer une personnalisation des êtres, une identité individuelle marquée, serait peut-être la meilleure façon de briser le dangereux holisme[1] qui avait animé pendant si longtemps les masses populaires et dont aucun raisonnement jusqu'ici n'avait pu briser les soudaines impulsions de rébellion instinctive ? Ne serait-ce pas dans le but d'instiller progressivement dans le peuple un individualisme de masse qui finirait par laminer insidieusement tout sentiment collectif supérieur, tout rassemblement spontané, qu'ils affectèrent de respecter ces morts, pour eux en réalité si méprisables du temps de leur existence ?

Où en sommes-nous donc nous-mêmes aujourd'hui, nous qui croyons sincèrement être plus libres que nos aïeux ?

J'ai tendance à penser que, tristement confinés chacun dans son coin, atomisés comme nous le sommes (emprisonnés, à vrai dire, dans la logique clandestine et solitaire de la très im-

1. Holisme : théorie anthropologique et sociologique qui désigne les groupes sociaux au sein desquels les individus n'ont d'existence qu'en raison de leur appartenance à la communauté.

probable communication, ce veau d'or des temps actuels), nous pianotons désespérément sur nos claviers en prétendant nous relier à un autrui de plus en plus fantasmatique... tandis qu'en même temps nous subodorons obscurément que notre profonde motivation serait plutôt de tenter de distinguer individuellement nos petits ego de la masse surnuméraire anonyme qui envahit la planète et nous étouffe... afin de rejoindre follement peut-être, nous aussi, ce mirobolant fantôme de la liberté pour lequel le mort inconnu de la Commune — songeur et sans doute désabusé sur la photo jaunie — vient de donner sa vie !

La ritournelle du bonheur
ou l'éventuelle profondeur
de la superficialité

Souvent à la campagne — ce que je fais rarement à Paris — j'écoute la radio. Dans le calme silencieux de la grande maison vide, perdue parmi les champs et les bois eux-mêmes désertés, ce lien avec le reste du monde prend une singulière valeur. Disons que, loin du tohubohu habituel, je peux enfin *entendre*.

Hier, sur une radio locale, c'était la voix émouvante d'un vieux cultivateur bourguignon qui était retransmise. Elle évoquait la vie des paysans de son époque dans les fermes isolées ainsi que les mœurs des bêtes domestiques et sauvages. Dans ce qui nous était raconté, ce qui m'étonnait encore le plus, hormis la dimension existentielle si radicalement différente de ces générations qui pourtant ne nous ont précédés que de quelques décennies (un historien-sociologue faisait récemment remarquer que le monde a beaucoup plus changé dans les cinquante dernières années que durant vingt siècles !), était le timbre et le ton de voix de ce vieux paysan. On eût dit une source qui mur-

murait dans l'ombre d'un bois, s'arrêtait, repre-
nait, s'interrompait à nouveau, hésitait encore,
puis recommençait…

Oui, cette voix sourde, un peu cassée, émaill-
lant son discours de formules d'un style ora-
toire désuet si savoureux, ponctuant chacune
de ses phrases d'interjections enthousiastes ou
ironiques, me ravissait littéralement.

En fait, au-delà du sens nommément exprimé
par ces paroles (que je ne comprenais d'ailleurs qu'avec peine, tant la distance existentielle en était accusée) se dégageait un sens
plus profond : le simple plaisir — synthétique-
ment palpable et poétiquement compréhensi-
ble, lui, en dépit du fossé générationnel —
qu'avaient ces gens des campagnes à « demeurer là, tout simplement là, parmi les choses les
plus frêles, parmi les choses les plus vaines,
dans l'écoulement du jour[1] ». Au fond de cette
voix, une gaieté latente, dégagée de toute pe-
santeur névrotique, flambait comme un feu de
brindilles dans une clairière et me distillait,
mieux que n'importe quel discours savant, la
valeur d'une très ancienne et tenace insouciance — quasi héroïque, à vrai dire, par les
temps qui courent !

Ne pouvant m'empêcher de la comparer à
celles, tonitruantes, ratiocinantes, insinuantes,
tranchantes, prétentieuses et métalliques qui
nous submergent chaque jour à travers les médias, celles des hommes politiques, des experts

1. Saint-John Perse, *Exil*, chant V.

ou des journalistes de tous poils, je songeais que celle-ci — discrètement murmurante, semblable au babil d'une source — était peut-être, pour le coup, ce que tant de gens cherchent à désigner quand ils évoquent la « petite ritournelle du bonheur ». Une ritournelle que, si nous cessons de nous agiter éperdument, si nous éteignons nos portables et nos ordinateurs, faisons taire nos haut-parleurs et nos moteurs et du même élan nos préventions de modernes satisfaits d'eux-mêmes, il peut nous arriver d'entendre encore — malgré tout ! —, semblable à la comptine qu'une petite fille s'obstinerait à chantonner pour elle-même au sein du vacarme assourdissant d'un carrefour...

*

Cette anecdote radiophonique m'ayant fait longuement songer, j'ai cru soudain y entrevoir une corrélation possible avec ce qui m'est toujours apparu comme étant le plus pur de la littérature.

La tonalité qui fait qu'on reconnaît un auteur parmi tant d'autres aux premiers mots d'une lecture — ainsi qu'on le fait également au téléphone entre des centaines de voix répertoriées par notre mémoire —, bref, cette marque identitaire individuelle irremplaçable, ne constitue-t-elle pas le grand mystère de la communication entre les êtres puisque, ainsi que tous ceux qui se sont penchés sérieusement sur le pouvoir de la parole poétique le savent, c'est lorsque la voix qui s'élève est le plus ancrée dans la sincérité subjective et l'idiosyncrasie qu'elle a les meilleures chances de toucher à l'universel ?

Tout cela pour dire qu'à mes yeux la littérature véritable, à savoir celle qui, en deçà ou au-delà de l'écume des événements immédiats, relie entre elles, dans le temps et dans l'espace, les âmes fraternelles, n'a sans doute pas sa source dans le langage, ni dans l'habileté rhétorique mais plutôt au plus profond d'une dimension de l'âme communautaire des peuples et fatalement donc (qu'on le sache expressément ou non) dans les plus vieux mythes consacrés par les traditions et que l'imagination moderne « réinvente » (au sens propre du terme), bref, que l'esprit du temps habille de parures nouvelles, combine de façon inusitée, sans jamais en modifier pourtant la teneur pérenne.

C'est peut-être ici qu'intervient donc le pouvoir intemporel de ce que les Grecs appelaient les *éidola*, ces graines spirituelles venues du passé et des espaces les plus lointains de la mentalité collective, véhiculant jusqu'à nous les charges magnétiques émotionnelles de nos ancêtres.

Or ces charges me paraissent résider, bien davantage que dans le corps du texte, le choix des mots ou leur agencement, dans cet élément impalpable qu'on nomme le ton d'une voix.

Nymphe est la frémissante, oscillante, scintillante « matière mentale » dont sont faits les simulacres, les « éidola ». Et c'est la matière même de la littérature.

Chaque fois que la Nymphe se profile, la matière divine qui se modèle dans les épiphanies et qui s'établit dans l'esprit, la puissance qui précède et soutient la parole, vibre. À partir du moment où cette puissance se manifeste, la forme la suit et s'adapte, elle s'articule suivant le flux.

ROBERTO CALASSO,
La Littérature et les dieux

Sans doute faut-il penser que les éidola fécondantes ne peuvent se propager que sollicitées par le solipsisme le plus déterminé — lequel s'érigerait soudain pour égrener ses étamines poétiques au vent de l'esprit... C'est sans doute aussi la règle intangible du ludisme intrinsèque qui mène le monde, un monde où l'antagonisme de l'un et du multiple est le moteur qui fait tourner la roue des inéluctables péripéties.

Ce serait donc à l'esprit synthétique — d'obédience extrême-orientale — plutôt qu'à l'esprit d'analyse qu'il nous faudrait alors demander des éclaircissements sur la littérature. Et sans doute nous faudrait-il encore, dans cette optique, tenter de capter ce qui émane des textes plutôt que ce qui y est signifié logiquement (et n'en est, en fait, que le prétexte et l'habillage) ; sans doute nous faudrait-il également deviner le dieu ou le démon spécifique dissimulé à l'intérieur du discours, des mots eux-mêmes, et peut-être aussi, en dernier lieu, attendre l'effet ultérieur de leur impact pour prendre l'entière mesure de ce qui cherchait à se dégager mais pourtant — ô paradoxe — n'existait réellement que dans la plus fine poudre du langage ?

Combien de paroles, en effet, éloquentes, charmantes ou apparemment décisives dans l'instant, dont l'inanité se révèle après coup ? Combien de paroles approximatives ou maladroites, en revanche, dégagent toute leur puissance latente à la longue ?

Je voudrais régénérer ici la fonction dormante d'un ancien instinct, presque perdu, et qui permet de juger et d'apprécier la parole littéraire à l'aune de sa valeur *essentielle*, et non rhétorique. Il s'agirait, tout simplement, de recréer le sens de l'écoute fondée sur la compréhension intuitive (et relativement naïve), de chercher à distinguer l'aura quelque peu magique des paroles les plus étranges ou les plus anodines ! En bref, d'être encore capable de plonger sous la vague de la persuasion, de capter encore le jeu sous-jacent des éidola venues éventuellement gonfler le texte de leur très ancienne et puissante cohérence, de savoir discriminer ce qui émane du monde poétique phénoménal — sous des formes souvent inattendues, parfois obscures — de la seule faconde, la seule éloquence, terriblement stériles à la longue.

C'est en partie, me semble-t-il, ce qu'a voulu exprimer Hofmannsthal à travers sa fameuse *Lettre de Lord Chandos* (que beaucoup considèrent comme le manifeste de la poésie objective, celle qui gît au-delà du langage et que la parole ne cherche qu'à faire vibrer au sein des choses elles-mêmes) et je crois que lorsque Alberto Savinio, à la page 7 de sa très remarquable *Vie de Henrik Ibsen*, nous entretient de ce qu'il nomme la « Grèce », il ne fait que se rapporter — tout aussi indirectement et sur les ailes de l'intuition migrante, disons… — à ce que je tente d'exprimer ici :

Par « Grèce », j'entends une façon de penser, de voir et de parler que l'esprit, l'œil et l'oreille peuvent saisir d'emblée : qu'ils peuvent saisir d'une seule pensée, d'un seul regard, d'une seule ambition. Par Grèce, j'entends un esprit transportable et, dans ses manifestations les plus achevées, véhiculable. J'entends un cerveau, un œil, une voix en comparaison desquels n'importe quelle autre voix devient muette, n'importe quel autre œil aveugle, n'importe quel autre cerveau de la simple « matière grise ». J'entends cette faculté — donnée à certains et déniée à d'autres — d'appréhender la vie de la façon à la fois la plus incisive et la plus « fine », la plus lyrique et la plus « frivole » (nos dieux sont légers)…

Je ne dis pas « la plus profonde », car la clarté porte la lumière jusqu'au cœur des abîmes et détruit la profondeur. La profondeur implique « l'obscurité ». La profondeur demeure mais elle change de caractère, elle change « d'éclairage », elle change donc aussi de nom. « Profondeur claire » est trop antithétique, trop en dehors du langage et réservé à un petit nombre. Si ce mot n'avait pas mauvaise réputation, on devrait dire « superficialité » car la lumière amène à la superficie même le tréfonds de la plus profonde des profondeurs.

Plus tard c'est définitivement maintenant !

Si l'on devait me demander quel a toujours été mon but secret dans l'existence, que pourrais-je répondre sinon que c'est celui de provoquer, au moins une fois par jour un état de *furtive éternité* ?

En effet, s'il est une chose dont je crois pouvoir m'enorgueillir (au regard d'une improbable et vaine postérité), c'est bien celle-ci : savoir, au détour d'une vague pensée, d'un spectacle anodin, d'une embellie soudaine de l'atmosphère (et des oiseaux surexcités se pourchassent alors en criaillant hystériquement entre les toits tandis que de bedonnants nuages s'alanguissent dans la savane du ciel d'après-midi…), oui, je me targue, disais-je, de savoir parfaitement faire ceci : m'installer au cœur d'une minime extase fortuite, puis la gonfler comme une bulle de savon enfantine pour la laisser flotter quelques profondes minutes, dans les cas très favorables quelques heures, suspendues au-dessus du va-et-vient des récurrentes urgences (tout en prenant soin, bien entendu, de rester suffisamment discret, car le grand comptable sourcilleux et creveur de bulles, de là où il est, nous surveille et ne badine pas avec ce qu'il estime être le superflu). Bref, savoir maintenir ces instants d'équilibre sur la fine pointe éphémère du présent, c'est là, oui, je le confesse, mon seul intime et ultime art de vivre !

Souffrez donc, chers lecteurs, que je vous livre, afin de nous distraire quelques instants de notre pathétique frénésie d'informations et de fausses nouveautés, et surtout, comme le disait si joliment une commentatrice d'il y a quelques jours, « pour rendre un peu de leur rondeur à nos jours », souffrez donc, gentils amis inconnus, que je vous livre quelques exemples tirés de mon nébuleux livre d'images intimes :

Descendre une pente en vélo le long des prairies fleuries d'été et goûter le petit vent frais de la vitesse qui se coulisse dans ma chemise ; nager en suspens au-dessus des gouffres verdâtres d'un lac en admirant la pérennité irréelle des montagnes au-dessus de ma tête ; me glisser dans le courant d'une rivière au moment même où un martin-pêcheur, en rasant la surface, m'évite de justesse ; m'attarder dans une crique bretonne tandis que le vent s'acharne en vain sur les rochers imperturbables et me sentir béni par les embruns ; être assis sur une chaise de paille dans une vieille église et percevoir mon âme qui *s'angélise* à l'écoute de la voix du ténor dans l'aria du *Stabat Mater* de Haydn (et si je lève les yeux, les « grotesques » sculptés des voûtes romanes me font des grimaces pour tenter de me ramener au trivial de la vie réelle) ; rencontrer un chat solitaire dans une ruelle du petit matin à Florence, près du jardin Boboli, et comprendre parfaitement — sans toutefois pouvoir l'exprimer — le sens de cette discrète et quasi onirique apparition : lui, l'animal mythique de mon imaginaire, et moi, le héros mythique de ma propre dérisoire saga personnelle, ne sommes que des fantômes passagers, pathétiquement interchangeables, de la grande péripétie qui nous entraîne fatalement tous deux vers l'indifférencié ! Observer le minuscule personnage *en bas à droite* dans le tableau d'Hobbema, lui-même en train d'observer des enfants qui jouent dans une clairière près d'Haarlem, au XVIIe siècle... et... avoir l'impression, par cette journée de pluie assaillant avec fureur les vitres du musée de Bruxelles — où je me tiens devant l'œuvre accrochée au mur —, que je viens insensiblement d'intégrer une chaîne immémoriale de splendides et furtifs flâneurs (un tantinet espions) qui se donnent la main à travers le temps et anticipent déjà, avec un frisson de plaisir, le regard posé sur eux du futur contemplateur ; découper le matin une reproduction dans un magazine, puis la coller au mur près de la fenêtre, au-dessus de la plante verte, et me féliciter d'avoir ainsi réussi à rehausser la teneur de ma journée à venir ; considérer longuement au crépuscule les jeunes gens fougueux et un peu désordonnés (pour le professionnel que je suis) se disputant le ballon à quelques pas du fleuve impassible ;

faire flancher quelques secondes le regard d'une femme (qui n'aura jamais le temps ni le goût de m'aimer en cette vie) dans la lumière tamisée d'un bar vers minuit au milieu des fumées, des rires, et rêver à ce qu'auraient pu être nos amours en d'autres circonstances... ; retrouver dans un vieux carnet et méditer un long moment à son propos, le poème d'Hofmannsthal intitulé *Inscription pour une pendule* :

> *L'instant vient. Il s'enfuit. Les heures s'en vont, glissent,*
> *Révolues, en un souffle, et muées en soupirs ;*
> *Mais chacune, en partant, immerge en ton esprit,*
> *Afin qu'il y demeure,*
> *un éternel présent !*

demeurer enfin quelques longues minutes le matin, derrière la fenêtre de mon bureau (les hirondelles virevoltent dans le ciel gris-bleu) et, à cet instant de relâchement quelque peu oblivieux — juste avant la grande plongée dans l'activisme du monde diurne — comprendre en un éclair, tout de suite résorbé, que :

> *plus tard c'est définitivement maintenant !...*

L'art de se laisser ballotter
par les circonstances
ou le courage de laisser faire

Ce matin j'ai eu l'inspiration d'aller relire les propos du maître Taisen Deshimaru, et il m'a semblé, avec encore plus d'évidence que d'ordinaire, que le zen japonais était non seulement (ainsi que l'a si bien vu Alan Watts) en contradiction avec lui-même mais surtout nettement divergent des principes généraux de la pensée chinoise tch'an dont il est issu.

Maître Deshimaru, par exemple, rejette l'esprit du jeu, du sport (ce dernier dans son acception pure et gratuite, s'entend), au nom d'une pratique intégrale de la sincérité et de l'authenticité existentielles que réclame selon lui l'esprit du zen, pratique qui doit donc demeurer non seulement en prise directe avec la vie quotidienne (c'est-à-dire avec nos moindres faits et gestes), mais surtout (et il insiste là-dessus) avec la perspective de rester prêt à affronter la mort à tout moment.

À mon humble avis, cette manière de voir a plus en commun avec la pensée martiale et guerrière japonaise qu'avec l'esprit fondamentalement humoristique et souplement adapté aux circonstances (qu'elles soient fantasmagoriques ou très réelles) développé par les ermites tch'an de l'ancienne Chine qui, dans leur conception de la sagesse et de l'action afférente, mélangèrent harmonieusement des principes bouddhistes à des principes taoïstes. Ce refus du jeu, du « faire semblant », ce besoin d'authenticité sans compromis, de sérieux coercitif dont on peut parfaitement comprendre de par sa dimension sadomasochiste l'énorme impact sur le monde puritain (spécialement américain) d'Occident — me paraît en revanche participer d'une volonté de puissance intrinsèque et inconsciente, d'un désir profond de domination de l'adversaire et de soumission de la nature (la sienne et celle des autres) relevant d'un effort vers la suprématie de l'ego, qui a beaucoup plus à voir avec l'impérialisme militaro-nationaliste japonais qu'avec l'adaptation au « cours des choses » des anciens maîtres chinois.

Toute différente, en effet, me paraît être la conception existentielle découlant des poèmes, des peintures ainsi que des faits et gestes — tels que les récits nous en sont parvenus — des anciens ermites ou moyen-ermites tch'an, lesquels se montraient désireux d'éliminer les activités superflues au profit de plaisirs simples et immédiats tels que boire du vin de riz tout en plaisantant entre amis, jouer au mah-jong, se promener en barque en chantant ou passer des après-midi entiers à maintenir des cerfs-volants dans le grand vent — dépouillement consistant à se conformer harmonieusement aux alternances cycliques qu'ils avaient cru reconnaître à l'œuvre dans le ciel et dans la nature aussi bien qu'en eux-mêmes. Il s'agissait en fait, pour eux, d'épouser le train du monde (qu'ils nommaient *le cours des choses*), et le but ultime du disciple tch'an était donc de parvenir à cet exercice de virtuosité qui permet, tout en se laissant ballotter par les circonstances, de ne jamais perdre son intuition du rythme cosmique — autrement dit de rester en phase avec l'*énergie* qui mène l'univers en profondeur — « l'image » (pour parler comme le Yi King) étant celle du pilote d'un bateau qui, descendant un grand fleuve, doit se contenter d'interventions minimales mais extrêmement précises pour demeurer dans le fil du courant.

Cependant, au risque de surprendre, je voudrais dire qu'il m'est souvent apparu que cette pensée, ou plutôt cette forme de sagesse infuse, existait depuis bien longtemps en Occident (sous une forme inconsciente) dans l'art théâtral, avant tout dans la comédie ou la tragi-comédie ; et, plus tardivement encore, dans la pratique bien comprise du jeu et du sport — tel qu'a tenté de la promulguer le baron Pierre de Coubertin. Pour dire mieux encore (mais il faudrait étayer plus solidement que je ne puis le faire ici cette ébauche de réflexion), je crois qu'il serait fort intéressant de se pencher, dans notre mentalité occidentale, sur l'acceptation et la participation active et consentie à une certaine forme de ridicule — individuel et collectif. Individuel sous la forme du clown, du bouffon, du gilles (ainsi que le nommait l'ancien français), de l'arlequin, et collectif dans l'abandon — même momentané — à la *doxa*, à la contribution fatalement involontaire (inéluctable pour ceux qui ne se retranchent pas de la vie immédiate) au conformisme de la bêtise ambiante. Ce que le théâtre classique a pour but — presque thérapeutique — de nous faire comprendre et accepter en se moquant avec acuité (tel Molière) du trissotinisme éternel[1]. Accepter de jouer le rôle — à un moment ou un autre fatalement ridicule aux yeux des antagonistes — que le destin nous a imparti, accepter de rabattre son orgueil et de théâtraliser ses propres inéluctables vanités, n'est-ce pas une manière en quelque sorte participative, sportive et tragi-comique de se conformer au « cours des choses » ?

Ce que nous apprennent, en outre, les spécialistes de l'ancienne Chine (François Jullien le tout premier dans des ouvrages aussi pertinents — et aux titres suffisamment explicites !

1. Trissotin : personnage ridicule mis en scène par Molière dans *Les Femmes savantes*, devenu, comme Tartuffe, un nom commun, mais désignant plutôt un sot d'après l'étymologie qu'un pédant, comme Molière l'a présenté. « M. de Martignon n'est pas un trissotin. — Extérieurement, non ; la forme change ; les Trissotins de nos jours ont plus de savoir-faire, plus de tenue, plus d'importance », Scribe, *LePuff*, III, 5.
Trissotinisme : caractère, sottise de Trissotin. « On s'expose à s'entendre dire, tout gentilhomme qu'on est, que l'on est atteint et convaincu de trissotinisme », Sainte-Beuve, *Nouv. lundis*, t. II. (Littré.)

— qu'*Éloge de la fadeur* ou *Un sage est sans idée*) est que les véritables sages sont difficilement repérables et ne prétendent nullement à une quelconque maîtrise, participant d'ailleurs (du moins en apparence) aux préjugés et sottises de leurs contemporains, jusqu'au moment où, soudain, il leur advient de s'y opposer par un acte anodin et discrètement surprenant ou bien une parole sans éclat mais intrigante (qui par la suite, à l'examen, se révélera de longue portée), et c'est alors à nous d'être assez attentifs pour recueillir ce que peut avoir d'éventuellement édifiant cette manifestation spontanée — un murmure caustique, un refus poli mais déterminé, un silence ou bien encore (si le silence devait leur apparaître comme trop appuyé) une sorte de discours insipide dont la forme terne a pour but de noyer la charge trop subversive du contenu (car, bien entendu, ainsi que le répète à satiété le Tao : « Qui veut briller n'éclaire pas »).

En effet, les vrais sages du tch'an, tout autant que nos clowns tragi-comiques, expriment par cette attitude délibérément non didactique et non dogmatique une méfiance (sans rejet, ce qui serait encore trop radical, non opérant et pas assez ludique) vis-à-vis à la fois de la logique et de la rationalité trop contraignantes, ainsi que de la rhétorique qui les enveloppe généralement — leur souci essentiel, encore une fois, étant de demeurer en prise directe avec l'énergie qui mène le monde, de se laisser porter par elle et, comme le dit si bien François Jullien explicitant cette propension chinoise à l'efficacité discrète :

… si l'on intervient au bon moment, ce qui se trouve ainsi engagé, au sein du procès des choses, s'inscrivant alors dans un réseau de facteurs favorables, se voit porté de lui-même à se déployer, d'une façon naturelle, sans qu'on ait plus dès lors à vouloir, à risquer ou à peiner, ou même seulement à se dépenser.

Du temps

En réalité, tout est dit dans le style lui-même de l'intervention ou de la non-intervention, quelles qu'elles soient. C'est, d'une part, la tournure de la phrase, le type de mots utilisé et d'autre part le tracé du geste ou le mode du silence qui, pour celui qui sait écouter, indique par empathie la conduite recommandée. Un ermite tch'an avait coutume de dire qu'en refusant d'enseigner à certains il leur enseignait quand même quelque chose d'essentiel. Le philosophe Emerson, pour sa part, répondit à des contemporains goguenards qui l'interrogeaient sur ce que les livres de philosophie avaient bien pu lui enseigner : « Ils m'ont avant tout appris à me taire en présence de gens de votre sorte. »

Une petite fable illustre à merveille la légendaire discrétion enseignante du sage « qui n'aime pas faire d'histoires » : on raconte qu'il y avait en Inde dans les temps anciens, dans un endroit isolé au bord d'une rivière, un vieil homme qui vivait seul dans sa cabane vétuste, pêchant du poisson, cultivant ses légumes, chantant pour lui-même en s'accompagnant de sa cithare, lisant dans de vieux livres, se saoulant parfois en déclamant des poèmes et que les habitants des environs avaient pris coutume de venir visiter car il était d'excellent conseil et dispensait, comme par mégarde, une robuste et pertinente sagesse. Les années passant et la réputation du vieillard de la cabane s'étant répandue, le nombre de ses visiteurs s'accrut considérablement — certains venant de très loin. Aussi quelques-uns de ses admirateurs s'organisèrent et décidèrent de planifier la construction d'un ashram à quelque distance de la cabane du vieux. Alors commencèrent les réunions préparatoires, les comités, puis, bien entendu, les dissensions, les luttes de pouvoir, et pour finir les aléas du chantier — toute l'équipe fort occupée à ce projet d'envergure. Cependant, bon gré mal gré, cinq ans plus tard l'édifice fut achevé. Le maître d'œuvre et son équipe se rendirent donc en délégation au bord de la rivière pour convier le vieux sage (dont l'ashram portait le nom) à la cérémonie officielle d'inauguration. Or, parvenus près de la rivière, quelle ne fut pas leur surprise de constater que la cabane était en ruine et le vieillard disparu. Un enfant visiblement habitué des lieux pêchait là. Ils l'interrogèrent et celui-ci leur répondit :

— Ah oui, le vieux qui habitait la cabane... ça fait trois ans déjà qu'il est parti !

Le vieux petit temps

Prenant conscience, à la relecture de quel-ques-uns des textes qui composent cet ouvrage, que celui-ci pourrait parfaitement s'intituler « Considérations inactuelles sur les choses du temps », je ne puis m'empêcher de dire un mot, à la suite d'Alexandre Vialatte dans ses savoureu-ses *Chroniques de la montagne*[1], sur ce qu'il ap-pelle, faisant lui-même allusion à un auteur oublié nommé Henri Pourrat (mais la littérature que j'aime n'est-elle pas une longue chaîne d'auteurs apparentés ?), « le vieux petit temps ».

Pour ma part, « le vieux petit temps », je l'ai dès l'abord rencontré au cœur somnolent de l'appartement haut perché de ma grand-mère Madeleine, rue de l'Ouest, dans le quatorzième arrondissement de Paris. J'y venais chaque jeudi, étant enfant et, aussitôt après en avoir franchi le seuil, me plongeais avec délices dans le ralentissement immédiat qui frappait toutes choses. En effet, les minutes, l'immobilité sus-

1. Paris, Éditions Laffont, coll. Bouquins, 2000.

pendue des moindres objets, jusqu'aux paroles que nous échangions, ma grand-mère et moi, paraissaient flotter dans une sorte d'inter-monde insouciant. Il régnait là comme une atemporalité existentielle, vieillotte et suran-née, issue du XIXe siècle, qui nimbait le monde d'un voile d'ironie populaire fataliste et malgré tout enjouée qui me rassurait — compensant, en fait, l'angoisse sourde qui ne cessait d'éma-ner pour moi du spectre de la récente dernière guerre auquel, en tant qu'enfant hypernerveux, j'étais particulièrement réceptif.

Il y avait surtout la monumentale horloge à carillon qui rythmait le temps de sa cadence d'ancienne mécanique de précision. La durée elle-même semblait s'y emboîter avec la préci-sion et la lenteur d'un savoir-faire artisanal, consciencieux et plein de la satisfaction du de-voir accompli. Madeleine, dans sa minuscule cuisine, me concoctait ce fameux gâteau au chocolat à la crème de marrons dont je raffo-lais tant et moi, assis près de la fenêtre ouvrant sur l'immensité gris-bleu des toits de zinc, j'ob-servais les démêlés définitivement confus des amours volatiles et roucoulantes des incontour-nables pigeons s'ébattant parmi les cheminées. Ensuite, Madeleine me lisait ou me relisait pour la énième fois un passage de son livre fa-vori, *Scènes de la vie de bohème* d'Henry Murger, et il est certain que cette lecture eut une grande influence dans la formation de mon es-prit déjà réfractaire aux diktats du « grand temps », celui de la vie sérieuse et respectable, celui des heures et des minutes strictement comptées et monnayables suivies de leur corollaire : l'impératif catégorique de la vitesse d'exécution.

Oui, je passais là des heures bénies, préservées de l'agitation naissante des *Temps modernes* — film que ma grand-mère m'emmena voir dès mon plus jeune âge et qui la faisait rire sans retenue, comme l'enfant pleine de gaieté insouciante qu'elle était demeurée en dépit des avanies de son existence de vieille dame solitaire. Je crois bien que c'est donc chez elle que je pris goût à ce vieux petit temps « parfaitement extérieur à la chronologie » dont parle Vialatte.

Chez elle et aussi, je m'en avise, dans la vaste cuisine de ferme où je me retrouvais chaque début d'automne à la fin des grandes vacances, en Touraine.

Tandis que les premières bourrasques soufflaient sur le plateau, assis près de la haute et profonde cheminée où ne se consumaient que les trois petites bûches réglementaires maintenant en leur centre un point incandescent plus virtuel que réel, j'écoutais notre cousine Marie-Reine qui, tout en tricotant avec ses longues aiguilles, nous racontait à ma mère, ma sœur et moi, les dernières chamailleries du chien et des canards au sujet de leurs pâtées respectives ou bien les aventures soûlographiques du cantonnier du hameau — récits d'événements minuscules élevés dans la bouche de cette conteuse au rang de tragi-comédies picaresques ou burlesques. C'est là sans doute — à cette école de l'observation paysanne minimaliste — que je pris pour la première fois la mesure de tout le suc qu'un regard attentif pouvait tirer de la vie quotidienne en apparence la plus banale.

Mais écoutons justement ce qu'en dit, pour sa part, Alexandre Vialatte :

Un vieux petit temps ; le tissu même de tous les jours ; étranger au calendrier ; sans numéro dans l'almanach ; parfaitement extérieur à la chronologie. Si indépendant de toute horloge qu'on peut le transporter avec soi et le retrouver dans sa valise sans que nulle montre l'ait modifié. C'est l'actualité en vacances. Quand il commence elle a déjà fini. C'est par là qu'il est vieux de naissance. Il est fait de tout ce qui se passe quand il ne se passe rien.

...

Je veux seulement faire savoir qu'il existe plusieurs sortes d'actualités : celle du grand temps, des journaux et de l'histoire, qui vocifère à travers la planète et couvre la voix des humains. Et celle d'une espèce de petit temps, qui est le tissu même de nos journées. Il y a le grand temps qui fait des tourbillons ; et le petit qui parle à voix basse et marche sur la pointe des pieds ; qui est toujours rempli des mêmes choses, habillé d'une étoffe usée. On le prendrait pour une miette du temps qui serait tombée d'une autre époque. Ce qu'on appelle l'inactuel, c'est l'actuel de toujours. Il semble à l'homme que ces deux temps n'aient ni le même grain, ni la même qualité, la même matière, la même couleur, la même époque. Et que le petit temps soit inactuel parce qu'il est l'actuel de la veille. Mais il sera l'actualité de demain.

Au fond, oui, c'est de ce « vieux petit temps » dont moi aussi je désire parler, d'une manière quasi subversive, dirais-je, puisque actuellement tout le monde a les yeux braqués sur le grand terriblement moderne. Et peut-être, aussi, ai-je envie de prendre exemple sur cette autre vieille paysanne solitaire de ma connaissance qui, chaque soir, vers huit heures, allume sa télé pour avoir une « présence » (ainsi qu'elle le dit : « maintenant que son fils lui a supprimé la cheminée et installé un chauffage au mazout ») et laisse délibérément le son fermé puis, lorsqu'elle entrevoit des personnalités dont la tête ne lui revient pas, tourne carrément le dos au récepteur pour continuer à éplucher tranquillement ses pommes de terre.

Vive le snobisme hexagonal

Attendre sous la pluie dans la queue, à l'entrée du Salon du livre, le soir de l'inauguration, jeudi dernier, m'a fait repenser à l'attente (sous la pluie également) devant le stade Roland-Garros le jour de l'ouverture, au printemps dernier. Même impatience, même agressivité de la foule vis-à-vis des subalternes — se contentant pourtant de contenir les gens pour que les fouilles aient lieu en bon ordre — et qui étaient tout de suite assimilés par les plus véhéments des rouspéteurs à des reîtres aux ordres du pire des systèmes totalitaires. Il y a là, sans doute, une attitude typique de la petite bourgeoisie désireuse de s'assimiler à la classe supérieure. C'est le grand mythe français du passe-droit, du VIP. D'ailleurs, l'entrée devant laquelle j'attendais avec une petite foule d'autres auteurs (petite foule désabusée d'elle-même en quelque sorte... car on se voudrait tous tellement singuliers et irremplaçables, en tant que créateurs n'est-ce pas ?) se nommait ironiquement : *Entrée du Sérail.*

Comme de bien entendu, tous les génies en puissance qui se trouvaient là au coude à coude, dans une promiscuité dégradante, ne s'adressaient aucunement la parole les uns aux autres, se lorgnant réciproquement en catimini à la fois sans doute pour reconnaître éventuellement une célébrité adoubée (ce qui eût été un peu rassurant concernant ce nivellement républicain) et à la fois, aussi, pour tenter de jauger si le voisin pouvait percevoir à l'œil nu la puissance lyrique intrinsèque dont chacun se sentait porteur. Juste à mes côtés, hautainement murée elle aussi dans son silence humilié, se tenait — j'ai toujours beaucoup de chance sous ce rapport — une auteure au physique pour le moins fort engageant (mise à part son expression renfrognée qui l'était beaucoup moins...). Bravant ladite maussaderie affichée, je tentai une timide entrée en matière sous forme d'une plate plaisanterie de circonstance :

— J'ai entendu dire que la littérature française recensait désormais nettement plus d'auteurs que de lecteurs...

La fille se tourna vers moi, me toisa d'un air supérieur et offensé, puis me répondit, agacée :

— Mais c'est absurde ! Où avez-vous été pêcher une telle énormité ?

— Il semblerait que, d'après de récentes statis...

Mais je n'eus pas le loisir de terminer ma phrase car son portable sonna et la divine créature se mit en devoir de narrer sur un ton catastrophé à son interlocuteur invisible les inconvénients de l'accès au temple de la culture.

Un peu plus tard, je commençai à déambuler parmi les quelques stands où je présumais pouvoir rencontrer des connaissances. C'était, de toutes parts, l'assaut habituel de mondanités entre personnes « distinguées » et l'on entendait perroqueter, sur fond de saute-bouchon, d'impressionnantes litanies de chiffres et de noms (les noms des nominés et les chiffres des meilleures ventes). Propos qui me rappelèrent immédiatement ceux qui s'échangent dans les grands cafés spécialisés où s'affichent, sur de multiples écrans géants, les résultats des courses, du loto et autres divers mirages où chacun espère ramasser le gros lot.

Il y avait aussi l'usage (de simple bon sens, après tout) désormais institutionnalisé dans ces grands rassemblements d'intérêts : le minutage inconscient très précis, scrupuleusement respecté (à la seconde près, dirais-je), du temps d'entretien qu'il est loisible à tout un chacun d'accorder à une même personne (adoptant le masque de celui qui est passionné par son interlocuteur — lequel, la plupart du temps, vous explique le succès d'estime obtenu par son dernier ouvrage — tout en lorgnant subrepticement à proximité les autres personnalités auxquelles il serait utile et valorisant de se signaler). Certains, bien entendu, sont de véritables virtuoses de cet exercice et virevoltent de l'un à l'autre — entrechats et pirouettes magistrales —, en donnant à chacun la délicieuse impression de la faveur providentielle que le destin leur a octroyée de « vous rencontrer précisément à ce moment même alors que — c'est inouï ! — ils venaient tout juste d'évoquer votre personne avec untel qui vous adore… »

Je dois avouer, la vanité n'étant pas le moindre de mes défauts, que je n'ai jamais su résister au charme de ces derniers (lorsqu'il m'advient, trop rarement hélas, d'être leur proie) et qu'ils me font immanquablement lâcher le fromage que j'avais dans le bec…

Il y avait enfin deux de nos plus grandes stars littéraires jouant impeccablement leur partie : loin de la masse confuse des congratulateurs-réciproques, ils arpentaient indéfiniment la grande allée des stands majeurs de l'édition, tout en s'absorbant dans une conversation passionnée dont on pouvait deviner, à leurs expressions pénétrées, tout le poids futur sur l'avenir du reste du monde !

[Cela étant dit, je tiens à répéter ici — en forme d'épilogue à cette chronique quasi théâtrale — mon antienne favorite : *vive le snobisme hexagonal et qu'il vive encore longtemps !* Si toutefois il doit être, comme certains l'estiment, la compensation nécessaire permettant à l'exception culturelle française de persister. Ne semblerait-il pas, en effet, que nous demeurions l'un des seuls pays d'Europe où perdurent les petites librairies ? et où (ainsi que cela m'est advenu avant-hier) il est toujours possible d'avoir une conversation littéraire avec un chauffeur de taxi (même s'il était un inconditionnel de l'auto-fiction ! Ce qui en l'occurrence était d'autant plus facilement pardonnable que je préférais nettement cela à l'éventualité qu'il ait pu se révéler, comme nombre de ses collègues, un inconditionnel de « l'autos-friction » !) et surtout, pour finir, si ce snobisme permet à un certain romantisme, si édulcoré puisse-t-il être, de braver, pour quelque temps encore, les diktats exclusivement économiques qui envahissent de façon décisive, via le libéralisme à tout va, le domaine jusqu'ici préservé de la sensibilité lyrique.]

Post-scriptum : au moment même où je termine ce papier, j'apprends que le Salon du livre a dû être évacué, ce dimanche soir, pendant un peu plus d'une heure, en raison d'une alerte à la bombe. Visiblement des menaces encore plus sérieuses que les lois de la seule rentabilité pèsent sur ce qui sera sans doute bientôt considéré comme le désuet « modérantisme » de l'expression littéraire.

Plus ça change, moins ça change

Comme j'avais été enrôlé pour présenter certains auteurs dans la revue littéraire du théâtre de la Colline, j'avais également été invité pour assister à la première de deux pièces de Tchekhov mises en scène par Alain Françon. La première, *Le Chant du cygne,* est une saynète qui a toujours représenté à mes yeux un des sommets de l'art et de la sensibilité d'Anton Pavlovitch.

On y voit un vieil artiste, ayant eu son heure de gloire et sombré depuis dans l'alcoolisme, qui s'éveille dans sa loge en pleine nuit de sa cuite d'après spectacle et qui, s'aventurant sur la scène déserte, y réveille fortuitement, enroulé dans le rideau, le tout aussi vieux souffleur du théâtre qui, en réalité, n'a plus d'autre endroit où passer ses nuits.

Ce sont de vieux compagnons de toujours et tous deux sont d'authentiques amoureux de la scène. Heureux de se retrouver ainsi de façon impromptue et secrète au beau milieu de la nuit, ils commencent, à la manière lyrique russe, à évoquer les grands succès du répertoire. Comme tout acteur qui se respecte, le vieux comédien est un sacré cabotin et, à chaque titre de pièce ou nom de personnage évoqué, y va de sa tirade avec effets appuyés et trémolos dans la voix devant son unique spectateur émerveillé et prêt à chaque manquement à rétablir le texte ou à lui donner la réplique des personnages secondaires. Ces deux vieux bonshommes décatis et déplumés en train de s'enthousiasmer comme des adolescents pour les morceaux de bravoure de la scène mondiale, dans ce grand théâtre désert à une heure avancée de la nuit, est bien dans le style de Tchekhov un grand moment de poésie comique.

Je savourais par avance le plaisir humoristique et mélancolique que je m'apprêtais à prendre à observer le cabotinage dérisoire du vieil acteur Vassili Vassilitch Svetlovidov, se qualifiant lui-même de « vieille savate désabusée », et la ferveur respectueuse du souffleur à la fois pour le théâtre en général et pour l'ancienne gloire du cabotin qui en représente l'incarnation. Il va sans dire — cette courte pièce (une des plus courtes du répertoire) renouvelant d'une merveilleuse façon la tradition du « théâtre dans le théâtre » — que leurs grimaces et leurs mimiques « humaines trop humaines » promettaient, avec les excellents acteurs annoncés par le programme, de faire le délice des spectateurs. Cependant, Alain Françon nous avait préparé une surprise à sa façon, un véritable coup de maître, du jamais fait, du jamais osé ! Il avait décidé de faire jouer la pièce dans l'obscurité presque totale : on devinait à peine les ombres des deux protagonistes et le spectateur en était réduit à n'entendre que leurs voix. Je m'émerveillai qu'on ait fait déplacer tant de monde pour écouter une pièce radiophonique ! C'était, en tout cas, proprement génial !

Évidemment le plaisir que je m'étais promis à voir cette saynète interprétée par Jean-Paul Roussillon (dont le choix me semblait tout à fait judicieux pour le rôle de Svetlovidov, puisqu'on nous promettait ainsi double ration de cabotinage — ce qui semble avoir été prévu par Anton Pavlovitch) en était totalement ruiné vu qu'il était impossible de distinguer les visages des acteurs, mais j'étais tellement fier de participer à une innovation aussi avant-gardiste, d'assister en direct à une telle audace formelle, que je ravalai ma déception et, à l'instar des autres spectateurs — un parterre de gens de théâtre merveilleusement « branchés » —, je décidai de m'enthousiasmer au moment du tomber de rideau (qu'en l'occurrence nous ne pûmes pas plus voir que le reste, mais que nous devinâmes), et j'applaudis de concert avec le public en délire — à vrai dire, pour étouffer aussi en moi-même quelques velléités d'objection, vite dissipées cependant, car tout le monde semblait tellement heureux de s'être ainsi transporté dans un grand théâtre de la capitale pour mieux se cultiver ! Je n'allais tout de même pas bouder ce plaisir si parisien…

La suite du spectacle *(Ivanov)* fut de la même eau. Cette fois-ci le metteur en scène avait eu la brillante idée de métamorphoser une pièce de Tchekhov en une pièce de Brecht — les acteurs éructant leurs répliques dans une sorte d'exacerbation énervée des dialogues !... Là encore le public parut absolument ravi ! Comprenant définitivement que mes pauvres préjugés sur le théâtre russe ne pesaient pas bien lourd face à la puissance d'un génie innovateur comme celui d'Alain Françon, je décidai de faire bonne figure. Aussi, après le spectacle, je m'évertuai à concocter comme je le pus une formule de politesse suffisamment évasive pour le cas où je tomberais sur l'un des responsables qui m'avaient invité (m'apprêtant pour tout dire, et selon le jargon de théâtre, à *complimentir* dans les règles) mais, par bonheur, je ne croisai personne et m'enfuis lâchement sans demander mon reste. Cependant, tout en trottinant vers ma station de métro, je me souvins soudain d'un passage de son fameux journal (1921-1923) où Charles Du Bos, évoquant l'un des metteurs en scène à la mode dans les années vingt, le fameux Firmin Gémier, dit ceci :

Et c'est bien là qu'existe entre lui et moi le désaccord fondamental. Gémier est le type même du primaire, et ce qu'il y a de terrible dans le primaire, c'est que lorsqu'il croit tenir une idée, il ne la lâche plus. Il a posé en principe que tout est accessible au peuple, et je ne dis pas que tout ne le puisse devenir, mais le rendre tel doit résulter du summum de l'art et non point du tout, comme il le croit et le pratique, de la suppression de tout art pour se trouver immédiatement à hauteur d'appui de n'importe quel auditoire. Et ce qu'il y a de triste, c'est que certaines qualités de l'homme chez Gémier le rendent imperméable à la persuasion. Il est sincèrement simple, modeste même, mais hélas ! d'autant plus convaincu. C'est à propos d'hommes tels que lui que l'on saisit le mieux la nécessité, si l'on veut se mêler d'art théâtral, d'une attitude dans une certaine mesure sceptique et expérimentale, en tout cas ouverte. Je n'oublierai jamais l'inépuisable comique de la scène à laquelle j'ai assisté, le vendredi matin 21 avril, dans le salon de correspondance du Connaught Hotel. Le critique dramatique du Christian Science Monitor, *Percy Allen, avait demandé une interview à Gémier. Arrivant cinq minutes en retard au rendez-vous, je les ai trouvés en tête à tête. Percy Allen, de ce type d'Anglais un peu* languid, *et non sans afféterie, interrogeait Gémier en français sur ses projets. Aussitôt Gémier lui exposa sa théorie d'Hamlet. « Le personnage d'Hamlet n'a pas été vraiment compris jusqu'à présent, et c'est pourquoi il n'apparaît pas clair au public. Je compte le leur rendre tout à fait simple. Lorsque Hamlet monologue il s'adresse en réalité à l'auditoire et c'est pourquoi à ces moments-là, je descends dans l'auditoire. — Vous voulez dire, monsieur Gémier, que vous descendez* mentalement *dans l'auditoire » (l'accent, la suavité, la* blandness *de Percy Allen me demeureront toujours inoubliables) ;* mentalement *constituait évidemment de toute évidence la perche qu'il tendait à Gémier, en recours suprême pour qu'il ne se noyât pas définitivement ; mais comme toujours ce* mentalement *eut l'effet exactement opposé, et Gémier s'écria :* « *Pas du tout, je descends en réalité au milieu de l'auditoire : je m'avance jusqu'au troisième rang des fauteuils d'orchestre, peut-être jusqu'au sixième ; après quoi quand Hamlet ne monologue plus, je remonte sur la scène : de la sorte, vous voyez bien que le public ne peut pas s'égarer.* » *Après quoi, il ne restait plus à Percy Allen que la ressource habituelle en pareil cas :* « *Oh, je vois, je vois, c'est très intéressant.* »

Ce qui fait qu'après m'être remémoré cette scène racontée par Du Bos durant mon trajet tout au long de la ligne 9, j'eus la piètre consolation de pouvoir enfin utiliser l'adage populaire qui me trotte dans la tête — allez savoir pourquoi ? — depuis quelque temps : « Plus ça change, moins ça change ! »

Qu'est-ce qu'un imbécile de *Paris* ?

La période des vacances étant entamée et comme je crois deviner que beaucoup d'entre nous auront le réflexe salubre d'aller séjourner quelque temps à la campagne ou à la mer, il me semble nécessaire, après avoir touché un mot de l'occupation des loisirs selon mes vues personnelles, d'avertir les touristes qui veulent s'intégrer ou plus simplement passer inaperçus dans les provinces françaises de certaines erreurs fondamentales à éviter.

Si tout le monde, en effet, peut, sans trop de difficultés — depuis les récents événements politiques — se faire une idée assez exacte de ce qu'est un idiot international, et si nous sommes sans doute un certain nombre à pouvoir nous représenter avec précision ce qu'est un imbécile parisien…

… ne nous suffit-il pas de nous imaginer, par exemple, dans une rue du Marais en train d'essayer d'expliquer à une jeune beauté captivée un point crucial de la théorie derridienne de la déconstruction (le fait que ladite théorie nous indiffère et que la fille se sente obligée de faire semblant de s'y intéresser aussi n'entre pas en ligne de compte) et dans l'ardeur d'un élan lyrique improvisé au beau milieu du carrefour... être brutalement rappelé à l'ordre par le klaxon d'un automobiliste énervé, pour en avoir déjà une bonne idée ? D'autres diraient peut-être qu'il suffit plus simplement encore d'imaginer un habitant du sixième arrondissement qui ne saurait où déguster les meilleurs sushis, ou n'aurait jamais entendu parler du café de Flore ou bien n'aurait pas encore eu l'occasion de lire la prose de Philippe Sollers... Mais nous entrons là dans des subtilités d'ordre *vernaculaire* et je ne saurais poursuivre sans lasser le lecteur.

... il me semble, donc, qu'il y a une question essentielle que beaucoup d'entre nous ne peuvent manquer de se poser : comment peut-on éventuellement reconnaître un « imbécile *de* Paris » ?

Certaines péripéties récentes de ma trépidante vie estivale m'ont peut-être fourni une réponse à cette question fondamentale. Je livre donc ici mon hypothèse sous forme d'anecdote.

Me retrouvant assez récemment — les raisons de ma présence en cet endroit m'étant tout aussi mystérieuses à moi-même qu'elles peuvent l'être à l'éventuel lecteur — à baguenauder sans but bien précis (comme à mon habitude) sur une des jetées du port de Quiberon et m'étant approché, presque sans y penser, d'un pêcheur qui trempait philosophiquement sa ligne dans l'eau quelques mètres plus bas, je m'entendis lui demander — comme dans un rêve absurde où des paroles insensées vous échappent :

— Vous pêchez la sardine ?

Le brave homme débonnaire à casquette, assis sur son pliant, tourna vers moi un regard d'une infinie lassitude et, sans répondre, me fit un sourire grimaçant très appuyé comme pour mieux me signifier l'inanité de ma plaisanterie, même au dixième degré. À la seconde même, je réalisai l'ineptie à la limite de l'outrage que je venais de proférer par pur relâchement mental de touriste désœuvré et je crus bon de vouloir m'excuser en justifiant mon aberration par des explications filandreuses, lesquelles parurent achever définitivement le pauvre homme — par ailleurs très pacifique — qui n'avait pourtant rien demandé et avait visiblement eu le projet initial de passer une excellente matinée silencieuse à se livrer à son hobby favori :

— C'est-à-dire que ma question est idiote, je le sais bien, et je n'ai demandé ça que par pure distraction. Oui, il m'arrive en effet, de temps à autre, que mes paroles devancent ma pensée et je vous prie de m'en excuser... je voulais simplement savoir quel genre de poissons vous espérez attraper ici, je suis curieux de nature et...

Le bonhomme m'interrompit pour me dire de façon très douce mais nettement désabusée :

— À vrai dire, depuis quelques minutes je n'espère plus rien...

Je finis par comprendre — étant assez lent de nature, surtout dans les moments délicats où j'ai tendance à m'enferrer — que ma tentative d'approche de la population autochtone avait débuté de façon si maladroite qu'il me fallait désormais réviser entièrement ma stratégie et je m'enfuis en bredouillant des excuses tout aussi ridicules que ma tentative d'entrée en matière. Cependant, tout en longeant le bord du quai où d'autres pêcheurs à l'œuvre semblaient m'avoir repéré et faire le gros dos à mon approche (je crus le sentir comme avec des antennes), je commençai à soupçonner que j'étais en train de figurer de manière quasi parfaite dans le rôle bien défini, en province, de « l'imbécile *de* Paris ! ».

Paris-province : profond malaise résiduel du jacobinisme ?

Tout à fait stupéfait, non seulement par le nombre astronomique de lecteurs suscité par mon dernier texte, mais aussi et surtout par l'hostilité déclarée de beaucoup de commentateurs qui — et c'est là le plus surprenant — ont lu le papier à l'inverse de ce que je tendais à inférer. À part les sévères condamnations concernant mon style littéraire et là, malheureusement, je ne puis que m'incliner et m'en excuser auprès d'eux : j'écris ainsi et il m'est difficile de changer (sauf à essayer de me faire apprécier de ceux à qui je n'ai pas forcément envie de plaire...), la plupart des critiques agressives ont interprété mes propos de façon étonnamment contraire à mes intentions.

Peut-être y a-t-il lieu de s'interroger d'abord non seulement sur l'usage d'un style ambigu et auto-ironique dans les espaces médiatiques (manifestement les gens lisent très vite et entre les lignes), mais sans doute aussi sur l'enseignement de la lecture dans le monde d'aujourd'hui. Je savais que l'analphabétisme regagnait du terrain actuellement en France mais j'ignorais que l'exercice de la lecture elle-même soit parvenu à ce degré d'indigence.

Cependant, à bien y regarder, ne sommes-nous pas tous plus ou moins victimes, à un moment ou un autre, de ce genre de bévues et de mésinterprétations ? N'est-ce pas une des lois de l'entendement humain ? J'en veux pour seule preuve ce fait personnel récent : au visionnage, pour la cinquième fois en quarante ans, du film de Visconti *Rocco et ses frères*, j'ai pu constater qu'à chaque nouvelle vision j'ai cru voir un film différent. Ces jours derniers, par exemple, c'est l'aspect un peu trop mélodramatique, les invraisemblances du scénario et le côté catéchisme communiste appuyé de la conclusion qui me sont apparus, aussi suis-je en droit de m'interroger sur la teneur de la prochaine fois.

En réalité, le gros problème de la lecture et de l'interprétation demeure à la fois celui de l'attention portée à ce que l'on fait et de l'intentionnalité préalable (les préjugés et les préventions circonstanciels) avec lesquels on aborde quelque propos que ce soit.

Voici quelques années, une troublante expérience a été menée par des chercheurs américains des sciences cognitives : avec toutes les précautions requises et avec l'aide de cascadeurs, un faux accident d'automobile avait été organisé à un certain carrefour où se trouvaient plusieurs terrasses de café remplies d'éventuels spectateurs. Ceux parmi les spectateurs qui avaient ensuite accepté de témoigner au sujet des faits auxquels ils avaient assisté (ou cru assister), avaient dû consentir à le faire deux fois consécutives : une première fois en état normal et une seconde en état d'hypnose. Le résultat, fort intéressant, fut le suivant : la plupart des descriptions en état normal différaient du tout au tout, alors qu'en revanche, sous hypnose, il s'avérait que pratiquement tout le monde avait vu la même chose. Je laisse donc ici aux lecteurs le soin d'interpréter (dans leur état normal ou en état second, au choix) le sens de ces étranges résultats tout en continuant sur le thème de ce que j'appellerais le danger des associations affectivo-verbales.

J'ai cru remarquer, en effet, qu'avec la plupart des gens (même diplômés d'études supérieures) il suffisait, dans une conversation, de lâcher une expression ou un mot clé appartenant à l'arsenal de leur détestation pour qu'une mouche les pique, qu'ils voient rouge et ne soient absolument plus capables d'entendre le reste de votre discours, ni même de raisonner le moins du monde : ils montent sur leurs grands chevaux et commencent à invectiver. J'ai cru remarquer aussi que beaucoup de bagarres, dans les bars, se déclenchaient sur ce mode de la mauvaise foi inconsciente. Un ami paysan qui habite à quelques pas de chez moi actuellement, lorsque je lui explique de façon très concrète les problèmes de pollution et de dévastations probables de la terre par l'agriculture industrielle, abonde dans mon sens avec enthousiasme ; par contre, si j'ai le malheur d'employer à un moment ou un autre le terme d'« écologie », il devient littéralement fou furieux et ne veut plus rien entendre.

Pour le prendre encore autrement : un ami écrivain chevronné m'a expliqué une fois, concernant nos propres coquilles dans un texte, qu'il était pratiquement impossible de les repérer soi-même (surtout dans un bref délai), car on ne ferait jamais que lire à chaque fois ce que l'on avait voulu écrire et non ce qui avait été réellement écrit.

Un proverbe africain dit ceci (qui, soit dit en passant, comporte une critique implicite assez profonde de la validité de nos observations exotiques et qui pourrait s'étendre jusqu'à l'ethnologie) : le visiteur étranger ne voit que ce qu'il connaît déjà.

Cependant, au-delà de ces problèmes généraux d'interprétation et d'éventuelle mauvaise foi, il y a fort à parier que le soudain afflux de réactions à ce texte est sans doute dû, en profondeur, à un assez grave problème résiduel en France et que l'on peut tout simplement appeler : *l'indéfectible jacobinisme hexagonal*. Il semblerait, en effet, qu'il y ait peu de pays au monde aussi centralisés que la France — avec tout ce que cela suppose de tensions et de mépris réciproque entre la capitale et la province. En réalité, il semble bien que cette opposition ait commencé sous le règne de Louis XIV et de son institution de la cour à Versailles qui aurait, selon la plupart des historiens, déséquilibré entièrement le pays et sans doute précipité la révolution — laquelle révolution n'aurait pourtant fait que guillotiner le roi, certes, mais non pas disperser la cour qui, elle, est demeurée bien établie depuis ce temps, ce qui fait dire à l'essayiste Frédéric Hoffet dans son ouvrage *Psychanalyse de Paris* (éditions Grasset) que toute promotion en France, tout succès, demeurent d'ailleurs phénomène de cour. Il semblerait que le gouvernement actuel s'ingénie à renforcer encore davantage cette mainmise jacobiniste, centralisatrice (et par certains côtés quasi monarchiste) sur le pays.

Tout cela pour en arriver à dire qu'habitant depuis des décennies la moitié de mon année en province (d'abord en Touraine, un peu en Bretagne, ensuite en Aveyron et désormais en Bourgogne), je crois me sentir en grande empathie avec ce qui subsiste du monde paysan et que j'ai même écrit dans mon livre *Rêveurs et nageurs* un assez long ensemble de textes qui traite de ce que j'appellerais la terrible « démoralisation des provinces (et tout spécialement des campagnes) françaises ». Peu de problèmes peuvent me toucher autant que celui-ci et peu détestent autant que moi la tyrannie des technocrates issus des villes sur le monde rural. J'ai, entre autres, assisté de très près il y a une trentaine d'années à la réalisation ubuesque du fameux remembrement cadastral en Touraine et j'en ai conçu un certain désespoir pour l'évolution du monde à venir, sans parler des pesticides et autres élevages intensifs en batterie qui constituent, à mes yeux, des ignominies à l'encontre de la civilisation. Tout cela parce que des ingénieurs agronomes sans aucune expérience du terrain ont voulu imposer leurs plans préconçus à des gens qui, de leur côté, n'ont pas su faire valoir leur savoir ancestral, pourtant bien plus savant en réalité que le savoir livresque (je fais allusion, par exemple, à la destruction des talus — que l'on est obligé de reconstruire aujourd'hui pour endiguer quelque peu les catastrophiques inondations à répétition !).

Mais pour en terminer avec cette tentative de mise au point, j'aimerais finir sur une note un peu moins pessimiste et livrer ma pensée utopique dans toute sa naïveté en déclarant que je ne vois d'espoir possible pour le monde actuel que dans une décroissance économique bien gérée et dans un enseignement moins académique, plus fondé sur l'étude et le renforcement du sens commun (dont les cultures populaires et locales participaient pleinement — avec une certaine sagesse pour tout dire — avant d'être éliminées par les prétendument savantes et plus universelles). Stratégie qui demanderait, en fait, un certain doigté, un brin de discernement et, certes, d'humour par rapport à soi-même, bref d'auto-ironie, dont les gouvernants actuels paraissent tragiquement dépourvus.

Nos conceptions fondamentales sur les choses sont des découvertes faites par certains de nos ancêtres à des époques extrêmement éloignées de la nôtre, et qui ont réussi à se maintenir à travers l'expérience depuis

les siècles postérieurs ; elles forment un stade de l'équi-
libre réalisé dans le développement de l'esprit humain,
le stade du sens commun. D'autres stades sont venus
se greffer sur celui-là mais sans jamais réussir à le dé-
loger.

WILLIAM JAMES,
Le Pragmatisme

Le philosophe William James (frère aîné d'Henry) écrivait cela au début du siècle dernier et cette constatation pouvait alors avoir quelque chose de rassurant. Je crois, hélas, que nous sommes en passe, si nous ne réagissons pas (en créant, peut-être, comme pour les espèces menacées, une association de sauvegarde ?), de voir cette vieille sagesse populaire être entièrement délogée par celle de l'apprenti sorcier technocratique — à mon sens inconsciemment mais inéluctablement suicidaire.

La sieste méridienne

Le moment préféré de mes journées d'été demeure celui où, après le repas de midi, je m'achemine tranquillement jusque vers notre ponton au bord de la rivière, sous le grand marronnier où j'ai installé mon hamac. Je m'y installe alors confortablement, un gros livre de philosophie (de préférence bien abstrus) à la main, et la lecture distraite d'une dizaine de lignes suffit amplement, en général, à me faire glisser dans ce que j'appellerais un sommeil de surface — très différent en cela de la profonde et souvent angoissante plongée nocturne — au cours duquel ma conscience, engourdie par une sorte d'agréable hypnose, continue d'enregistrer avec une sourde volupté le bruissement de la brise dans les feuillages, les dialogues entrecroisés et compliqués des oiseaux, le doux ronronnement du nid de guêpes dans l'aulne voisin et même le subtil friselis du courant le long des berges.

Je goûte alors — plaisir de la vraie vacance — au luxe suprême du demi-sommeil et de la demi-conscience qui sont les meilleures voies pour rejoindre ce fameux « cours des choses » si cher aux taoïstes de l'ancienne Chine, lesquels aimaient précisément à répéter que pour bien vivre il valait mieux *ne vivre qu'à demi.*

Au mot « dormition » le dictionnaire Littré donne cette définition : « Terme ecclésiastique. La manière dont la Sainte Vierge quitta la terre pour aller au ciel ; parce qu'une pieuse tradition apprend que sa mort ne fut qu'une espèce de sommeil, et qu'elle fut enlevée au ciel par une assomption miraculeuse, dont l'Église célèbre la fête le 15 août. »

Pour ma part, lorsqu'il m'arrive de songer à ma mort possible en ces années rapides, je souhaite toujours qu'elle vienne me prendre sous la forme d'une dormition à l'heure de ma sieste méridienne, si possible en été, sous les arbres et au bord de la rivière, assoupi dans mon hamac, un livre à la main et souriant aux anges… qui me soustrairont alors (le temps qu'il leur paraîtra nécessaire) aux aléas du moment présent pour une relaxation plus complète encore parmi les probables délices de la douce léthargie céleste.

Mais plus encore qu'à la croyance chrétienne en la résurrection de la personne individuelle, ce bienheureux moment d'évanouissement au monde immédiat, cette « méridienne » journalière (comme on l'appelait tout simplement jadis), me ramène au thème de la métempsychose païenne et je ne souhaite qu'une chose, c'est qu'après un plus ou moins long sommeil dans l'au-delà, mon état d'esprit soit, le jour de ma réapparition sur cette verte terre, tout aussi frais et dispos qu'après cet assoupissement estival. Bien que je prévoie, en cette occurrence, de me tenir tout à fait prêt à assumer mon nouvel « avatar » — homme, poisson, batracien, mammifère, libellule ou brin d'herbe —, je prie pourtant afin que le puissant arbitre universel me permette de me réincarner sous la forme de mon oiseau fétiche qui, de temps à autre (surtout — je l'ai bien noté — aux instants où mon courage faiblit), vient, tel un missile de paradis, raser la surface de la rivière, m'éblouissant littéralement avec le bleu Fra Angelico de son indicible plumage dorsal : le preste et sublime martin-pêcheur ! Et que je puisse alors remonter comme lui à vitesse supersonique le long du tunnel de branchages de la rivière, à la manière, j'imagine, des âmes avides de revivre le long des corridors du temps. Ce sera ainsi mon tour d'observer l'expression du dormeur de midi qui, ouvrant un œil dans son hamac, saluera mon passage de son ébahissement admiratif, si tant il est vrai, comme nous l'assure le sévère et inspiré petit philologue de Sils-Maria, le fils du pasteur de Roecken (influencé comme il le fut, dit-on, par la pensée indienne de la reviviscence), le monde est régulièrement soumis au joyeux *da capo* de « l'éternel retour du même »...

Après le repas je fais la sieste
au réveil deux bols de thé
je lève la tête et regarde le soleil
au sud-ouest déjà il décline
l'homme heureux regrette que la journée soit courte
l'homme soucieux déplore que l'année soit longue
celui qui n'a ni souci ni joie
pour le long et le court se conforme au cours des choses.

PO CHU YI
(VIIIe siècle après J.-C.)

Rêverie autour d'un canapé rouge

Une femme, tout en se laissant bercer par le rythme ferroviaire lancinant et répétitif du trans-sibérien, observe rêveusement derrière la vitre la plaine russe morne et déserte qui défile...

... Et le bruit éternel des roues en folie dans les orniè-
*   res du ciel*
Les vitres sont givrées
Pas de nature !
Et derrière, les plaines sibériennes le ciel bas et les
*   grandes ombres des Taciturnes qui montent et qui*
*   descendent*
Je suis couché dans un plaid
Bariolé
Comme ma vie
Et ma vie ne me tient pas plus chaud que ce châle
Écossais
Et l'Europe tout entière aperçue au coupe-vent d'un
*   express à toute vapeur*
N'est pas plus riche que ma vie
Ma pauvre vie...
... et la seule flamme de l'univers
est une pauvre pensée...

Ces vers extraits de *La Prose du transsibérien* de Blaise Cendrars décrivent parfaitement l'atmosphère dans laquelle baigne la première partie du dernier roman de Michèle Lesbre intitulé *Le Canapé rouge*[1]. Ces vers, et aussi l'ambiance envoûtante du thriller métaphysique de Tarkovski intitulé *Stalker*.

Et il se pourrait bien, d'ailleurs, que le *stalker* — c'est-à-dire le guide, le passeur — qui fait pénétrer la narratrice au cœur de La Zone (cette mythique dimension où *tout est peut-être encore possible*!) ne soit autre, dans ce livre, que l'énigmatique et fascinant personnage nommé Igor qui, la plupart du temps, se tient debout dans le couloir et que la narratrice ne cesse, au long des heures, d'observer (presque toujours de dos ou de profil), avec qui elle n'échangera que quelques malheureuses paroles dans le peu de russe qu'elle connaît et qui semble pourtant avoir pour mission de l'accompagner secrètement, tel l'ange gardien de la mélancolie.

Car la mélancolie et la nostalgie sont les sentiments majeurs qui hantent ce roman.

Mélancolie de l'inaccompli d'une part (cette vague insatisfaction de l'âge mûr) mais aussi, d'autre part, nostalgie des utopies de jeunesse avec lesquelles la narratrice paraît vouloir renouer une dernière fois — probablement pour se convaincre que tout cela est bien définitivement révolu — en allant tenter de retrouver un

1. Paris, Éditions Sabine Wespieser, 2007.

ancien camarade de combat politique ; un compagnon du temps des fols espoirs de justice sociale, de monde nouveau, de camaraderie universelle, idéaux auxquels, on le devine, tous deux ont longtemps souscrit.

Or les descriptions des villes et des localités traversées constituent déjà la réponse que notre héroïne est venue chercher : dévastation et désolation du monde postcommuniste où se succèdent les usines et les cultures désaffectées en une sorte de longue lamentation visuelle. Et d'ailleurs, s'il est vrai que ce roman nous entraîne avec une sombre délectation dans son atmosphère de rêverie crépusculaire, dans sa poésie hautement désabusée d'arrière-monde décadent, c'est aussi — et peut-être sans le savoir — à une très vieille tradition poétique chinoise que cette histoire fait allusion : la tradition taoïste de ce que les anciens maîtres avaient coutume de nommer : *la visite à un ami sans le rencontrer.*

> *Au sommet une chaumière*
> *ascension en ligne droite, trente li*
> *je frappe à la porte, personne pour ouvrir*
> *je regarde à l'intérieur, rien qu'une table*
> *il a dû sortir dans sa charrette en branches,*
> *ou bien partir pêcher dans l'eau d'automne*
> *nous nous sommes croisés sans nous voir*
> *vain enthousiasme, je contemple alentour*
> *couleur de l'herbe, sous la dernière pluie*
> *bruit des pins, ce soir près de la fenêtre*
> *à ces merveilles je m'accorde,*

elles me lavent le cœur et les oreilles
pourtant, sans plaisir de l'hôte et du maître
je comprends alors la pure loi
joie épuisée, je redescends la montagne
pourquoi t'attendre ?

CH'IU WEI (694-789)

Lorsque la narratrice parvenue au but fait soudain brusquement demi-tour après avoir observé l'intérieur de la maison de son ancien ami absent, il est évident qu'elle aussi a compris « la pure loi » et qu'elle non plus n'a nul besoin d'attendre plus longtemps la réponse qu'elle est venue chercher.

Cependant, hormis celui de l'ami qu'elle manque (et que peut-être elle évite ?), un autre fantôme hante notre protagoniste : celui de cette délicieuse amie, la vieille modiste qu'elle a laissée à Paris sur son canapé rouge, figure symbolique d'un monde artisanal désuet, à la fois sans doute plus individualiste, plus naïf et plus simple (celui des gens qui vivent la vie immédiate sans trop se perdre en conjectures sur le possible) et qui s'oppose tacitement au rêve révolutionnaire collectif tant caressé d'autrefois, monde artisanal suranné mais amical et véritablement fraternel (sororal en l'occurrence) vers lequel, après avoir mesuré l'inanité d'un voyage dont elle ne pouvait pourtant faire l'économie (et c'est toute la force du roman de nous faire prendre conscience combien la quête initiatique de nos propres destins peut parfois emprunter des voies lointaines et détournées), elle s'en revient, pour découvrir que le bonheur — trop simple et longtemps masqué par l'ardeur du romantisme juvénile — était probablement celui-là même, inaccompli, qu'elle avait toujours eu à portée de main.

Il faut donc lire absolument ce beau roman dit « d'apprentissage » qui, évoluant entre onirisme et réalisme magique, nous entraîne, de par la fluidité du style de Michèle Lesbre — cette façon de glisser sans jamais s'appesantir — dans une poétique et grave méditation sur les aléas et les péripéties de la découverte de soi-même. Et peut-être alors aurons-nous, nous aussi, le privilège de découvrir que nos plus vieux et lancinants fantasmes n'ont dans nos vies que le rôle (indispensable pourtant) de faire-valoir, de simples stimulants au *taedium vitae* de l'existence.

Et l'on se souviendra enfin de la sentence de Lord Byron :

Le grand objet de la vie est la sensation. Sentir que nous existons fût-ce dans la douleur. C'est ce « vide » implorant qui nous pousse au jeu — à la guerre — au voyage — à des actions quelconques, mais fortement senties, et dont le charme principal est l'agitation qui en est inséparable.

Un Tibétain au marathon olympique

Cette nuit, j'ai fait un vraiment drôle de rêve.

Pour commencer, j'avais accepté — c'était le plus étrange — une invitation pour aller assister aux Jeux olympiques de Pékin. Au sortir de l'avion, des guides chinois (un homme et une femme à l'obséquiosité glacée) venaient nous prendre à l'aéroport et nous faisaient traverser en automobile d'immenses étendues de chantiers en pleine activité, puis de longues et larges avenues rectilignes qui ne se distinguaient nullement de celles de n'importe quelle agglomération actuelle en voie de développement (évoquant le film *Playtime* de Tati, en plus mégalomaniaque peut-être...) et la guide chinoise nous vantait au fur et à mesure, dans son anglais approximatif, ce à quoi étaient destinés les aménagements en cours.

J'étais surtout frappé par le fait que le soleil ne parvenait pas à percer la chape de brume qui recouvrait la ville, provoquant un vague sentiment d'oppression. Enfin nous arrivions à l'hôtel qui nous était destiné et dont on com-

prenait immédiatement, à certains détails signi-
ficatifs, que les travaux venaient tout juste
d'être terminés (des ouvriers faméliques et ha-
gards s'activaient encore dans tous les recoins
et lorsque je croisais — difficilement — leur regard, je croyais y lire une soumission d'animaux domestiqués, étrangement traversés parfois de fugitifs éclairs de haine...).

Nos guides nous informèrent que nous avions quinze minutes pour déposer nos bagages
et nous rafraîchir, avant de nous rassembler
dans le hall pour nous rendre jusqu'au lieu de
la conférence d'accueil. Ma chambre ressemblait à toutes les chambres d'hôtel de « bon
standing » d'aujourd'hui (modèle Hilton stan-
dardisé) ; seule une petite touche dans les gra-
vures encadrées sur les murs, vaguement imitée
de l'ancienne peinture chinoise, rappelait que
nous étions dans l'antique empire du Milieu.

On nous emmena ensuite en bus, le reste de
la délégation et moi-même, jusqu'à un vaste
auditorium où siégeait déjà une multitude
d'autres personnes de diverses nationalités mu-
nies de carnets et de stylos et nous écoutâmes
une conférence faite par un Chinois en costume cravate, ne cessant de sourire mécaniquement entre ses phrases protocolaires prononcées
dans un anglais syntaxiquement impeccable
mais à la diction cahotante, discours qui tendait
à nous exprimer à quel point la Chine « ancestrale » était heureuse de nous accueillir pour
« cet événement merveilleux qui œuvrait au si

souhaitable rapprochement pacifique entre les peuples ».

Je remarquai qu'une de mes voisines (arborant sur la poitrine un badge où était inscrit « Japan ») portait en bandoulière une sorte de masque à gaz semblable à ceux que les pompiers portaient en France durant les démonstrations de survie en cas d'attaque terroriste. Puis je remarquai qu'il en était de même, en fait, pour la plupart des autres auditeurs. On ne m'avait nullement prévenu et je commençai à paniquer. Aussi, me levant, je cherchai à rejoindre ma guide pour m'enquérir de cet oubli, lorsqu'un sbire en uniforme me fit rasseoir fermement en me notifiant que je devais attendre la fin de l'allocution.

À la fin de celle-ci, la guide m'expliqua patiemment que le masque n'était que facultatif et ne devait servir qu'en cas de pic de chaleur, ce qui n'était nullement prévu par la météo pour la durée des compétitions.

Enfin, comme c'est le cas dans les rêves absurdes (et celui-ci l'était tout particulièrement, n'est-ce pas ?), je me retrouvai comme par enchantement dans les tribunes d'un stade rempli à ras bord d'une foule immense de spectateurs, la plupart munis eux aussi de masques pendant à la ceinture, visiblement fascinés par ce qui se passait sur la piste en contrebas.

Nous assistions à l'arrivée de l'une des épreuves reines des Jeux : le fameux marathon.

Tout le monde avait les yeux fixés sur une entrée ménagée sous les tribunes nord d'où apparut, après quelques minutes, un Africain au physique d'ascète (un peu cadavérique à vrai dire) qui, courant de sa foulée mécanique, bouclait sous les applaudissements frénétiques le dernier tour de stade, suivi à quelques mètres par un autre Africain copie conforme — et dans mon rêve confus, je n'arrivais plus à me souvenir s'ils concouraient pour un championnat de grève de la faim ou pour une course de fond internationale.

Toujours est-il qu'ils franchissaient la ligne d'arrivée tandis qu'un haut-parleur nous annonçait que les deux Éthiopiens étaient respectivement vainqueur et deuxième de l'épreuve. Ce qui était curieux, c'est qu'aussitôt passée la ligne, les deux athlètes s'effondraient sur le sol et des infirmiers en uniforme venaient immédiatement les ramasser pour les coucher sur des civières et leur placer sur le visage des masques à oxygène reliés à d'énormes bonbonnes transportées sur des chariots. Tout le monde avait l'air de trouver cela normal et comme j'étais personnellement un peu étonné, je m'enquis de la raison de ces soins auprès d'un voisin de gradin (arborant sur la poitrine une plaque « australian supporter »). Celui-ci me répondit avec le plus grand naturel qu'on procédait au déconditionnement du CO_2 surnuméraire qu'ils avaient fixé dans leurs poumons au cours de l'effort, que c'était désormais la procédure normale et obligatoire pour les grandes épreuves sportives organisées dans les villes sursaturées, sous peine de problèmes respiratoires et cardiaques. De surcroît, ajoutait-il, on allait ensuite les emmener, ainsi que tous les autres concurrents, pour la dialyse réglementaire.

— La dialyse ? m'étonnai-je.

Oui, m'expliqua-t-il avec la patience condescendante qu'on utilise pour s'adresser à un demeuré, la dialyse pour nettoyer leur sang de tout l'EPO légal qui leur avait été transfusé avant l'effort.

Je compris soudain que j'étais nettement dépassé par l'évolution du sport moderne et que, sans que j'en aie pris conscience, des progrès faramineux avaient été réalisés dans le domaine de l'amélioration des performances.

Sur ces entrefaites, le reste des concurrents arriva par petits pelotons et se soumit aux mêmes impératifs médicaux. Pendant ce temps-là, sur le terre-plein central, avait lieu l'épreuve du saut en longueur ; je notai que la plupart des compétiteurs possédaient des pieds articulés en plastique semblables à de petites pelles et que leur foulée ressemblait à celle des robots que j'avais aperçus sur mon écran de télévision, dans des émissions sur la cybernétique. Mon voisin, décidément très complaisant, m'expliqua encore que les sprinters et les sauteurs se faisaient désormais amputer de leurs membres naturels pour les faire remplacer par des membres en fibre de carbone, beaucoup plus performants. On avait gagné, selon ses estimations, quelques millièmes de seconde dans les sprints et deux dizaines de millimètres (et là il insistait pour me faire réaliser l'exploit) dans les sauts.

Des expériences similaires étaient en cours pour les autres disciplines et surtout pour les lancers où des bras articulés en plastique permettaient des jets complètement stupéfiants (*very exciting !* commenta-t-il).

Enfin — lot commun des rêves — une chose imprévue se produisit : les haut-parleurs annoncèrent qu'un dernier coureur tout à fait particulier était sur le point d'effectuer son tour final car, comme le faisait savoir la voix officielle diffusée dans le stade, le gouvernement chinois, pour montrer sa magnanimité et sa mansuétude vis-à-vis de la sympathique province de l'Himalaya, avait permis à un athlète tibétain de concourir, bien qu'il ne remplît nullement les critères olympiques. Or apparut curieusement sur la piste un homme habillé en costume de moine qui, au lieu de courir comme les autres, exécutait une sorte de gigue semblable à celle des derviches tourneurs ; il faisait, sur un pied, un tour complet sur lui-même, puis passait sur l'autre pied et se propulsait ainsi vers l'avant en tournoyant sur lui-même, tenant à la main un moulin à prière qu'il faisait également virevolter autour de sa tête. Sa course, extrêmement lente au point de vue de la vitesse pure, stupéfia le stade — je le sentis — de par son aspect joyeux et surtout insouciant, d'autant plus que l'énergumène affichait — au contraire des autres concurrents grimaçant sous l'effort — un sourire radieux. La voix annonça que Chögyam Trungpa avait été placé d'office hors compétition à titre gracieux et que, pour cette occasion, il insistait pour dire quelques paroles de remerciement.

Une fois qu'il eut passé la ligne d'arrivée, un interprète chinois vint, en effet, lui tendre un micro.

Chögyam Trungpa déclara que le style de course dont il venait de nous faire la démonstration était plusieurs fois millénaire et avait permis à certains moines de traverser des étendues de plusieurs milliers de kilomètres sans trop de fatigue, car la *course lyrique* (c'est ainsi qu'il la nomma) rechargeait merveilleusement l'organisme et que « si on lui en avait donné l'autorisation » (ici, il y eut une sorte de cafouillage et l'interprète qui avait traduit mécaniquement sans réfléchir, se reprit) « s'il en avait eu le temps », il serait venu ainsi depuis Lhassa, cependant il ne pouvait le regretter car cela lui avait donné la chance d'utiliser la nouvelle et merveilleuse réalisation du gouvernement chinois : le train Lhassa-Pékin ! (À cette annonce un important groupe de Chinois en uniformes ovationna à tout rompre dans les tribunes est.)

Pour finir, lorsque l'interprète lui demanda s'il était content d'avoir concouru avec les autres athlètes, Trungpa répondit en souriant de toutes ses dents (on pouvait voir son visage ravi s'afficher sur le grand écran au-dessus des tribunes) qu'il était reconnaissant de cette opportunité que lui avait offerte son cher gouvernement très respecté et qu'à cette occasion il se devait de nous raconter une petite histoire (là, l'interprète, un peu désarçonné, se tourna vers un officiel chinois qui acquiesça silencieusement) :

Un vieil explorateur français qu'il avait rencontré dans sa vallée de l'Himalaya lui avait un jour parlé, il y avait de cela longtemps, du baron Pierre de Coubertin, le fondateur des Jeux olympiques modernes, et lui avait expliqué que la formule représentative de l'événement était celle-ci — laquelle, il s'en réjouissait, correspondait tout à fait à certains principes de la pensée tibétaine : « L'essentiel est de participer ! »

À cet énoncé, traduit dans les haut-parleurs, le stade entier éclata d'un énorme rire puis applaudit à tout rompre comme à une bonne saillie de sketch comique, et la femme de mon voisin australien, les larmes aux yeux, s'exclama : « *He is so cute !* » (« Il est trop chou ! »)

Immédiatement après je m'éveillai et, réalisant l'extravagance de ce songe, je me promis à l'avenir — durant tout le temps des Jeux de Pékin, du moins — de ne plus forcer sur le bourgogne (dose réglementaire ou pas…).

Pékin : envers du décor…

Une chose étrange se passa l'autre jour lorsque j'eus l'imprudente velléité de parcourir quelques pages d'un quotidien. Deux informations juxtaposées, pourtant apparemment sans relation directe entre elles, se sont malencontreusement télescopées dans mon esprit, sans doute un peu tordu…

On nous annonçait d'une part (photo de sa monstrueuse musculature artificielle à l'appui) que le nageur Bernard venait de remporter le 100 mètres *nage libre* et d'autre part que le haut-commissariat à l'environnement avait répertorié 131 plages à la propreté douteuse en France et qu'en outre il comptait procéder, dès l'année prochaine, à la fermeture de 57 plages bretonnes jugées dangereuses pour la santé.

Or le télescopage fut le suivant : je me suis soudain sérieusement posé la question de savoir si Bernard ou sa consœur Manaudou avait non seulement jamais eu le loisir de *nager librement* (pour leur plaisir ou leur agrément, veux-je dire), mais encore s'il leur était jamais advenu de nager, une seule fois de leur vie, en pleine mer ? Cette question qui peut dès l'abord paraître absurde ne l'est pas tant que cela lorsqu'on sait à quel genre de régime quotidien sont soumises dès leur plus jeune âge les futures vedettes sportives — repérées et entraînées systématiquement à partir de cinq ou six ans, sans presque plus avoir le moindre temps de reste pour une quelconque récréation.

Il va de soi qu'un nageur de compétition ne s'entraîne qu'en piscine.

Il m'a donc semblé d'un seul coup que ces deux informations disparates apparues en même temps formaient un sinistre tout.

Ces jeux du cirque moderne sont, en effet, d'autant mieux organisés par les autorités du monde en marche et relayés de toutes parts par les médias qui leur sont (qu'on le veuille ou non) peu ou prou inféodés, qu'ils ont pour fonction de masquer dans quel monde artificiel nous nous enfonçons, un monde où la « performance », qu'elle soit d'ordre prétendument scientifique, sportive, économique ou simplement statistique occupe en permanence le devant de la scène afin de nous exciter, de nous époustoufler à bon compte, puis de nous embobiner de la plus insidieuse manière, nous entraînant, corps et âmes, dans sa spirale sans issue, nous éloignant sans cesse un peu plus — et peut-être irrémédiablement — de l'ancienne beauté du monde naturel et des plaisirs jubilatoires qu'il recèle encore. (Nager en mer, dans une rivière ou un lac étant l'un des plus merveilleux d'entre eux.)

Il me semble, en effet, que ces Jeux olympiques actuels qui génèrent tant de ferveur, même de la part de gens dont on pourrait s'attendre à une réflexion plus sereine, représentent la parfaite vitrine de ce « meilleur des mondes » vers lequel notre folie techniciste nous achemine *à notre corps défendant !* Présomption de maîtrise sur l'univers (on devrait dire : fantasme de maîtrise totale) qui n'est qu'une farce dont l'affabulation commence à se fissurer de toutes parts.

Puisque j'ai fait état dans ma chronique précédente de ce rêve inquiétant sur les Jeux de Pékin, je ne puis m'empêcher de reproduire en partie un article (signé Fanny Capel) lu aujourd'hui dans les pages du magazine *Télérama*, qui traite d'un documentaire diffusé sur Arte ce mardi 19 août et qui nous montre l'envers du décor. Je cite :

Pékin, une des villes les plus polluées au monde, veut se faire belle avant les JO mais souvent « beau » ne rime pas avec « écolo » : l'aménagement de gigantesques espaces verts artificiels se révèle en effet vorace en énergie. Pourtant, il faut s'éloigner de la capitale chinoise pour mesurer l'ampleur du désastre. Dans les campagnes voisines, la sécheresse, conséquence du réchauffement climatique et de la déforestation massive menée dans les années Mao, est devenue chronique. Les populations sont contraintes à l'exode, laissant derrière elles des villages fantômes. Le sable du désert de Gobi, porté sur des milliers de kilomètres par des tempêtes de plus en plus fréquentes, arrive aux portes de Pékin. Seule tactique du gouvernement pour lutter contre le phénomène : planter des arbres, une action d'autant plus dérisoire que les jeunes spécimens sont souvent coupés par les paysans en quête de bois de chauffage.

Ce documentaire fouillé, assez terrifiant, montre non seulement les difficultés écologiques du pays, mais aussi son atmosphère dictatoriale. On y voit les reporters et leurs interviewés constamment « recadrés » par les autorités, les experts chinois claironnant la propagande officielle...

Pour en revenir à mon télescopage mental de départ, j'ai entendu dire que les nageurs de haute compétition passaient, à l'entraînement, tellement d'heures de suite en piscine — comme des robots aveugles et sourds — que lorsqu'ils s'interrompaient, il fallait souvent les sortir de l'eau sur une sorte de civière et les laisser reposer une bonne dizaine de minutes avant qu'ils soient capables de recouvrer l'automatisme de la marche. (Pour ce qui est de la pensée et de la simple réflexion — et les quelques interviews qu'ils nous donnent parfois l'attestent assez — le problème est sans doute moindre, car il semblerait que ce soit un automatisme qu'ils n'ont jamais véritablement acquis...)

On raconte que lorsque la reine Victoria eut invité l'un des plus prestigieux maharadjahs de l'empire des Indes à venir assister à une sacro-sainte course de chevaux britannique, celui-ci, après s'être ennuyé poliment, déclara après coup à son hôtesse (qui venait de lui demander quelle impression lui avait procuré le spectacle) qu'il n'avait pas « attendu l'âge de cinquante-quatre ans pour savoir qu'un cheval pouvait courir plus vite qu'un autre ».

Un monde virtuel

Il y a de cela quelques années, j'ai assisté à une scène tout à fait étourdissante et qui me semble pouvoir constituer une fable des temps modernes.

J'allais prendre chaque jour chez ses parents un jeune garçon d'une douzaine d'années pour sa leçon de tennis quotidienne. Celui-ci était le fils unique d'un couple de gens aisés (le père étant un ancien haut gradé de l'armée) désireux que leur enfant ne passât pas entièrement ses journées dans la pièce qui lui avait spécialement été aménagée au sous-sol de leur immense maison, à exterminer virtuellement sur l'écran des dizaines d'adversaires redoutables qu'on voyait d'ailleurs parfaitement bien se contorsionner sous l'impact des balles avant de s'écrouler (seul le sang n'était pas reconstitué : c'était des morts inespérément propres et qui disparaissaient dans les tréfonds de l'oubli virtuel sans laisser la moindre trace...).

L'élimination se faisait — bruit assourdissant de rafales en renfort — selon des moyens variés : bazookas, mitrailleuses, kalachnikovs, armes de poing, lance-flammes, canons, puis couteaux, haches et même casse-tête à pointes, aux moments des combats rapprochés.

J'avais évalué le nombre d'exécutions virtuelles à plusieurs centaines par semaine.

Souvent, par amitié pour ce jeune garçon naturellement charmant, mais renfermé, timide et très maladroit sur le court de tennis (les balles en caoutchouc tout à fait inoffensives que je lui envoyais gentiment arrivant toujours un peu trop vite pour lui et paraissant le surprendre par leur densité bien réelle), je restais quelques instants à ses côtés dans son bunker-vidéo à l'observer. Je pouvais noter l'implacabilité de son visage dans le combat, la rapidité et la sûreté de ses réflexes qui, contrairement à ce qu'il montrait sur le court, ne souffraient pas la moindre hésitation. Il m'avait confié un jour qu'il rêvait de devenir pilote de combat dans l'armée de l'air.

Un certain après-midi, je surpris la scène suivante : pour une raison quelconque (peut-être tout de même un peu de lassitude dans son dur métier d'impitoyable *exterminator*...), Ged, c'était son prénom, s'était laissé aller à visionner, dans le salon télé très cosy de ses parents, un documentaire animalier. Assis à ses côtés, je pouvais voir l'expression ravie de son visage, l'émotion qu'il ressentait à contempler ces bêtes innocentes, jusqu'au moment (c'était un film tourné en Éthiopie) où nous était montré un épisode de sécheresse dans la savane. Les animaux assoiffés convergeaient vers un marigot où de l'eau de source continuait d'affleurer. Dans ce marigot, de gros crocodiles très malins s'enfouissaient dans la boue et attendaient patiemment leur proie. Une gracieuse antilope s'étant approchée, l'un des prédateurs jaillit, puis, la saisissant par une patte, la tira hors de l'eau. On put voir la victime se débattre avant d'être lentement déchiquetée.

À cette scène, Ged se voila la face et commença de hurler littéralement d'horreur, puis se mit à sangloter, pris d'une sorte de crise nerveuse. Son père, alerté par ce bruit insolite, entra dans la pièce et, voyant qu'une autre scène de cet acabit allait nous être dispensée sur l'écran, s'écria :

— Mais arrête donc de regarder de telles horreurs, c'est insoutenable !

Et saisissant la télécommande interrompit d'autorité la retransmission télévisée, ce que je ne l'avais jamais vu faire auparavant, même au spectacle des pires massacres vidéo.

Un camarade de sport, pilote de ligne de son état, mais qui avait fait ses classes comme pilote de chasse dans l'armée et à qui j'avais un jour raconté cette histoire, me déclara que ce garçon était ainsi parfaitement préparé pour être un pilote de guerre car, il fallait le savoir, les pilotes d'aujourd'hui qui bombardaient leurs cibles le faisaient de très haut et tellement vite que tout ce qu'ils pouvaient apercevoir sur leurs écrans ne différait en rien d'un jeu vidéo. Pour eux le monde réel demeurait éternellement abstrait. La vie et la mort réelles aussi, à vrai dire…

— Je peux te le dire, ajouta-t-il, parce que j'ai été comme ça dans mon enfance et pendant presque toute ma jeunesse. Pour mes camarades et moi, la guerre, les morts éventuels, les explosions, le sang, tout ça… c'était purement du virtuel. Nous ne redescendions jamais sur terre ! Et même un jour, pendant un entraînement de manœuvres terrestres (pour une fois) où nous avions échoué dans une cour de ferme, je me souviens que plusieurs de mes copains faillirent tourner de l'œil au spectacle de la fermière en train d'égorger paisiblement un canard pour son repas du soir.

Le paysan et les exilés postmodernes

Après avoir zigzagué le long de minuscules routes à une voie, montant et redescendant parmi les collines boisées et les prés où les placides bovidés nous regardaient passer avec — je crus le percevoir — un certain scepticisme résigné, puis emprunté un chemin de terre si cahoteux que nous fûmes prêts de faire demi-tour, nous parvînmes enfin à une clairière en lisière de forêt où se découvrit à notre vue l'ancienne grande ferme dans laquelle nous étions invités, avec un groupe d'autres amateurs, à ce qu'il est convenu d'appeler — organisée par un couple formé d'un sculpteur et d'une femme peintre — une « visite d'atelier ».

Nous pénétrâmes tout d'abord dans une vaste et haute grange transformée en atelier de sculpture. Il y avait là d'énormes compositions métalliques soit moulées, soit faites d'assemblages de tôles soudées les unes aux autres, le tout témoignant visiblement des différentes périodes de l'artiste. Ces objets un peu énigmatiques — éclairés *a giorno* par la lumière verdâtre émanant d'une haute bambouseraie se trouvant derrière une immense verrière verticale — me firent penser, sur l'instant, à des morceaux dispersés, puis soigneusement rassemblés ici par un excentrique archéologue collectionneur de météorites.

Nous fûmes ensuite conviés à nous rendre dans une autre grange de proportions similaires (à savoir presque monumentales) où, sur une mezzanine aménagée, était accrochée, dans la lumière pâle de l'après-midi pluvieux, une série de toiles abstraites dont la manière évoluait entre le style de Poliakoff et celui de Bram Van Velde. Comme précédemment avec le sculpteur, nous restâmes un petit moment à écouter les commentaires de l'artiste (les « œuvres d'art » de notre époque ne pouvant plus se passer — nous le savons tous — de gloses éclairant la nature du « *travail* » effectué).

La visite se poursuivit dans le reste des dépendances de l'ancienne ferme où étaient aménagés les lieux de vie et autres commodités, le tout agencé dans ce style d'élégance et de raffinement qu'ont les artistes quand ils investissent d'anciens bâtiments utilitaires, mettant subtilement en valeur la dimension architecturale dans laquelle ils sont venus se loger tels des colimaçons (anciens fours à pain, stabules, mangeoires, charpentes compliquées, assortis dans les recoins d'anciens instruments usuels de toutes sortes).

Au spectacle de ce contraste, je me sentis progressivement envahi d'une sorte de malaise ; devant le choc, si l'on peut dire, des deux cultures juxtaposées ou plus exactement superposées : l'esthétisme intellectuel, hyperconscient, pathétiquement ratiocineur de la culture citadine et celui inconscient, intuitif, et plutôt « taiseux » de l'ancienne culture paysanne traditionnelle.

À vrai dire, je ne parvenais pas à me concentrer suffisamment sur les compositions sculpturales de ferrailles soudées pour ne pas avoir l'œil attiré par les ferronneries d'une charrue en train de se détériorer dans un coin, l'assemblage des moyeux, des ressorts d'une carriole à chevaux, les raffinements des marchepieds, des sièges et autres astuces fabriqués visiblement avec le plus grand soin par les anciens forgerons, et puis surtout sur les complexités de la haute charpente sans doute assemblée à son époque par des « compagnons » ; je ne pouvais non plus suffisamment m'abstraire sur les toiles d'appellation éponyme sans être aussitôt distrait par le paysage qui — comme dans les miniatures du Moyen Âge — attirait mon regard vers l'encadrement, si savamment ménagé dans le mur épais, de la petite fenêtre d'où l'on avait vue sur les prés remontant en pente douce vers le haut de la colline boisée (à cette heure de fin d'après-midi d'un bleu de Prusse tout à fait sublime). Je me dis alors secrètement (tâchant le plus possible de refréner le développement de cette pensée en moi, tant je la sais être devenue impie ou, pour être plus précis, politiquement très incorrecte) que pour ceux qui savaient encore regarder avec les yeux d'une sensibilité éduquée à comparer *morphologiquement* les apparences (selon le vœu de la science goethéenne), aucune hésitation n'était possible : la décadence, le déclin d'un monde, avec toutefois ses aspects exquis — la poésie mélancolique des ruines — était ici illustré dans toute son inéluctable et quelque peu navrante splendeur.

Je songeais encore à ce que Spengler, dans ce livre étonnant à la réputation sulfureuse très imméritée qu'est *Le Déclin de l'Occident*, nomme une pseudo-morphose, à savoir l'installation d'une culture jeune dans le cadre d'une plus ancienne, la nouvelle ne parvenant pas, malgré ses efforts désespérés, à véritablement exister dans un moule qui n'est pas fait pour elle et dont le magnétisme spirituel irradiant est encore si puissant qu'il étouffe toutes velléités de renouvellement. À la lumière de ce souvenir, je croyais constater que nous ne pouvions pas faire mieux non plus, nous autres nouveaux venus, qu'orner les anciennes installations de nos afféteries superfétatoires et probablement stériles...

Un événement minime mais significatif devait d'ailleurs survenir pour renforcer mon impression : exactement comme je l'avais entendu faire à V. et A. dans l'Aveyron, il y a quelques années, alors que nous visitions cet autre emplacement magique qu'ils avaient investi dans la montagne, les nouveaux maîtres des lieux étaient en train de nous expliquer à quel point

la vie avait pu être rude, et, disons-le franchement, insoutenable, tant physiquement que
moralement (surtout l'hiver), dans ces lieux
isolés et à l'époque sans aucunes commodités,
oui tandis qu'ils nous perroquetaient gentiment cette opinion consensuelle et partagée
par la majorité des gens dits évolués des temps
actuels, il arriva par pure coïncidence (?) que
l'ancien propriétaire (le fermier qui leur avait
vendu sa ferme il y a si longtemps), très vieil
homme claudiquant sur sa canne, vint leur rendre sa visite annuelle de courtoisie.

J'appris donc à cette occasion que ce paysan,
victime, comme tant d'autres, de l'exode rural,
avait vendu cette ferme familiale pour aller travailler avec sa femme à Paris, respectivement,
elle, aide infirmière et lui, cuisinier dans un
hospice pour aliénés, tous deux habitant depuis
(selon les dires de nos amis artistes) dans la
banlieue parisienne, une de ces cités néanti-
ques construites à la hâte dans les années cinquante pour loger l'afflux de main-d'œuvre
que le grand mirage de l'industrie triomphante
avait attiré depuis les campagnes profondes.

Or il se passa cette chose surprenante que le
vieil homme, contemplant un peu hébété —
ainsi qu'il devait le faire chaque année — les
anciens « lieux de misère » de sa jeunesse et
alors qu'il était en train de s'enquérir s'il y avait
toujours autant d'hirondelles qui venaient ni-
cher dans les hauts de la grange, s'il y avait encore des mésanges près du puits, si l'on voyait
encore des renards, des blaireaux et des hérons

près de la mare, s'effondra soudain en pleurs. Les personnes présentes, pressées de le consoler, s'enquérant de la raison de ces larmes, il dit seulement alors, en se reprenant : « C'est juste de penser au passé qui me fait ça ! »

Et tout le monde d'acquiescer avec soulagement.

Cependant, je ne pus m'empêcher d'imaginer, pour ma part, que ce vieillard, sans en avoir clairement conscience, mais il me sembla que nous, nous le sentions tous intuitivement — et la sorte de stupeur qui s'empara alors de nous me parut l'attester avec évidence — que oui, sans le savoir expressément, c'était sur nous tous (sur ce déplorable chassé-croisé entre ville et campagne), bref, sur nos misérables conditions d'exilés « postmodernes » qu'il versait des pleurs.

La destination finale de l'Art !

Cela fait très longtemps que je connais François B. et je puis donc affirmer que, comme il est d'usage de le dire en ces circonstances, il est passé par de multiples « périodes ». Pendant un certain temps, il se consacra à de minuscules aquarelles sur de tout petits carnets qu'il peignait en cachette et ne montrait jamais à personne.

Ce qui, on le devine, ne fit rien pour asseoir sa notoriété.

Ensuite il y eut une longue période d'inspiration plus ou moins cubiste, avec parfois de splendides fulgurances dont, si on le lui demandait très gentiment, il pouvait se faire qu'il vous en montre quelques-unes. Cependant, s'il vous advenait malencontreusement d'exprimer votre admiration, il était alors inévitable qu'il cessât par la suite de vous montrer quoi que ce soit d'autre car, déjà à cette époque, B. avait commencé de se méfier des compliments et des gloses artistiques, si ce n'est de l'art et des artistes. La vérité est que François B. n'a jamais été vraiment sûr — bien qu'il consacre presque tout son temps à cette activité depuis toujours — de vouloir faire de la peinture. Ce qui l'amuse c'est, ainsi qu'il l'a toujours dit, d'étaler de la couleur sur une surface plane.

Dubuffet, à sa période des *Prospectus et tous écrits suivants*, nous a souvent parlé de ce genre d'énergumènes.

Plus tard, il y eut une longue période figurative durant laquelle B. se mit à ne peindre que des cahutes, des cabanons ou des sortes de kiosques dans le fond de jardins abandonnés et dans des champs en friche. Il laissait parfois entendre et on croyait le comprendre vaguement que ces abris constituaient pour lui le symbole, le « gourbi idéal » où se réfugier pour réfléchir paisiblement — loin de l'effervescence mondaine — à toutes sortes de choses, à son éventuelle vocation d'artiste, par exemple.

Après une nouvelle période, plus tard dans le Vexin, où il ne fit plus que cultiver son potager le matin et l'après-midi observer avec perplexité, par la fenêtre de son propre atelier, un autre atelier en contrebas du sien où s'activait méthodiquement un artiste célèbre — son voisin — en mal de postérité *de première classe* (lequel, bien qu'à un âge déjà avancé, s'échinait jour et nuit sur son œuvre avant qu'une nuit, son atelier ne prenne feu et détruise toutes ses toiles !) B. — lui-même un peu échaudé, il faut bien le dire — connut un moment de vague à l'âme où il passa beaucoup de temps à observer (« en totale empathie avec eux », ainsi qu'il le formulait) des canards en train de s'ébrouer sur un étang proche de chez lui, puis décida d'un seul coup d'explorer quasi scientifiquement les différentes possibilités du prisme chromatique. Il tira de cette expérience des compositions abstraites souvent étonnamment exaltantes, parfois aussi (de son propre aveu) tout à fait ratées.

Peu après, quelques collectionneurs s'intéressèrent à lui et lui achetèrent des toiles. Il s'arrangea pour les décourager assez rapidement et commença de fréquenter un hospice pour vieillards atteints de déficiences mentales où il passa ses journées, d'une part, à beaucoup sympathiser avec les pensionnaires et, d'autre part, à réaliser une assez importante série de portraits *pathographiques*, à mon sens extrêmement saisissants.

Vint alors la fameuse période de la rue du Texel à Paris où, dans l'atelier d'un autre peintre ami, et durant deux bonnes années, il peignit tous les jours sur la même toile, effaçant le soir le travail du jour pour recommencer à zéro le lendemain matin. Un ami américain (philosophe de son état) le regarda faire pendant un an et demi sans oser intervenir, puis finit par s'enhardir à lui faire observer :

— Tu saiis, tu as taurrt, parfouass c'est trrais biieen !

Comme si c'était la question ! Mais les Américains, même philosophes, hélas, sont incurablement pragmatiques !

Pendant un temps, il cessa totalement de peindre et ne fit que plaisanter au téléphone avec de vagues connaissances.

Cependant, durant toutes ces années et au long de ces différentes périodes, il est une chose essentielle à remarquer : B. ne cessa jamais de dessiner — compulsivement ! Et je dois dire que je ne suis pas le seul à le considérer comme un dessinateur remarquable. Le seul problème qu'il rencontre avec le dessin est que c'est une chose trop facile et évidente pour lui et qu'en réalité, et de son propre aveu encore, il est à la recherche de tout autre chose. Savoir exactement quoi est une question — en vérité un peu trop embrouillée si ce n'est carrément métaphysique — que non seulement il ne semble pas près mais que surtout il n'est pas du tout *certain* de vouloir résoudre !

Entre-temps, pourtant, il s'est installé à demeure, en Bretagne, et s'est construit un atelier au bord de la mer où il compose quotidiennement des assemblages géométriques colorés tout à fait insolites et souvent très enthousiasmants à contempler. Je vais souvent là pour y passer l'après-midi à papoter avec lui, en me laissant bercer par le rythme de la conversation et imprégner visuellement par ce kaléidoscope mural qui, je dois le dire, me plonge dans un état de complet enchantement.

Tout en buvant un excellent « goût-russe », nous abordons sempiternellement, bien entendu, la question cruciale de la « Destination Finale de l'Art et de la Création », et — tels les deux amis chinois de la fable tch'an écroulés de rire parce qu'ils viennent de se rencontrer tout à fait par hasard sur le chemin de la montagne en automne — nous sommes souvent saisis de fous rires inextinguibles.

Cependant l'autre jour, la réponse a paru s'imposer d'elle-même. Une vieille paysanne bretonne qui passe souvent sur le chemin juste devant l'atelier s'arrêta pour nous parler de tout et de rien — ce en quoi, avec son bon sens infaillible, elle avait repéré les experts que nous nous flattons d'être depuis toujours. Or à cet instant précis, un puissant soleil illuminait les toiles à l'intérieur de l'atelier. Elle ne pouvait donc manquer de les apercevoir et, les désignant, nous demanda :

— C'est pour quoi faire ?

B. lui répondit sans hésiter :

— C'est pour faire joli !

— Ah ! Tiens donc ! dit-elle. Bon, au revoir messieurs, amusez-vous bien !

Depuis ce jour, assez récent en fait, nous avons décidé que la vieille Bretonne avait raison et qu'il nous fallait continuer de *bien nous amuser* — comme auparavant mais sans nous poser davantage de questions —, moi à remplir mes carnets de détails tragi-comiques et B. à composer minutieusement ses gammes chromatiques de plus en plus précises et raffinées.

Dernièrement, en pénétrant de nouveau dans l'atelier, j'ai eu un choc et j'ai pensé qu'en ce qui le concernait le jeu en valait vraiment la chandelle !

La fêlure

Ce matin-là, à la campagne, prenant mon petit déjeuner tout en cherchant vaguement à rassembler les éléments épars d'un rêve alambiqué
et un tantinet libidineux, retardant en fait le
plus longtemps possible l'écoute radiophonique
des alarmes concernant les inéluctables convul-
sions de la Bourse mondiale, je contemplais distraitement par la fenêtre de la cuisine les brumes qui s'exhalaient de la rivière, formant un
possible décor pour le prélude à *L'Or du Rhin*
(sans le tintamarre grandiloquent de la partition
toutefois) et, plus près, au pied de la maison,
une bande de geais qui en se querellant venaient presque frapper les carreaux de leurs
ailes lorsque le chat, de retour de sa promenade
matinale (les événements majeurs de ce monde
s'enchaînant toujours avec une surprenante vitesse), vint s'asseoir au bout de la table dans l'attitude d'un petit sphinx de l'antique Égypte sur
le point de me soumettre sa série d'énigmes. À
ce moment fatidique, je remarquai pour la première fois que la vieille tasse héritée du service

« londonien » de ma grand-mère maternelle, dans laquelle fumait mon thé, était — tenez-vous bien — *légèrement fêlée !*

Le vers du poète d'Auden s'imposa immédiatement à ma mémoire :

> *La fêlure dans la tasse ouvre accès au pays des morts…*

Alors, insensiblement, mon regard s'infiltra par cette fêlure… et je revis l'emplacement sur les bords de Seine de ce splendide parc abritant le club de sports où nous passions d'aussi merveilleux samedis et dimanches ma famille et moi, en compagnie de nos amis de ces années-là, jeunes, vieux et moins vieux, tous confondus dans la grande camaraderie sportive, pleine de gaieté et d'érotisme ludique — jouant au tennis, au ping-pong, aux échecs, canotant sur le bras mort du fleuve, pique-niquant et flirtant dans les clairières de l'île sauvage, discutant à perdre haleine, chahutant sur les pelouses et sous les grands arbres, tandis que de lents nuages passaient dans le ciel, semblables, pour mon esprit rêveur, à de splendides goélettes en route vers ce que j'imaginais être les *îles fortunées* m'attendant au cœur de l'océan illimité de l'avenir.

Une joie effervescente animait ce lieu bucolique durant les week-ends et éclairait les visages d'un radieux et solide bonheur insouciant. Or je pris soudain conscience, avec un certain effarement mêlé de surprise, que le spectacle ainsi représenté par ma vision rétrospective était tout à fait comparable — à travers l'éclairage papillotant et surexposé du passé mythifié — aux scènes de remémorations enfantines du film de Bergman *Les Fraises sauvages* et, à l'instar du vieux professeur, le protagoniste du scénario, j'entrevis une longue théorie de fantômes s'animant dans un lieu désormais évanoui ; je compris que, pour moi aussi, ils n'étaient autres que les petits dieux tutélaires qui avaient orienté et formé à jamais mon destin.

M'attardant parmi ces ombres lumineuses et mouvantes, j'entendis, comme dans la bande-son du film, les voix flûtées des jeunes filles, qui me bouleversaient tant à cette époque, se mêler au bavardage des oiseaux (lesquels me semblaient toujours vouloir participer de la liesse générale), au ronronnement monotone du moteur des vaillantes péniches remontant le courant vers Paris, au bruissement du vent dans les branches auquel personne ne prêtait véritablement attention et qui pourtant, à bien y réfléchir, était le bruit même du temps en train de passer sur nous subrepticement, filant vers un futur qui, après d'inévitables péripéties, aboutirait donc, ce matin même, à la fêlure dans ma tasse de thé !

Cependant, la voix de Jean Follain vint, dans ma mémoire, répercuter l'écho du vers d'Auden :

La moindre fêlure
d'une vitre ou d'un bol
peut ramener la félicité d'un grand souvenir...

Merveilleuse concordance poétique qui laissait peut-être à penser que, loin des sinistres désastres économiques et météorologiques dont on ne cessait de nous menacer, certaines réalités poétiques étaient douées, elles aussi, d'une valeur objective, certes non quantifiable mathématiquement, mais tout aussi exacte et précise sur le plan spirituel. Il me semblait surtout évident que les esprits méditatifs avaient perpétuellement guetté cette fêlure qui vient parfois à point nommé lézarder la surface trop lisse, trop unie, de notre perception habituelle du monde, pour l'agrandir ensuite en une brèche par laquelle s'infiltrait l'eau lourde du passé, charriant les insondables mystères au-dessus desquels flottaient insoucieusement nos existences.

Et s'il nous fallait bien, sous peine d'entropie névrotique, continuer malgré tout, au-dessus de ce flux, à batifoler[1] sur le pont du monde, il n'en demeurait pas moins que cette craquelure, lorsqu'elle apparaissait, constituait une aubaine, car les heures et les minutes heureuses ne pouvaient établir un semblant de pérennité au sein du présent qu'en se projetant dans l'avenir *à la force du passé* ; autrement dit, il était assez probable que nos existences ne se régénéraient et ne se propulsaient vers l'indispensable mirage du futur qu'en s'appuyant sur les modè-

1. L'étymologie de batifoler est : folâtrer sur les remparts (sur les infrastructures des bâtiments militaires dans les villes de garnison).

les archétypiques qui avaient structuré nos consciences au long du temps. Vouloir l'ignorer à tout prix — ainsi que nous n'avions que trop tendance à le faire dans l'ivresse puérile de la modernité — ne pouvait mener qu'au désastre car, ainsi que n'ont cessé de l'induire, avec insistance mais à trop faible voix, les âmes encore capables de ressentir la valeur de certaines instances traditionnelles : *un monde qui fait fi de son passé est un monde qui n'a pas d'avenir*[1].

Cependant, après m'être infiltré pendant quelques précieuses minutes dans cette providentielle faille mnémonique de mes souvenirs, je revins prudemment jusqu'à la table du petit déjeuner, retrouvant le chat en train de lustrer son pelage à petits coups de langue soigneux. Un timide soleil commençait de dissiper les brumes sur la rivière et, ouvrant machinalement la radio, je fus immédiatement assailli par le ton mielleux, faussement enjoué, optimisant à tous crins, de l'humour petit-bourgeois en train de nous phagocyter, de nous enrégimenter chaque jour un peu plus dans les rangs de la grande ar-

---

1. Je dois ici citer W.G. Sebald qui, dans son magistral roman intitulé *Austerlitz*, évoquant l'architecture moderniste de la nouvelle bibliothèque François-Mitterrand à Paris, déclare, par l'intermédiaire de son narrateur : « Les nouveaux bâtiments de la Bibliothèque, qui, tant par leur implantation que par leur réglementation interne à la limite de l'absurde, s'attachent à exclure le lecteur en faisant de lui un ennemi potentiel, étaient ainsi, pensait Lemoine, dit Austerlitz, la manifestation presque officielle du besoin de plus en plus affirmé d'en finir avec tout ce qui entretient un lien vivant avec le passé. » Trad. Patrick Charbonneau, Actes Sud, 2002, p. 336.

mée prétendument festive… nous autres mélancoliques, mais pourtant, à nos heures, si *radieuses* sensibilités lyriques, presque parvenues à bout d'espérances sur cet astre terrestre en train d'aberrer irrémédiablement, dirait-on, vers le trou noir de sa probable implosion finale.

À cet instant, le chat fit une chose très simple : s'ébrouant et s'étirant des deux pattes avant, il me signifia juste à propos qu'il était temps, malgré tout, de reprendre le train de ma vie immédiate, d'abandonner mes vaticinations et de me fondre de nouveau à ce qu'il était préférable de concevoir comme l'*imprédictible* cours des choses.

Le vent se levait et il fallait tenter de vivre[1]…

Obtempérant avec soulagement, je retournai donc à mes inlassables écritures, recommençant à faire progresser sur la page ma microscopique graphie scribomaniaque, laquelle, à l'image d'une fourmi opiniâtre progressant le long d'un grand mur, aurait peut-être, sait-on jamais, la chance d'y découvrir une nouvelle microscopique fissure où s'engouffrer vers « la félicité d'un autre grand souvenir » ?

Les miettes de ta jeunesse, qu'en faire ? Les jeter
   aux oiseaux ?
Tu peux les jeter aux oiseaux, tu peux les glisser
   dans les mots.

1. Paul Valéry.

Ils s'envoleront joyeux puis reviendront de nouveau
Ailés de la même espérance, les oiseaux et les mots
    reviendront.

Et que leur diras-tu alors ? Qu'il ne t'en reste
    plus rien ?
Cette vérité cruelle, ils ne la croiront pas.
    Tard la nuit
Ils attendront à ta fenêtre, frappant le carreau
    de leurs ailes,
Jusqu'à ce qu'ils tombent, fidèles. Les oiseaux,
    les mots, c'est tout un.

JULIAN TUWIM (1894-1953)

Le rêve de Gulbenkian

Après que, me tirant d'un petit somme, l'avion eut viré sur son aile pour nous révéler l'estuaire du Tage étincelant sous le soleil, que le dynamique chauffeur de taxi eut, à la manière d'un Ronaldo survolté, dribblé au milieu des embouteillages pour finalement nous déposer au cœur du parc de la fondation Gulbenkian à Lisbonne, où nous étions invités pour un voyage de presse, j'ai cru n'avoir fait que transiter d'un rêve dans un autre.

Qui donc, en effet, parmi les amateurs d'art, n'a pas rêvé un jour où l'autre d'avoir tout loisir de collectionner, au gré de ses engouements, ses œuvres de prédilection ? C'est précisément ce qu'a réalisé, *pour nous*, et avec un goût raffiné, le magnat de la finance Calouste Gulbenkian, rassemblant tout au long de sa vie une imposante collection des œuvres des artistes les plus renommés de son temps, ces œuvres étant exposées dans des bâtiments savamment agencés pour conserver — à la manière japonaise — un lien permanent avec le parc planté d'essences rares et le large plan d'eau central reflétant le ciel. Aussi, lorsqu'on déambule le long des baies vitrées, une constante présence végétale vient adoucir l'encadrement rectiligne des murs et des couloirs.

Des deux journées passées à parcourir les salles de cette exquise collection idiosyncrasique, je livre ici — notés sur mes carnets — les quelques instants où mon flux onirique s'est parfaitement confondu avec celui du singulier collectionneur que fut Calouste Sarkis Gulbenkian, l'Arménien cosmopolite d'Istanbul.

Il y eut d'abord, dans la demi-pénombre du département dédié à l'art antique, un sarcophage pour chat datant de l'ère égyptienne (une chatte en bronze, entourée de ses petits, dont l'apparition est aussi saisissante que si nous venions de la découvrir en chair et en os à l'instant même, lovée dans son panier au détour d'un couloir), puis différents tapis aux entrelacs colorés aussi labyrinthiques que l'est probablement la pensée orientale, un bas-relief assyrien d'un modernisme stupéfiant, les nombreuses céramiques dont les glaçures paraissent avoir été cuites d'hier et, dans la salle des objets chinois, cette salière en cristal de roche posée juste à côté (merveille des occurrences ?) d'une boussole solaire en or massif ! Enfin, sur l'enluminure d'un vieux parchemin, un prince persan, impeccablement coiffé de son turban, en plein ébat érotique avec sa favorite devant un parterre d'autres courtisanes, apparemment en train de commenter entre elles le spectacle ainsi offert...

Cependant, à la suite du guide délégué par la fondation, je me retrouvai soudain dans une salle de concert aux gigantesques parois lambrissées sur lesquelles glissaient les chants d'un ténor et d'une soprano répétant un passage de l'*Orphée et Eurydice* de Gluck et, ne fût-ce les impératifs de la visite, je serais bien resté là un bon moment, à me laisser bercer par la musique au creux de cette providentielle coquille protectrice. Remontant alors par un dédale d'escaliers reliant les différents bureaux de l'administration où s'affairaient diligemment les agents posthumes du rêve esthétique du richissime collectionneur, je parvins jusqu'à l'exposition temporaire intitulée « Drawing a tension » où je remarquai, parmi d'autres œuvres d'obédience surréaliste ou « duchampienne », l'ancien plan de métro parisien (avec un graffiti de sa propre main) installé par Joseph Beuys et un dessin à la mine de plomb esquissant une toile d'araignée intitulé : *Projet d'une toile pour une araignée* !

Dans un sous-sol désert, j'entrevis encore une série de clichés réalisés par de jeunes photographes portugais, clichés presque tous consacrés, dans le sillage des photographes américains dédiés au « fantastique urbain », au fascinant et mélancolique contraste qu'offre désormais, pour qui sait l'apprécier, la décadence de l'ancienne Lisbonne traditionnelle, subrepticement corrodée, rongée progressivement — comme nous tous, hélas — par le cancer de la civilisation industrielle.

Enfin, après un bref passage par les jardins exotiques où, sous de gigantesques eucalyptus, des jeunes gens rieurs batifolaient sur les pelouses sillonnées de ruisseaux en faisant semblant d'étudier, nous débouchâmes sur la haute terrasse où nous attendait une collation.

Une fois terminées les mondanités d'usage, la séquence onirique gagna en densité lors de la libre visite de l'après-midi consacrée aux collections européennes car c'est en ce domaine que l'étonnant Calouste a manifestement déployé le summum de son talent de collectionneur.

D'emblée, *Le Portrait d'une jeune fille* de Domenico Ghirlandaio : le parfait équilibre entre le rouge du collier et de la tunique qui mettent singulièrement en valeur l'ardeur du regard de cette ingénue du XVe siècle ! Puis les deux Rogier van der Weyden (buste de sainte Catherine et buste de saint Joseph) et le *Portrait d'un vieil homme* de Rembrandt témoignant tous trois d'une même gravité métaphysique qui m'est d'ailleurs apparue comme le fil rouge reliant les différentes œuvres rassemblées ici (et quelle est donc, après tout, cette angoisse qui taraude la plupart des collectionneurs ?). Ce sentiment devait se renforcer à la vue des nombreux portraits de femmes, précisant au passage l'idéal féminin et humaniste de Calouste : une pureté, si je puis dire, à la fois ardemment terrestre et célestement éthérée, telle que l'illustre à merveille le

Gainsborough, *Portrait de Mrs. Lowndes-Stone*, dans le style tremblé inimitable de ce peintre, escorté dans cet ordre de sensibilité par le *Portrait d'Hélène Fourment* de Pierre Paul Rubens (un regard d'infinie rêverie sous le chapeau à plumes) et par celui de *Mademoiselle Duplant* du Français François-André Vincent (toujours ce voile dans le regard qui décuple la charge érotique), puis enfin cet étonnant portrait de la fille de John Constable par George Rowney (belle rousse pulpeuse coiffée d'un chapeau orné d'épis de blé) qui nous rappelle opportunément que Calouste jeune homme fit ses études en Angleterre.

Pour parfaire, en quelque sorte, ce portrait du collectionneur par lui-même, il faut donc insister sur la sensualité diffuse (pendant de la gravité) qui m'a semblé présider à bon nombre de ses choix, ce qui explique, je crois, la place si importante accordée à Hubert Robert, à Fragonard, à Watteau et à leurs fêtes champêtres et galantes toujours insidieusement menacées par la profondeur des bois alentour ou par la plombée dans le ciel d'un orage qui s'approche. La multiplicité des Corot aussi (son fameux caractère de « vaguesse » dans l'atmosphère) et ce goût manifeste pour la fragilité des émotions en demi-teintes, pour les instants de suspension magique où le bonheur paraît à portée de main. Ainsi du *Paysage dans un parc* du Français Eugène Louis Lami où, au bord d'un étang, trois jeunes femmes pêchent paisiblement tandis qu'un peu plus loin deux hommes conversent en fumant la pipe et que dans le ciel surmontant de hautes frondaisons, de lents nuages dérivent comme si rien ne pouvait jamais venir troubler ce moment de pure félicité.

J'ai alors vivement souhaité, dans un vœu rétrospectif et en guise de remerciement pour cette généreuse transmission, que Calouste ait lui-même connu, à son heure, de semblables jouissances, non pas seulement dans la contemplation des œuvres, mais dans son existence d'homme parmi les hommes.

Puis je suis parvenu à la petite salle où sont exposées les nombreuses œuvres que Calouste achetait (directement à l'atelier d'après la notice biographique) à celui qui devait devenir son ami, René Lalique, et une mention toute spéciale doit être faite à cet artiste d'un raffinement extrême dont les objets exposés — principalement des bijoux évoquant toujours des formes animales ou végétales — sont tout à fait caractéristiques de ce que l'on a appelé l'Art nouveau.

Je tenterai ici, parce que c'est celui qui m'a le plus frappé, de ne décrire qu'un seul d'entre eux. Il s'agit d'un plat en argent de forme ovale au centre duquel se dresse, les pieds posés sur un calice de fleur entrouvert, une Vénus anadyomène dont l'abondante chevelure n'est autre qu'une algue marine s'enroulant gracieusement autour de son corps ; vision d'autant plus bouleversante que cette figure quintessencielle d'une féminité idéale évoque à la fois, par ses formes, les plus doux abandons sensuels et, par l'expression de son visage, l'universelle compassion quasi maternelle qui doit être simultanément accordée (du moins je l'espère !) à l'inapaisable concupiscence masculine. Or — touche suprême de cette œuvre étonnante — sont représentées à ses pieds quatre figures de naïades qui, le visage révulsé dans un mouvement d'intense pâmoison, de transe amoureuse quasi orgasmique, tiennent serré contre leur poitrine le corps d'un gros poisson dont la gueule ouverte *éjacule* une eau abondante moulée dans une pâte de verre laiteuse…

Cette seule pièce, d'une finesse de facture rarement atteinte, m'est apparue comme un chef-d'œuvre d'audace dans l'évocation stylisée du désir libidinal.

Sans pouvoir évoquer la totalité des autres merveilles ici rassemblées, je dois noter, hélas, qu'aussitôt franchis les murs de ce sanctuaire de la délicatesse et de l'élégance artistique, le vacarme des automobiles toutes proches, ainsi que le vrombissement des avions qui passent à la verticale du parc avant d'atterrir, nous rappellent que le monde d'aujourd'hui, qui ne manque jamais de nous faire payer les instants de grâce qu'il daigne encore parcimonieusement nous accorder, repose sur une perpétuelle ambivalence : la fabuleuse richesse de ce musée, par exemple, ne la devons-nous pas à un solide pourcentage sur l'extraction du pétrole ?

Simone de Beauvoir était-elle
une « fashion victim » ?

Puisqu'il est tellement question ces jours-ci des mœurs érotiques de Simone de Beauvoir (souvent plus d'ailleurs que de ses idées, hélas, époque oblige !) et avant d'essayer de préciser ce que j'ai tendance à penser de toute cette période parisienne existentialiste qui m'a toujours à la fois fasciné et fait sourire (ou même franchement rire comme à un bon vaudeville ainsi que savent si bien nous en concocter, très innocemment, nos icônes médiatiques), je voudrais livrer ici la lettre, que je viens de recevoir d'une lectrice, à propos de la dernière émission de Finkielkraut consacrée au sujet :

Bonjour Denis Grozdanovitch,
Durant la première partie de l'émission Répliques,
consacrée samedi dernier à Simone de Beauvoir, il a
été question de la manière dont les femmes vivaient la
vieillesse. Les deux invitées, Danièle Sallenave et Hu-
guette Bouchardeau, relayées par Alain Finkielkraut,
avaient visiblement pour a priori *que la vieillesse ne*
pouvait être pour une femme qu'une affreuse dé-

chéance et une terrible mise à l'écart. Pour tous trois, la vieillesse d'une femme signifiait sa désaffection en tant qu'objet sexuel et ne pouvait par conséquent être vécue que comme un malheur. Les deux femmes exprimant en sus le souhait — peu charitable — que l'homme en vienne un jour à vivre lui aussi la vieillesse comme une tragédie — ce nivellement par le bas faisant figure, aux yeux de nos deux féministes bassement revanchardes, de progrès indéniable vers l'avenir radieux d'une égalité des sexes !

Ayant moi-même dépassé l'âge de la ménopause, et donc celui où la femme est avant tout un objet sexuel, je ressens, bien au contraire, ce changement de statut comme une libération car je peux — enfin ! — retrouver le statut d'être humain à part entière que j'avais perdu à la puberté. J'ai pu constater dans mon entourage que je n'étais pas une exception à la règle énoncée par nos trois compères ; il me semble que la plupart des femmes parvenues à la cinquantaine prennent davantage confiance en elles et, libérées de leurs obligations — qu'il s'agisse de leur devoir de séduction ou de leur fonction maternelle —, commencent souvent à s'épanouir, à s'autoriser à vivre pour elles-mêmes et à affirmer leur personnalité. Simone de Beauvoir offre d'ailleurs un bon exemple de cette bonification opérée par le temps, ainsi qu'on peut le voir également dans le merveilleux film de René Allio La Vieille Dame indigne qui avait fait scandale dans les années soixante en mettant cette réalité en lumière.

Il est vrai qu'une petite minorité de femmes, les « fashion victims » pourrait-on dire, vivent la vieillesse comme une irrémédiable catastrophe. J'ai pu observer qu'il s'agissait en général de femmes qui *avaient fondé toute leur existence sur leur seule capacité de séduction. Les professions placées sous les feux de la rampe où la réussite est presque uniquement fonction d'un plébiscite, telles que les carrières du spectacle, littéraires ou artistiques, ainsi que, bien sûr, les carrières politiques, favorisent la polarisation sur l'image aux dépens du développement de facultés et d'intérêts moins superficiels. Mais les trois commentateurs de l'émission, soumis en grande partie de par leurs carrières respectives, aux impératifs et aux valeurs véhiculés par les médias et la publicité (la jeunesse éternelle !), semblent ignorer la majorité silencieuse des femmes pour qui l'âge de la retraite représente la plupart du temps une libération.*

Quant à la deuxième partie de cette émission, l'évocation des prises de position idéologiques du Castor et de son compagnon, leur rejet de la bourgeoisie alors même qu'ils en étaient non seulement issus mais également si fortement imprégnés dans leur mode de vie, leur style et leurs goûts, il m'est soudain apparu comme une évidence qu'ils avaient tous deux conservé, toute leur vie durant, cette sorte de rébellion bien connue contre les parents que l'on nomme la crise d'adolescence dont l'agressivité et la provocation (choquer le bourgeois) sont directement proportionnelles au manque de détachement par rapport aux valeurs transmises par le milieu d'origine.

Sartre, le bovarysme
et le napperon de dentelle

Étant donné l'importance qu'ont prise ces jours derniers les commentaires concernant la vie du couple mythique que formaient Sartre et Simone de Beauvoir, leur fameux système des amours contingentes ainsi que les subtilités tactiques et stratégiques inhérentes à l'exercice et enfin pour faire suite à la lettre de lectrice que j'ai publiée la dernière fois, j'ai recherché dans mes carnets les notes prises jadis à l'écoute des dix heures d'interview accordées par notre grand pape existentialiste à son thuriféraire Michel Contat et retransmises sur France Culture tout au long d'une semaine.

Voici quelques-unes d'entre elles :

À un certain moment, interrogé précisément sur la question des amours contingentes, Sartre répond ceci :

— Je dois à l'honnêteté (*sic* !) vis-à-vis de mes lecteurs de révéler que j'entretiens actuellement des rapports amoureux avec pas moins de sept femmes différentes dont, bien entendu, Simone reste la figure centrale et majeure, etc.

Contat : — Sept, dites-vous ?

— Oui, sept, car, voyez-vous, chacune possédant ses qualités propres et... (S'ensuit une longue dissertation sur l'âme féminine et ses merveilleuses ressources.)

Un peu plus tard, Contat interroge ainsi :

— Il apparaît, cher maître (ou une formule approchante), que votre œuvre, déjà considérable, ait engendré une masse de commentaires dix fois supérieure à celle-ci et...

Ici, Sartre interrompt Contat :

— Beaucoup plus que dix fois !

— Or, demande Contat, vous est-il arrivé d'y jeter un œil ?

— Oui, oui, de temps à autre...

— Et cela vous a-t-il appris certaines choses ou fait découvrir certains aspects de vous-même ?

— Absolument rien ! Rien du tout !

Vient alors (toujours d'après mes notes) une longue récrimination à propos de l'ennui que lui procure invariablement le radotage sénile de ses amis du même âge que lui !

[Nota bene :

1/ La notion de bovarysme désigne cette faculté inhérente aux êtres humains de se concevoir eux-mêmes toujours inéluctablement autres qu'ils ne sont en réalité (ou du moins aux yeux des autres — ce que le langage savant nommait anciennement cénesthésie[1]). Faculté

---

1. Cénesthésie : l'espèce de sentiment vague que nous avons de notre être, indépendamment du concours des sens. (Littré.)

qui serait alors le puissant moteur actionnant la grande roue du monde laquelle, à son tour, entraîne dans son sillage la grande foire aux illusions et aux vanités — illusions et vanités auxquelles, on le constate tous les jours, nul ne saurait se soustraire, pas même, donc, les esprits réputés les plus forts et les plus complexes.

2/Si l'on prend la peine de lire attentivement certains écrits d'Alfred Adler (le spécialiste du complexe d'infériorité), nous apprenons que ce que le langage commun nomme un complexe de supériorité (tout le monde possède dans son entourage des représentants de cette arrogante catégorie...) n'est jamais qu'un complexe d'infériorité surcompensé.]

Par ailleurs, pour continuer sur cette éventuelle fatuité et auto-illusion sartrienne (uniquement sur le tard ?), j'ai envie de paraphraser ici quelques extraits d'un texte écrit en 1988 par les deux compères Fruttero et Lucentini dans leur fameux ouvrage d'essais polémiques rassemblés sous le titre *La Prédominance du crétin*. Ce texte s'appelle « Le vieux blouson du professeur Sartre » et commence par reproduire certains propos d'un entretien que ce dernier avait accordé à la revue *Esquire* et republié en Italie par *L'Espresso*. Sartre y déclare en préambule qu'il ne

---

En feuilletant, il y a peu, un livre de la comtesse de Ségur, j'ai trouvé à la page 2 de *Belle, sage et bonne* (Paris, Hachette, 1880) un bel exemple de cénesthésie : « Comme tous les gens ridicules, il paraissait enchanté de sa personne et ne se doutait nullement de l'effet qu'il produisait sur les autres. »

porte plus de vestes, mais des blousons comme celui que l'interviewer peut lui voir « arborer » ce jour-là et qu'il a acheté à Venise durant l'été 68, qu'en fait, après les manifestations du mois de mai, il avait pensé que, à son âge, il avait enfin acquis la liberté de s'habiller à sa guise puisque pendant des années il avait pensé que les habits bourgeois — complet, chemise et cravate — étaient horribles mais qu'il s'était senti obligé de les porter de peur de passer pour fou.

Or, comme le remarquent Fruttero et Lucentini, au temps de son plus grand succès (au moment où ses pièces étaient jouées simultanément dans deux ou trois théâtres parisiens et ses livres lus par le Tout-Paris littéraire), la plupart des gens, toutes classes confondues, s'étaient depuis longtemps mis à porter des pulls, des chemises à col ouvert, des blousons, et seul Sartre continuait, lui, à aller chez un tailleur. La question demeurait donc de savoir pourquoi il s'était obstiné de la sorte à vouloir rester prisonnier de ce qu'il nommait lui-même dans l'interview « cet horrible uniforme bourgeois ».

La raison n'en était-elle pas que, en dépit de son succès, Sartre était demeuré intimement un *prof de philo*, libre dans ses cours de survoler les systèmes de pensée les plus complexes, d'enjamber les civilisations millénaires, mais qui chaque soir réintégrait son petit chez-soi où les tables étaient décorées de napperons de dentelle offerts par sa vieille tante ? Et, ajoutent nos deux compères, pour des hommes de cette espèce, la guerre d'Espagne, le stalinisme et la Résistance, la bombe atomique et l'industrialisation à outrance, l'entrée en scène des pays asiatiques, le maoïsme ne modifièrent que très peu leur point de vue sur le monde car, derrière tout cela il y avait la chemise blanche, le costume trois pièces, la salle de classe, la chaire difficilement obtenue, les élèves attentifs et respectueux sur les bancs et, le soir, la journée finie, les rassurantes retrouvailles avec le napperon de dentelle. Ce qui laissait augurer du traumatisme que représenta pour de tels êtres, confinés dans leurs habitudes, l'explosion de mai 68...

Cependant, concluent Fruttero et Lucentini :

... tout n'était pas perdu ; les élèves offraient une dernière chance au vieux professeur : il n'avait qu'à passer de leur côté, couvrir leurs entreprises subversives de son nom inutilement illustre, renoncer à ses goûts, à ses habitudes, à ses consolations littéraires, ne plus parler et écrire que sur la politique, les masses, les révoltes, les révolutions. Et il lui fallait, avant tout, mettre un blouson. Sartre l'enfila comme on enfile un gilet de sauvetage, mais nous ne sommes pas surpris qu'il soit allé l'acheter à Venise. Il n'est pas exclu qu'il ait fait, dialectiquement, une escapade jusqu'à Burano pour s'acheter aussi un ou deux napperons de dentelle.

Par l'opération du Saint-Esprit
esthétique

Invité à une séance de lecture à haute voix en présence de l'auteur, j'écoute un comédien-lecteur nous lire de longs extraits d'un livre qui apparemment a beaucoup de succès ces derniers temps et qui a été publié dans l'une de nos plus prestigieuses maisons d'édition.

Dans ce roman, le narrateur qui, on le saisit d'emblée, est l'alter ego de l'auteur nous raconte comment, un certain matin, une subite inspiration l'a conduit à quitter son travail et le train habituel de ses occupations pour laisser libre cours à l'impérieux courant de lyrisme intérieur qu'il sentait poindre en lui. Aussi, passant sur un pont parisien, dans un geste superbe (dont le cinéma ne peut manquer de s'emparer), il éparpille « au vent de l'histoire » les différentes feuilles de tous les gros dossiers qu'il transportait dans sa serviette de bureaucrate. Ce seul moment d'extase libératoire est narré avec une maestria toute en retenue digne des meilleurs auteurs anglo-saxons de l'école anti-psychologique — à savoir celle où le héros subit les pulsions de son inconscient sans pouvoir véritablement les contrôler (hormis que, dans ce cas précis, on sentait qu'il n'y avait pas de grosses inquiétudes à avoir !).

Vient ensuite, de façon un peu surprenante (je m'attendais à un compte rendu de la déchéance sociale du protagoniste dans le style de celle qui nous est narrée dans des conditions similaires par George Orwell dans son ouvrage intitulé *Dans la dèche à Paris et à Londres*, ou bien dans le style des livres d'Henry Miller ou de Knut Hamsun — dans *La Faim*, entre autres, où le narrateur nous énumère les multiples petites astuces légales ou illégales lui permettant de survivre), vient ensuite, donc, le récit de l'errance de notre héros à travers différentes capitales européennes où son périple (d'obédience néo-existentialiste) le plonge dans une quête, à vrai dire un peu floue, mais qui paraît tout de même se concrétiser dans un besoin irrépressible de saisir un stylo pour étancher par écrit sa soif d'expression personnelle. On prend alors conscience que ce texte est le récit non seulement d'une libération sociale et ontologique mais encore d'une salutaire et héroïque renaissance à soi-même. Thème assez classique mais, je dois le dire, parfaitement bien traité. Du dix-huit sur vingt !

Une fois terminée la lecture des extraits, l'auteur — beau garçon timide et réservé — monte sur l'estrade et, surmontant quelques élégantes hésitations préalables, nous explique, avec la même flamboyante rhétorique lyrique

que dans sa prose écrite, comment, après avoir rompu les amarres de la société bourgeoise au sein de laquelle il était pourtant si bien intégré, il a vagabondé de lieu en lieu à la recherche de la « vraie vie », de « sa » vraie place en ce bas monde, bref, en quête de son véritable destin personnel. Une sorte de bateau ivre, doit-on comprendre, dérivant à travers l'Europe décadente à la recherche de son havre de paix intérieure, et ce, ajoute-t-il, pendant cinq longues années !

À cette précision, je dois avouer qu'un méchant réflexe de classe se déclenche en moi : je ne puis m'empêcher de me poser la question, *in petto*, de savoir comment on peut bien faire pour vivre de littérature et d'eau fraîche pendant cinq ans tout en voyageant, apparemment sans effort, à travers les principales capitales d'Europe... Cependant, comme ni dans le texte, ni dans le discours explicatif, il n'a été un instant fait la moindre allusion à la question matérielle, je décide de comprendre que *pour certains* cette question est superfétatoire. J'avais déjà eu ce même sentiment au visionnage des films de Wim Wenders dont les personnages paraissent se déplacer dans le monde entier avec une aisance déconcertante ou dans les quelques contacts que j'ai pu avoir avec les artistes contemporains qui butinent de biennale en biennale et d'installations londoniennes en installations new-yorkaises sans que la question matérielle semble jamais leur poser le moindre souci. Je réalise surtout combien peuvent être stupides tous les aspirants artistes de ma connaissance qui s'obstinent à survivre de petits boulots aliénants et fastidieux dans l'espoir de grappiller quelques heures de libre inspiration dégagées des vicissitudes matérielles, alors qu'il leur suffirait de s'abandonner au lyrisme cosmopolite, puisque apparemment, à ceux qui sont assez téméraires pour le tenter, la question matérielle ne se pose plus et se résout comme d'elle-même, par l'opération du Saint-Esprit esthétique international !

Cependant, après coup, déambulant vers la sortie dans les couloirs de la mairie du sixième arrondissement (de Paris, bien entendu !) où a été organisée la rencontre, ma perplexité est balayée sous le coup d'une révélation décisive. Quelqu'un m'apprend que l'auteur dont nous venons d'ouïr les sublimes extraits est un protégé d'une des figures majeures des lettres germanopratines.

Un mal de chien

Au dix-huitième étage d'une tour d'un quartier périphérique de Paris, une femme d'âge mûr, écrivaine d'un certain renom, s'efforce d'écrire un nouvel ouvrage tandis qu'en contrebas, sur le balcon exigu d'un petit immeuble qui fait face au sien, un chien perpétuellement à l'attache, régulièrement rossé, hurle à la mort sans discontinuer. Elle en est obsédée et cela l'empêche d'écrire. Cependant, lorsqu'elle tente de sensibiliser ses voisins (lesquels ne se rencontrent et ne se parlent *éventuellement* que dans l'ascenseur), elle doit se rendre à l'évidence que la plupart prétendent soit ne rien entendre, soit n'en être pas incommodés, ou encore — pour ceux qui s'indignent timidement lorsqu'elle les sollicite — n'osent s'impliquer dans la moindre action collective ou bien encore ont tout simplement peur de se singulariser et d'avoir à affronter le maître de l'animal (dont on sait par ailleurs qu'il a déjà menacé certains plaignants).

Ce roman (*Un mal de chien* de Claire Etcherelli, éditions Robert Laffont, janvier 2007) nous raconte donc, dans un style sobrement efficace, les déboires et les désillusions de celle qui, s'efforçant de réagir à une atrocité ordinaire, se voit progressivement mise au ban du voisinage et mise à distance par ses proches (aussi bien ses amis militants d'extrême gauche, qui se mobilisent avec fougue pour des causes humanitaires lointaines, que ses propres filles, elles-mêmes gagnées à la confortable renonciation petite-bourgeoise), tous préférant voir en elle une femme seule et vieillissante aux nerfs malades.

Claire Etcherelli, qui eut un succès considérable avec un premier roman dérangeant, *Élise ou la vraie vie* (prix Femina 1967), a écrit là une fable hautement représentative à mes yeux du monde actuel, sans cesse soumis à différents totalitarismes larvés. On sait, en effet, que les autorités américaines qui libérèrent les camps de concentration en Allemagne firent cette constatation que les voisins prétendaient n'avoir rien su, rien vu, rien entendu. On sait aussi les difficultés que rencontrèrent les quelques évadés de cet enfer pour faire accréditer le récit de leurs souffrances. Primo Levi raconte qu'à Auschwitz il faisait sans cesse le même cauchemar : étant de nouveau en famille après avoir réchappé du camp, il tentait de raconter ce qu'il avait vécu et personne ne voulait l'écouter. Ruth Klüger, elle aussi rescapée des camps, évoque les terribles réticences de son entourage lorsqu'elle veut organiser une conférence aux États-Unis pour raconter l'horreur de ce qu'elle a vécu. C'est peut-être aussi, soit dit en passant, ce qui explique que tant de rescapés aient choisi de se taire.

Cependant, pour en revenir à ce livre, je pense qu'il n'est pas indifférent que ce soit une femme qui ait écrit cette allégorie de notre temps dont la victime est un animal. Il y a quelques années, une autre femme, Élisabeth de Fontenay, a rassemblé une étonnante somme philosophique intitulée *Le Silence des bêtes* où nous est décrit comment la civilisation qui est la nôtre s'est toujours définie par son mépris des animaux et, partant, de tous les êtres prétendument primitifs ou considérés comme moins évolués — origine de tous les racismes.

Pour séjourner une partie de l'année à la campagne, je connais nombre de très véhéments militants des « droits de l'homme » qui vivent à deux pas de gigantesques élevages en batterie et ne s'en émeuvent pas plus que ça. Il me semble pourtant, et c'est le grand mérite de ce livre de nous le rappeler de façon poignante, que l'insensibilité à la souffrance des êtres infériorisés — fussent-ils en apparence moins *consciencieusement* développés que nous nous flattons de l'être — est le symptôme d'une tyrannie totalitaire savamment occultée.

La bourse ou la vie !

Et si la fameuse « récession » dont on nous rebat les oreilles ces jours-ci n'était que le début d'une « décroissance » naturelle ? Ayant dû prendre le TGV à plusieurs reprises ces derniers temps, une chose m'a tout particulièrement frappé : en dépit des superbes paysages d'automne qui s'offraient à nous tout au long des différents parcours (spécialement celui qui passe au travers de l'est de la Bourgogne), pas un seul des passagers de mon wagon ne prêtait la moindre attention au spectacle extérieur : tous étaient soit plongés dans leurs journaux, leurs livres, leurs graphiques ou leurs comptes, soit scrutaient attentivement l'écran de leur ordinateur ou de leur téléphone portable, soit se concentraient sur l'écoute de leur walkman.

J'avais déjà fait une observation similaire et en quelque sorte prophétique aux États-Unis, il y a une quinzaine d'années, lorsque j'avais emprunté l'un des derniers chemins de fer encore en activité dans le pays — la ligne Amtrak entre New York et Baltimore : les vitres des wagons étaient tellement teintées qu'il était quasiment impossible de rien voir du monde extérieur, à moins de se pencher en mettant les mains en visière. L'impression était de voyager dans un tunnel mouvant. J'en avais vite compris la raison. Dans ces voitures — par ailleurs extrêmement confortables —, les passagers ne paraissaient désireux que d'une seule chose : jacasser (sur un ton de voix tonitruant) à l'infini et à tort et à travers sur les dernières performances sportives, spatiales ou financières ; ces deux dernières ayant en commun d'aligner des chiffres astronomiques qui semblaient avoir pour fonction d'enthousiasmer ce peuple de gogos[1].

---

1. « ... ces chiffres sont les nuées idéologiques de nos systèmes à la mode, l'art de les présenter annonce la détermination de ceux qui les emploient à nous donner le change. La statistique a la valeur d'une mystique et la plupart de ses fidèles la reçoivent à la manière du latin d'église, ils tomberaient même à genoux, les bras croisés sur la poitrine et les yeux clos, le changement de mode seul les en empêche et ce n'est pas l'envie qui leur en manque. J'avoue ne point y croire, les chiffres ne me persuadent guère, encore une fois, et c'est au tout ensemble que je fais allusion, à ce mouvement qui nous emporte et qui n'a d'issue qu'en soi-même, comme pour mieux nous égarer au plus fort de son ivresse. Sommes-nous ivres ? Je le crois et le plus rare est que nous présumons d'une rigueur mathématique, très étrangère à l'esprit général qui nous anime, en somme nous ne nous concevons point, l'homme est devenu l'esclave de ses contenus mentaux. Et le moyen de nous défendre de ces contenus mentaux, lorsque l'incohérence nous gouverne ? À quels aplombs nous référer ? Quels repères ? À quel système de poids et mesures ? Tout flotte désormais et nous nous remuons au sein du flottement, dont nous nous accommodons au jour le jour, le flottement perpétuel est devenu notre alibi suprême et l'aboutissement de mille efforts auxquels la raison avait pourtant présidé. » Albert Caraco, *Essai sur les limites de l'esprit humain*, Lausanne, L'Âge d'homme, 1982.

Comment s'étonner que ces gens-là considèrent désormais qu'il n'y a aucune urgence écologique sur la planète et qu'ils aient d'autre part laissé proliférer sur leur vaste territoire une armée de bandits manipulateurs en col blanc qui n'ont cessé de les éblouir et de les filouter avec des tours de cartes bancaires dont ils se retrouvent les naïves victimes éberluées ?

Une évidence s'imposait : il y avait belle lurette que les instances dirigeantes d'Amérique du Nord avaient perdu le « sens commun ».

Et il me semblait — les scènes du TGV étaient là pour le confirmer — que nous étions en train (c'était le cas de le dire) de suivre, nous aussi, la même voie déraisonnable. Pour qui donc, en bref, ce qu'il était anciennement convenu d'appeler la nature avait-il encore la moindre importance ? Les écologistes eux-mêmes admettaient œuvrer en faveur d'une *anthroposphère* et tout le monde paraissait donc parfaitement d'accord pour s'enfoncer au sein d'un monde presque entièrement virtuel où s'émouvoir d'un paysage ne signifierait plus que le contempler par l'intermédiaire d'un écran vidéo et dûment filmé par les opérateurs patentés ou encore stylisés par l'un des innombrables exécutants de l'industrie des dessins animés — sous la forme, donc, d'un immense Disneyworld bien rassurant où les aspérités un peu dérangeantes du monde réel seraient gommées, arrondies, où les animaux seraient bien sagement anthropomorphisés selon nos vues moralisantes, où le soleil, la pluie, les insectes, les plantes, les rivières et les forêts ne seraient plus évoqués qu'en tant qu'épreuves à franchir dans des parcours de jeux télévisés et dans ce qu'on nomme les « sports de l'extrême » dans les émissions de téléréalité.

Voilà où nous en étions parvenus après vingt siècles de combat ecclésiastique (ainsi que nous l'expliquait si bien le philosophe Robert Harrison dans son livre intitulé *Forêts. Essai sur l'imaginaire occidental*) contre le monde naturel censé représenter pour la chrétienté le siège des forces du Mal, et ladite science expérimentale n'avait fait que lui emboîter le pas vers un prétendu progrès qui devait passer par la prééminence absolue de la créature humaine sur toutes les autres espèces, animales ou végétales, de cette planète[1].

Ce jour-là, en l'occurrence, mes copassagers étaient apparemment catastrophés par les inévitables alarmes permanentes d'un monde financier — lui-même virtuel — auquel ni eux ni les prétendus spécialistes (il n'était que de constater les querelles contradictoires des experts pour s'en convaincre) ne comprenaient goutte[2].

---

1. « Chaque science continue de porter, avec tout son bagage de principes, de théorèmes et de méthode, l'essence d'une religion. » Oswald Spengler, quelque part dans *Le Déclin de l'Occident* (je cite de mémoire).
2. Dans son chef-d'œuvre *L'Importance de vivre*, Lin Yutang, le philosophe chinois exilé, parle ainsi de l'économie politique : « Il est possible que je ne comprenne pas l'économie politique, mais celle-ci ne me comprend pas non plus. C'est parce qu'elle patauge encore aujourd'hui et ose à peine se présenter comme une science. Ce qu'il y a de triste avec l'économie politique c'est que ce n'est pas une science tant qu'elle s'en tient aux marchandises et ne va pas au-delà, jusqu'aux mobiles humains ; et si elle va jusqu'aux mobiles humains, ce

Comme si la grosse machine fictive s'était soudain emballée d'elle-même et que personne n'était plus capable de la maîtriser. Mais comment s'en étonner vraiment lorsqu'on prenait conscience de l'écart chaque jour grandissant entre nos désirs profonds et les théories planificatrices des technocrates enfermés dans leurs schémas ?

---

n'est pas encore une science, tout au plus une pseudoscience, tant qu'elle n'essaye d'atteindre ces mobiles que par des moyennes statistiques. Elle n'a même pas élaboré une technique convenable à l'examen de l'esprit humain et, si elle transporte dans le royaume des activités humaines ses méthodes mathématiques et son amour des graphiques, elle se trouve en plus grand danger de patauger dans l'ignorance. C'est pourquoi, chaque fois qu'une importante mesure économique est sur le point d'être adoptée, deux experts économiques se présenteront avec des propositions exactement opposées. L'économie politique, après tout, abandonne les idiosyncrasies de l'esprit humain, dont les experts n'ont pas l'ombre d'une idée. L'un croit que si l'Angleterre abandonne l'étalon or, ce sera une catastrophe, tandis que l'autre se persuade avec une égale outrecuidance que cet abandon serait la seule solution. Quand les gens commencent à acheter ou à vendre, cela constitue un problème que les meilleurs experts ne peuvent raisonnablement prévoir. C'est uniquement à ce fait qu'est due la possibilité des spéculations à la Bourse. Il reste vrai que la Bourse ne peut, même avec les meilleures données économiques du monde, prédire scientifiquement la montée ou la baisse de l'or, ou de l'argent, ou des marchandises. La raison repose sur le fait qu'il y a un élément humain et que lorsque beaucoup de gens vendent, certains commencent à acheter, et que quand beaucoup de gens cherchent à acheter, un petit nombre commence à vendre. C'est ainsi qu'est introduit l'élément de la résistance et de l'incertitude humaine. Il faut supposer, évidemment, que celui qui vend regarde comme un fou celui qui achète ce qu'il vend, et vice versa. Quels sont les fous, seul l'avenir peut le prouver ? cela n'est qu'une illustration du caprice et de l'imprévisibilité du

L'économie elle-même, au sens ancien du terme, sur laquelle était censée se fonder notre existence matérielle se retrouvait inféodée et totalement dépendante d'une sorte de double virtuel presque imaginaire, à base d'équations mathématiques et de courbes graphiques, désigné comme « la réalité économique », la dette, le PIB ou que sais-je encore ? Or pendant ce temps-là, derrière les vitres teintées de notre aveuglement volontaire, la planète se réchauffait à une vitesse imprévue, les pesticides polluaient irrémédiablement la terre, les rivières et les forêts puis s'écoulaient dans nos veines, surchargeant les hôpitaux de cancers divers et variés, et la plupart des espèces animales sauvages étaient en voie de disparition… y compris ces pauvres abeilles dont on avait tout lieu de penser qu'elles nous étaient indispensables. Mais bien entendu, il fallait absolument continuer de maintenir le taux de croissance économique, soutenir et glorifier le jeu de poker fermé que jouaient entre eux, dans leurs bunkers climatisés, les grands enfants gâtés et arrogants de la finance internationale !

comportement humain, ce qui est vrai non seulement dans les durs et prosaïques des affaires, mais aussi dans la formation du cours de l'histoire par la psychologie et toutes les réactions humaines vis-à-vis des morales, des coutumes et des réformes sociales. » Trad. Jacques Biadi, Arles, Picquier poche, 2004, p. 94 et 95.

Mais encore :

« Les économistes sont des chirurgiens qui ont un excellent scalpel et un bistouri ébréché, opérant à merveille sur le mort et martyrisant le vif. » Nicolas de Chamfort, *Maximes et pensées.*

Et comment dès lors s'étonner que, d'un seul coup, l'irrationnel, qui n'était peut-être rien d'autre que la manifestation naturelle d'une compensation régulatrice du réel, fasse brutalement irruption dans cette bulle virtuelle et chamboule tout tel un tsunami financier ? Il semblait plutôt que nous ayons stupidement nommé raison et accordé trop de sérieux à une façon de penser en réalité tout à fait absurde et folle, fait beaucoup trop confiance à une pompeuse rationalité prétendument scientifique qui s'appelle le *mathématisme*. Comme si le fait de prendre très soigneusement des mesures et de faire fonctionner à la perfection des machines de plus en plus sophistiquées était la preuve irréfutable que nous allions dans le bon sens, que c'était là la chose à faire pour améliorer nos existences et nous donner du bon temps ? Le fameux argument « irréfutable » ne nous avait-il pas été perroqueté depuis des décennies par ceux qu'il fallait bien se résoudre à nommer les « imbéciles supérieurs », ces nombreuses intelligences acérées et spécialisées (le gros du contingent de la communauté technoscientifique internationale) qui ne paraissaient nullement à même de réaliser qu'elles s'étaient sans doute insidieusement, pour la plupart, mises au service d'une bêtise plus globale : « Voyez comme ça marche bien ! » disaient-ils... Malheureusement, la question était de savoir à quel prix ça marchait si bien, et pour combien de temps, car désormais, il semblait patent que ce temps fût échu. Non, ça ne marchait plus !

Tout était devenu trop compliqué et trop fragile de par le gigantisme du système au sein duquel l'immixtion du moindre grain de réel véritable pouvait venir enrayer le fonctionnement de l'ensemble du mécanisme — et personne n'était plus capable de détecter où ce dernier avait pu se glisser…

Si nous y réfléchissions bien, quel était donc le dogme intangible sur lequel reposait notre fanatisme fonctionnaliste si ce n'est celui de « l'expansionnisme infini », lequel n'était autre que le « Croissez et multipliez ! » des Évangiles ? Croître et multiplier, mais dans quel but ? Pour rejoindre le fameux « point oméga » de ce triste sire de Teilhard de Chardin qui, à ce que j'avais cru comprendre, imaginait sans frémir un monde où toute diversité serait résorbée dans une sorte d'unité ronronnante mortifère, un cauchemar de morne monotonie ? Croître et multiplier pour que, aussi surpeuplés qu'une île envahie par des rats prolifiques, nous finissions par nous entre-dévorer de façon de plus en plus cruelle ? Croître et multiplier pour vivre resserrés et confinés dans des mégalopoles de plus en plus sordides, pour survivre à grands frais dans un monde privé de ses multiples saveurs — uniforme et fléché de toutes parts, tel que l'avaient imaginé Orwell et Huxley, un monde d'humanoïdes robotisés ?

Voici quelques années, un congrès de scientifiques et de sociologues (sans doute un peu moins inféodés que d'ordinaire aux diktats de l'esprit du temps) s'était réuni pour statuer sur

l'état de la planète. Il en était ressorti une inté-
ressante hypothèse : et si notre globe terrestre
était une sorte d'organisme vivant végétatif — à
réactions lentes mais puissantes — qui se régu-
lerait lui-même périodiquement ? Cet organisme éventuel, ils l'avaient nommé Gaïa, l'hypothèse Gaïa. Il était encore ressorti de ce
colloque que nous étions finalement, nous
autres Occidentaux, la seule culture sur cette
terre à avoir négligé de considérer notre mère
porteuse comme un être vivant à part entière,
avec sa volonté et ses desseins propres et que
nous n'avions eu de cesse de nous introniser
nous-mêmes les seuls « décideurs » du destin
planétaire. Les très vieilles civilisations indienne et chinoise, beaucoup plus anciennes et
complexes que la nôtre, avaient pourtant ensei-
gné qu'il nous fallait rester attentifs aux éventuelles réactions physiologiques de Gaïa — sous
peine de nous faire expulser de sa surface. Et si
l'on suivait cette hypothèse Gaïa, il ne paraissait
pas totalement fou d'imaginer que cette déesse
nourricière, trop longtemps malmenée, pouvait
se rappeler à nous sous forme de quelques soubresauts avertisseurs.

Il restait cependant à craindre que notre
aveuglement rationnel nous empêchât de jamais entendre cet éventuel avertissement et
d'entamer une salutaire, minutieuse et lente
déconstruction de tout le système, une raisonnable décroissance que seules quelques voix
isolées prêchaient désespérément dans le désert et qu'à l'instar des palliatifs à court terme

mis en place ces jours derniers pour rétablir l'équilibre financier, nous nous engouffrions dans une fuite en avant encore plus inconséquente. Il eût été pourtant de l'ordre de la simple précaution, de la plus élémentaire prudence, de se poser la question de savoir si, en dépit de notre arrogante et prométhéenne présomption, cette fameuse récession n'était pas, après tout, une des premières secousses annonciatrices de la grande colère que Gaïa était légitimement en train d'accumuler contre nous et au grondement de laquelle nous préférions demeurer obstinément sourds.

QUATRE JOURNÉES PERPLEXES AU CŒUR DU CONSUMÉRISME SPORTIF

MERCREDI 30 MAI

Un certain malaise

Hier, Roland-Garros avait, sous le soleil, retrouvé toute son effervescence habituelle. Tandis que je me frayais un passage jusqu'à la tribune de presse en coupant les interminables files d'attente qui stationnaient devant les courts annexes, cherchant vainement parmi ces gens impatients et tendus un visage souriant et ressentant — par empathie — cette crispation de ceux qui se sentent exclus de l'*événement*, je ne pus m'empêcher de faire défiler sur l'écran de ma mémoire les nombreuses files d'attente semblables aperçues dans mes voyages dans les pays de l'Est, du temps de l'ère soviétique, puis toutes celles, devant les musées nationaux, qui m'avaient découragé de visiter des expositions, celles encore des remonte-pentes dans les stations de ski, ou encore celles des salons littéraires devant le stand d'un auteur à succès, celles enfin des automobiles au péage, les quelques fois où je m'étais fait piéger dans un retour de week-end chargé.

Le plus saisissant, pour moi, à ces occasions, demeure l'expression des visages : celle d'un fatalisme résigné, morose, vaguement inquiet. À vrai dire, je crois y voir le symptôme du malaise majeur de notre temps : le paradoxe de ce qu'on pourrait peut-être nommer l'*individualisme de masse* ; celui d'une civilisation qui, tout en proclamant haut et fort les droits de l'individu, n'a de cesse de massifier les populations.

Il me semble que cette schizophrénie collective prend toute son ampleur avec le développement forcené du star-system. À Roland-Garros nous sommes au cœur même de cette ambivalence, de cette dichotomie latente. Les fameuses *olas*, par exemple, qui, comme hier durant le match de Gaël Monfils contre Olivier Rochus, soulèvent sporadiquement le stade dans un ultime sursaut collectif de droit à l'existence des spectateurs condamnés à la passivité pendant plusieurs heures, ne sont-elles pas le signe patent de cet embrigadement des foules modernes ?

J'ai repensé encore à la prise en main par une sorte de moniteur (on dit paraît-il : « un chauffeur de salles ») des petits groupes de spectateurs invités sur le plateau dans les quelques émissions télévisées auxquelles j'ai été convié, le dit « chauffeur » leur enjoignant de bien applaudir et rire à son signal en leur faisant répéter le scénario plusieurs fois avant le début de l'émission.

Pour illustrer mon propos, je raconterai cette anecdote vécue il y a quelques années sur les gradins de Roland-Garros. J'étais venu assister à la finale du championnat de Paris seconde série, laquelle opposait — le niveau français moyen, au tennis, étant sans doute, avec celui des États-Unis, le meilleur au monde — deux extraordinaires joueurs amateurs qui nous offrirent un match de toute beauté. Juste au-dessus de moi étaient assis le président et le vice-président de la FFT d'alors. Comme le match touchait à sa fin et qu'ils se concertaient tous deux pour la remise de la coupe, j'entendis l'un d'eux demander à l'autre : « Et qu'est-ce qu'on fait pour le champagne ? », tandis que l'interrogé répondait : « Oublie, oublie ! » Ce championnat précédant Roland-Garros de quelques jours, j'eus l'occasion de constater, par la suite, que durant les quinze jours du tournoi phare — prestige oblige ! — le champagne coula littéralement à flots dans le stand de la fédération.

Il serait facile d'accumuler les exemples de ce type, nos yeux demeurant rivés — captés plus exactement, à l'instar des enfants devant leurs écrans — sur les performances télévisées des stars, au mépris de celles des modestes amateurs qui sont pourtant le support véritable de l'entité sportive. J'ai tendance à penser qu'un monde qui en use ainsi, un monde où les dits « amateurs de sport », pour ne parler que d'eux, préfèrent, par une journée ensoleillée, demeurer captivés par un match qui se déroule sur leur écran aux antipodes alors que l'équipe de leur club local est en train de s'escrimer dehors, à trois pas de chez eux, devant un public composé de quelques rares supporters, de quelques chiens et chats compatissants et peut-être aussi de quelques pigeons déments, ne peut être qu'un monde gravement malade.

Tout cela pour dire qu'en ce qui me concerne, en dépit du plaisir que je peux ressentir à voir glisser cette mythique balle jaune entre les raquettes, sur la terre battue si bien entretenue de Roland-Garros, lancée et relancée avec une aisance et une grâce consommées par ces virtuoses que sont les bêtes de court professionnelles, je ne puis m'empêcher d'être gagné par des sentiments mêlés : entre fascination et extrême scepticisme.

Reprenant mon vélo, hier soir, et longeant les grilles de Roland-Garros, je parvins à la partie des jardins où demeurent des courts de location municipaux et mon attention fut attirée par les éclats de rire et les exclamations joyeuses de deux jeunes joueurs en train de se renvoyer la balle assez maladroitement. Je pris conscience que cela faisait plusieurs heures que je n'avais entendu ni entrevu quiconque rire sur un court de tennis !

Ce n'est donc pas parce qu'on le prend trop au sérieux que le sport se dégrade, mais parce qu'on le banalise. Le pouvoir du jeu vient de ce que l'on confère de l'importance à une activité qui n'en a apparemment pas. Lorsqu'ils se soumettent sans réserve aux règles et aux conventions, les joueurs — et les spectateurs aussi — coopèrent pour créer une illusion de la réalité. Alors, le jeu devient une représentation de la vie dans laquelle chaque participant endosse un rôle comme au théâtre. À notre époque, ces activités sont

en train de perdre leur caractère d'illusion, particuliè-
rement dans le domaine des sports. L'imagination et
la fantaisie mettent nos contemporains mal à l'aise, et
il semble que nous soyons résolus à détruire les inno-
cents plaisirs de remplacement qui, jadis, charmaient
et consolaient. Dans le cas du sport, joueurs, promo-
teurs, spectateurs, tous s'acharnent contre l'illusion.
Les premiers nient le sérieux du sport ; ils veulent être
considérés comme des gens qui distraient le public (en
partie pour justifier leurs salaires considérables). Les
promoteurs encouragent le public à devenir fanatique,
même dans les sports comme le tennis, où tradition-
nellement régnait une certaine tenue. La télévision a
créé une nouvelle catégorie de spectateurs et trans-
formé ceux qui assistent à la rencontre en partici-
pants, qui cherchent à se mettre dans le champ de la
caméra et à attirer l'attention en gesticulant ou en
agitant des drapeaux. Parfois, les plus passionnés se
manifestent de manière plus agressive en envahissant
le terrain ou en saccageant le stade après la victoire
— ou la défaite — de leur équipe favorite.

CHRISTOPHER LASCH,
La Culture du narcissisme[1]

---

1. Traduit de l'anglais par Michel L. Landa, Paris, Éditions Climats, 2000.

Espèce en voie de disparition

Mats Wilander, après s'être attristé hier dans *L'Équipe* de la défaite de Fabrice Santoro dont il dit que le regarder jouer a toujours été pour lui un enchantement et que son jeu représentait l'essence même du tennis, déclare :

Quel espace reste-t-il [sous entendu dans le jeu moderne], à la finesse, à la tactique, à la manœuvre, à la réflexion, à la jubilation d'un point bien construit, au plaisir de se sortir d'une situation compromise grâce à ses neurones, bref, à tout ce qui fait la beauté du tennis ? C'est une évolution qui m'inquiète pour l'avenir de ce sport, car elle est dangereuse.

Oui, pour moi aussi Santoro a représenté l'une des grandes consolations de ces dernières années devant le spectacle du tennis robotisé et, à la suite de Wilander encore, je crains, hélas, que ce type de joueur ne soit plus qu'une espèce en voie de disparition.

À ce sujet j'aimerais raconter ceci : il y eut dans le passé, au jeu d'échecs, un grand maître nommé Mikhaïl Tal qui ne fut qu'une seule fois champion du monde. Il fut pourtant considéré pendant trente ans comme le meilleur joueur en activité, *le meilleur mais pas le plus fort* (si l'on veut bien me suivre et je sais d'expérience qu'il n'est pas certain qu'on le veuille…) ! En fait, l'explication tenait au style de jeu de Tal, lequel forçait l'admiration par son inventivité, sa grâce esthétique et son utopisme enthousiasmant. On admirait davantage certaines défaites de Tal que les victoires de ses adversaires car, bien souvent, il échouait tout près du but mais après avoir imaginé des combinaisons si merveilleuses qu'elles coupaient le souffle tout en ouvrant les pistes du rêve échiquéen infini.

Parallèlement, Tal fut victime (c'était au temps de l'ex-URSS) d'une vaste campagne de dénigrement de son style de jeu au profit de celui de son rival Botvinnik qui, lui, tel un bulldozer mathématiquement programmé, faisait prévaloir un jeu systématique sans faille, à l'image de l'ingénieur des travaux publics qu'il était dans le civil — parfait prototype de l'idéal soviétique s'il en était. Face à cet idéal glacé, Tal représentait l'insupportable défi de l'élégance et de la fantaisie, tant honnies par le système.

Je crois que nous en sommes un peu là dans le tennis d'aujourd'hui car, par un autre biais, celui du consumérisme industriel utilitariste, nous sommes rejoints par un conformisme tout aussi intransigeant que celui de l'ancien régime soviétique et ce n'est sans doute pas un hasard si Santoro — meilleur joueur de double français à l'époque — fut écarté de l'équipe de Coupe Davis. Je suppose que son style, aussi bien existentiel que tennistique, déroutait trop les apparatchiks de la FFT.

Ce petit préambule pour en arriver au plaisir que j'ai pris, hier, en fin d'après-midi, sur le bord du court n° 7, à contempler le prodigieux enchaînement service-volée de l'Espagnol Navarro Pastor (107 mondial).

Véritable pur-sang racé, souple et élégant, ce joueur qui s'élance vers le filet aussitôt qu'il le peut et réussit des amortis de volée (pour moi, on le devine, le comble du toucher de balle au tennis!) absolument miraculeux, représente non seulement un anachronisme dans le pays des spécialistes de la terre battue (dont on dit qu'ils ne viennent au filet que pour se serrer la main en fin de match!) mais encore une sorte d'héroïsme obsolète dont ses compatriotes doivent sourire en secouant la tête avec compassion et en pointant leur index sur la tempe.

Toujours est-il que je n'avais pas revu un enchaînement service-volée aussi accompli depuis Stefan Edberg, avec cet atout supplémentaire qu'à la manière des grands Australiens des années soixante-dix, Navarro Pastor peut suivre dans la foulée sa balle de premier service frappée à plat (les grands volleyeurs suivant en général ce que l'on appelle une première-seconde plus ou moins liftée). Il faut dire que ce joueur réussit aussi un nombre impressionnant d'aces (hier il en a même placé, à la manière des tireurs d'élite, trois de suite dans la même marque, sur la ligne du centre).

Par malheur, il était opposé hier au type même du joueur qui lui est antinomique, le solide et pragmatique David Nalbandian, dont on dit qu'il est le meilleur relanceur des circuits de terre battue et malgré les coups d'éclat de notre héros un tantinet romantique (fort beau garçon au demeurant), ce que j'appelle « l'implacabilité des statistiques » ne pouvait jouer, à la longue, qu'en faveur du frappeur-moulineur campé (embusqué devrais-je dire) sur sa ligne de fond et déterminé à trouer de part en part sans le moindre état d'âme le souple animal de volée venu inconsidérément le narguer au filet jusqu'à la limite de la décence. Ce match, pourtant relativement tendu (7/5 6/4 6/4) fut l'occasion pour moi de m'évader pendant deux bonnes heures du carcan du style en faveur actuellement — celui que j'appelle le ping-pong debout sur la table, cette sorte de bras de fer aux réflexes, *gauche-droite-gauche-droite*, sans la moindre émotion.

Il me semble que les ultimes poètes du tennis — je ne veux pas parler bien entendu, ne vous y trompez pas, de Joachim Gasquet, l'auteur provençal, un peu oublié aujourd'hui, de *La Volupté dans la douleur*, qui ignorait tout du tennis, mais des derniers adeptes du beau geste dans le maniement de la raquette — les ultimes esthètes du tennis, disais-je, devraient élever une statue à Navarro Pastor, le dernier des Mohicans en terre ibérique.

Et pour ce qui est de notre propre paroisse, saluons avec révérence et émotion ce qui fut peut-être, il y a deux jours — puisqu'il l'a lui-même laissé entendre à la sortie du court —, l'ultime prestation de notre dernier prestidigitateur de la petite balle jaune, l'étonnant et, par les temps qui courent, improbable Fabrice Santoro.

Les camps d'enfants boxeurs

Ce grand escogriffe, à l'attitude fataliste très slave sur les coups manqués et au coup droit littéralement dévastateur, d'Igor Andreev m'a vraiment stupéfié hier après-midi sur le Suzanne-Lenglen. Je n'avais même jamais imaginé qu'on puisse jouer ainsi de manière continue, car ce coup droit à la fois ultra-lifté et frappé très fort demande — du moins pour le commun des mortels — une énergie extraordinaire tandis que l'impassible Igor semblait l'exécuter avec une régularité et une facilité que je ne m'explique pas.

Je me suis encore demandé, au spectacle de l'impuissance de l'excellent joueur qui lui était opposé, Marcos Baghdatis, 16e mondial, comment on pouvait bien s'y prendre pour calmer et contrer ce jeu-là, et c'est pourquoi j'attends avec impatience le tour suivant où il sera opposé au bouillant et entreprenant Djokovic.

Une fois de plus, je souscris à l'opinion de Mats Wilander (lui-même apparemment sidéré) sur le sujet, dans son billet d'aujourd'hui.

Cependant, il n'y a pas, dans l'arsenal d'Andreev, que le coup droit qui surprenne mais aussi son service, lui-même ultra-lifté et chassant vers l'extérieur, qui déporte le relanceur vers les tribunes de côté, ouvrant alors au serveur tout l'espace du court, puis encore, lorsque lui vient l'inspiration de casser la cadence, ce revers extrêmement slicé qui s'aplatit au sol après le rebond, ainsi que, pour finir, ce toucher et ce tempo étonnant quant aux amortis — atout rarissime de la part d'un cogneur de fond de court.

Disons en tout cas que le style inusité de ce joueur m'a agréablement extirpé de la demi-léthargie dans laquelle je m'étais laissé glisser à la faveur d'un tour de stade où j'avais vainement tenté jusqu'ici de dénicher une quelconque manifestation d'originalité stylistique parmi les différents juniors ou bien encore parmi les joueurs de double et de double-mixte de toutes nationalités actuellement en lice.

L'une des raisons de ce conformisme débilitant est, ici comme ailleurs, le poids du consumérisme — cette obligation de « performer » et de glaner à tout prix des résultats — auquel sont soumis (plus que les autres) les représentants sportifs dans un monde dominé par l'argent. En effet, j'ai pu constater ces derniers temps qu'aucun joueur professionnel n'est en mesure d'innover sur le plan technique, pour la simple et bonne raison que les contrats s'enchaînant aux contrats et les agents étant impatients de récolter leur manne financière, aucun d'entre eux ne prend jamais le temps de s'entraîner un peu spécifiquement en vue d'un tournoi en tentant notamment de perfectionner un coup particulier ou de s'acclimater un tant soit peu à la nouvelle surface proposée.

Qui sait ce que donnerait un Federer à Roland-Garros s'il prenait ne serait-ce que deux semaines pour s'entraîner sur terre battue avant le tournoi ? Car, entendons-nous bien, jouer des tournois sur cette surface n'équivaut en rien à un entraînement qu'on pourrait dire de recherche, autrement dit à la recherche d'une tactique ou d'un coup nouveau.

Il suffit de lire le livre que vient de publier notre ancienne n° 1, Catherine Tanvier, intitulé *Déclassée, de Roland-Garros au RMI*, pour se convaincre de l'aspect monstrueux et inhumain du show-business sportif qui s'est développé ces dernières années dans et autour des stades et que si peu de journalistes ont le courage de dénoncer pour la simple raison qu'ils participent amplement de ce système lucratif. Un show-business sans le moindre état d'âme et qui n'a rien à envier à la pratique des sergents recruteurs du football parcourant certaines régions d'Afrique pour faire miroiter une vie meilleure aux enfants doués qui jouent pieds nus sur la terre craquelée de la place de leur village — omettant soigneusement, bien entendu, de leur expliquer qu'il y a extrêmement peu d'élus pour une multitude d'appelés. Pratique qui aboutit, on le sait, à ces légions de laissés-pour-compte du sport ou autres Star Academy qui ensuite — après avoir tant rêvé de gloire — ne savent plus se réadapter à une vie normale. Cet aspect navrant de notre société du spectacle culmine, me semble-t-il, avec ce reportage courageusement diffusé l'autre soir par « Envoyé spécial » sur les camps d'entraînement pour enfants boxeurs de je ne sais plus quel pays asiatique. On y voit des enfants de cinq ans subir un entraînement de type marines américains pour être ensuite propulsés dans des combats en principe interdits mais en réalité tolérés sur les places des villages, où des foules hurlantes et hystériques parient des sommes folles sur le résultat d'un match sans concession livré par deux gamins de moins de dix ans terminant épuisés et en sang.

Sous des dehors plus raffinés et moins extérieurement visibles, je crois que nous n'avons rien à leur envier avec nos diverses académies pour enfants doués, la seule différence étant celle d'un dommage plus intériorisé mais sans doute pas moins douloureux, ce dont témoigne excellemment le livre de notre ancienne idole des années quatre-vingt, Cathy Tanvier, qui a subi et si mal vécu cet embrigadement. (En attendant celui d'une autre de nos anciennes championnes, Isabelle Demongeot, qui, fatalement, rendra compte, même si c'est de façon indirecte, de cette aliénation de l'âme enfantine perpétrée par les nouveaux maquignons du *panem et circenses* moderne.)

Le dormeur dans la foule

Alors qu'à mon habitude pendant toute la quinzaine de Roland-Garros, j'étais assis dans la tribune de presse à côté de mon ami Gianni Clerici et que tous deux, à la fois admiratifs devant la démonstration d'invincibilité de ce singulier champion qu'est Rafael Nadal (qui ne fait jamais de fautes directes, le bougre !) mais aussi un peu consternés de devoir être frustrés pour la troisième fois consécutive d'une finale digne de ce nom dans le grand tournoi de l'année sur terre battue, et que, pour nous distraire de ce petit désastre esthétique, nous commentions en riant du mieux que nous le pouvions (Gianni a été sacré maître d'ironie par l'université de Bologne) les attitudes et les gestes des « personnalités » dans la tribune officielle à notre gauche — le sourire « universel » de Jean-François Copé derrière ses imposantes et sans doute coûteuses lunettes de soleil, Roselyne Bachelot sortant son miroir de poche pour constater comment lui seyait le chapeau de soleil officiel, Delanoë en grande discussion avec

Christian Bîmes (s'entendaient-ils sur le projet d'extension du stade ?), Bernard Laporte l'air ravi et un peu incrédule (on le serait à moins dans sa situation), Bilalian toujours bien propre sur lui et Luc Ferry arborant comme à son habitude une de ses vestes ultra-colorées qui lui allouent visiblement la grande satisfaction qu'il a à être lui-même —, le pauvre Roger (Gianni murmurait sur chaque passing du taureau espagnol : « Poverino Federer ! ») tentait de faire face au cyclone musculaire ibérique en revenant à 3/3 dans le second sur deux amorties de volée de toute beauté — réveillant pour un bref instant le stade de son apathie désenchantée, la foule se mettant à applaudir à tout rompre, à vrai dire désespérément... Oui, donc, pendant que tous ces mini-événements avaient lieu dans le stade sur-bondé et, on le sentait, tout de même un peu contrit de devoir entériner cette littérale correction infligée au numéro 1 mondial, je remarquai, au milieu de la masse des gens, comme je m'amuse à le faire à l'occasion de tous les grands rassemblements (que ce soit dans un concert, une conférence, un grand match sportif ou une fête de rue), *un homme profondément assoupi !*

Fasciné par ce spectacle, je pensais qu'il y avait là, comme toujours, un subtil contrepoint à l'hystérie des masses populaires. Comme si la réalité voulait nous rappeler ainsi, avec humour et philosophie, à l'ordre véritable des choses, nous signifier à quel point toute cette effervescence n'était qu'un jeu baroque, un brin d'écume surfant sur la déferlante du temps, péripétie éphémère d'un songe plus vaste et dont il était toujours possible, après tout, de s'abstraire discrètement. Puis j'imaginais encore (que ne suis-je capable de fantasmer lorsque je suis contrarié ?) que, plus ironiquement peut-être, il était possible aussi que cet homme endormi soit en train de rêver qu'enfin il assistait à une vraie finale de Roland-Garros, à un match superbe en cinq sets acharnés où l'élégance et le talent finissaient par l'emporter sur la seule rage de vaincre et l'efficacité à tout prix ; ou bien même (pourquoi pas ?) que par empathie pour le *poverino Federer,* ce somnambule inspiré ait jugé que la seule chose à faire (ne dit-on pas qu'un certain nombre d'individus ont cette faculté de s'endormir instantanément devant les avanies de l'existence ?) était de sombrer dans le sommeil pour s'évanouir à la cuisante effectivité des faits.

Ces réflexions un peu débridées (on se distrait comme on peut quand on s'ennuie) m'amenèrent encore à relier le spectacle qu'offrent désormais beaucoup de matchs de tennis (dont les échanges mécaniques de fond de court font penser à des schémas formatés à l'avance et dont Gianni m'avait appris quelques jours auparavant qu'en Italie on les nommait joliment : *rallyes-video-games*) à ce fait divers annoncé dans les actualités d'avant-hier et concernant ce Japonais précisément dingue de jeux vidéo qui, à Tokyo, venait de massacrer une quinzaine de personnes (apparemment de façon *symbolique* devant le temple du vidéo-game de la capitale nipponne) et avait déclaré aux policiers qu'il avait tenté ainsi de « s'éveiller », de s'extirper radicalement de son univers virtuel.

Je souhaitais alors que l'homme assoupi de la tribune à quelques mètres de moi s'éveille plus pacifiquement et tant qu'à faire (la prudence n'étant pas la moindre de mes qualités), je quittai les tribunes au changement de côté des cinq à zéro dans le troisième set pour Nadal. Comme je saluais Gianni en lui disant « à l'année prochaine », il me répondit avec une expression comique de clown fellinien : « Peut-être, peut-être… si j'arrive, moi aussi, d'ici là à me réveiller de ce drôle de rêve ! »

TROIS GRANDS RÊVEURS ÉVEILLÉS

(Anton Pavlovitch Tchekhov,
Thomas Bernhard, Remy de Gourmont)

L'ambiguïté et la puissance du rêve
chez Anton Pavlovitch

Vers l'âge de quatorze ans je m'ennuyais ferme durant les cours au lycée ; aussi, dès que je le pouvais, je m'arrangeais pour m'esquiver et rejoindre la bibliothèque où, rangée en bon ordre sur les rayons, dans l'édition gris et rouge ornée d'une mouette des Éditeurs français réunis, m'attendait la collection complète des nouvelles de Tchekhov. Je passais là des heures enchantées qui constituèrent mes véritables humanités.

Je crois que ce qui me fascina tant chez Tchekhov, à cette époque, c'est que j'y retrouvais le monde tel que mon intuition enfantine l'avait perçu, en deçà du dogmatisme scolaire et religieux qu'on essayait de m'inculquer à toute force. Je découvrais une légitimité à la contemplation des êtres et des choses dégagée du jugement moral. Ce n'est point l'aspect obsessionnellement « déceptif » des conclusions tchekhoviennes qui me frappa alors mais, à l'inverse, une ferveur poétique « fabuleuse » au sens propre. Il me semble que cette lecture me permit de me protéger à la fois contre l'esprit rationnel cartésien et contre la croyance au merveilleux éthéré cherchant maladroitement à le compenser. Ainsi, je crois avoir perçu d'emblée ce qui a continué de représenter pour moi, au fil du temps, l'essence de la littérature tchekhovienne — laquelle n'apparaît qu'en filigrane du texte et échappe sans doute à la volonté consciente de l'auteur lui-même.

Et après tout, la magie des grands auteurs n'est-elle pas de laisser suffisamment de jeu entre les lignes pour que le réel, glissant au travers du filet conceptuel, surgisse au détour du texte ?

Chez Tchekhov, nous apercevons le monde « comme dans un miroir promené le long du chemin » par un narrateur qui semble se borner à observer froidement et cliniquement les faits, et ce parti pris a le mérite de nous restituer la multiplicité, l'incompréhensibilité et l'étrangeté du monde tel que nous le percevons lorsque nous débarquons dans un pays étranger où nos codes moraux n'ont plus cours. Les descriptions minutieuses qui pointent sans coup férir les « détails définitifs et suffisants » (selon sa propre expression) nous déconcertent, nous plongent dans l'incertitude sous-jacente à la vie réelle, à savoir : quel sens donner aux événements, comment nous repérer dans l'imbroglio des intrigues, quel caractère déterminé attribuer aux gens que nous rencontrons ? Mieux encore, en tant qu'auteur, il nous donne sans cesse l'impression de ne pas contrôler la situation, d'être débordé par ses personnages, de ne pas les comprendre vraiment. À ce sujet, j'aimerais citer ici ce qu'un critique dit de l'art d'un autre grand nouvelliste qui fut, on le sait, grandement influencé par Tchekhov (et qui, notons-le, était également médecin). Pico Iyer dit de Somerset Maugham :

L'un des grands talents de Maugham était de nous donner l'impression que ces personnages lui échappaient et poursuivaient une vie bien à eux. Parfois, il va jusqu'à interrompre l'action au beau milieu afin d'inclure une digression embarrassée concernant sa probable incapacité à pénétrer les motifs de ses propres personnages, ainsi que les tenants et les aboutissants de l'histoire qu'il tente de nous raconter. C'est, bien entendu, un stratagème littéraire — il se récrie habilement de son manque d'habileté et ce faisant il délivre quelque chose qui confère à ses histoires leur rare spontanéité équivoque. Elles hésitent et vacillent au bord de l'abîme que constitue cette secrète fascination de l'être humain pour le désordre[1].

Bien que le style soit beaucoup plus laconique et distancié chez Tchekhov que chez Maugham, on est en droit de penser qu'il fut l'initiateur de cette posture littéraire. Or, je subodorai déjà que l'âme d'Anton Pavlovitch (comme le nomme tendrement son ami Bounine[2]) avait été le théâtre intime d'un conflit

1. Article de la *New York Review of Books*, sur la biographie de Somerset Maugham par Jeffrey Meyers (Alfred A. Knopf, 2004), p. 73, 16, 11.
2. Ivan Bounine, *Tchekhov*, Paris, Éditions du Rocher, 2004.

subconscient jamais résolu entre son don d'observation matérialiste extrêmement acéré, quasi scientifique, et son sentiment métaphysique profond, extrême-oriental, taoïste pour tout dire (Bounine nous dit que la famille Tchekhov révélait des traits nettement mongols) du « cours des choses ». En dépit du positivisme un peu court hérité de ses études médicales et de son attachement indéfectible au diagnostic précis, il subsiste en effet chez lui une perception supérieure de l'antagonisme inéluctable des forces en présence, le yin et le yang s'équilibrant sans cesse. Cette vision ambivalente l'éloigne du lourd moralisme d'un Dostoïevski ou d'un Tolstoï ; plutôt qu'une conception manichéiste, en effet, c'est une observation clinique du monde où il s'agit d'évaluer avec exactitude les interactions qui concourent au surgissement du moindre événement.

Il y a peu de psychologie chez Tchekhov : les choses nous sont décrites de l'extérieur et il nous incombe, à nous lecteurs, de fournir une interprétation, si toutefois nous continuons d'en éprouver le désir, tant il est vrai qu'à la longue, en le lisant, nous commençons de ressentir l'incongruité fondamentale qu'il y a à vouloir pénétrer le sens d'événements aussi inextricablement mêlés. Sans doute ici devons-nous revenir à ce que Bounine nous dit de l'atavisme extrême-oriental de Tchekhov et nous souvenir de cet ancien précepte chinois du tch'an :

Si vous voulez savoir la vérité nue, ne vous souciez pas du vrai et du faux. Le conflit entre le vrai et le faux est la maladie de l'esprit.

Peut-être n'est-il pas inutile de remarquer que la notion tch'an de vérité nue, telle qu'elle est invoquée ici, renvoie à ce que nous nommons aujourd'hui *réalité globale*, par opposition aux multiples vérités particulières et circonstanciées qui la composent. C'est pourquoi je crois qu'on peut dire que Tchekhov a participé à sa manière, bien qu'il s'en défende, à l'esprit philosophique dans l'air de son temps : l'émergence de la « réduction phénoménologique » du monde dont, on le sait, la caractéristique principale est de se limiter à décrire les choses en pratiquant une rigoureuse « suspension de jugement » — suspension de jugement censée permettre aux significations essentielles, en se dégageant de l'interférence de nos désirs, de venir affleurer à la surface de la conscience[1].

Husserl définit ainsi sa méthode :

Comme méthode elle est un effort pour appréhender, à travers des événements et des faits empiriques, des

1. Jean Renoir, dans un documentaire cinématographique célèbre, dévoile sa méthode de travail du texte au théâtre (méthode qu'il nous dit, d'ailleurs, lui avoir été révélée au départ par Michel Simon) : obliger l'acteur à lire à haute voix ce qui est écrit sur le ton le plus neutre possible, gommant tout effet, toute intention et cela aussi longtemps qu'il sera nécessaire au texte pour venir s'imposer de lui-même, pour vivre de sa vie propre — désencombré, en quelque sorte, de la compréhension personnelle de l'interprète.

« essences » c'est-à-dire des significations idéales. Celles-ci sont saisies directement par intuition et à l'occasion d'exemples singuliers, étudiés en détail et d'une manière très concrète.

Que fait d'autre Tchekhov ?

Et si, malgré tout, nous croyons parfois discerner chez lui une sorte de commentaire moral distillé entre les lignes, il semblerait que celui-ci puisse se résumer à ce simple diagnostic : le malheur des hommes provient avant tout de l'incapacité où ils se trouvent de s'adapter aux circonstances réelles, car cette réalité, leur incurable dogmatisme et leur idéalisme impénitent les empêchent de la distinguer.

Tchekhov, pour sa part, décrira le monde avec une drastique objectivité qui ne peut se concevoir sans la pratique d'une ascèse rigoureuse, sans une vigilance permanente contre l'intrusion « dogmatisante » de l'opinion. Réserve qui suscitera d'ailleurs une insatiable curiosité de la part de ses lecteurs, ceux-ci cherchant désespérément à débusquer ses préventions personnelles. Anton Pavlovitch fut en cela un dandy de l'élégance morale puisque, ainsi qu'il appert du témoignage de ses proches, il demeura toute sa vie imperturbablement circonspect au sujet de ses idiosyncrasies. Tchekhov, au travers de cette ascèse, s'efforça, tant dans sa vie privée que dans son œuvre, presque entièrement désencombrée des préjugés de son époque, vers une transparence qui reste exemplaire.

Or, et c'est là un point crucial, il apparaît que l'une des caractéristiques essentielles de sa stratégie fut l'ambiguïté — laquelle, si l'on y songe, reste la façon la plus subtile de désigner le tragique inhérent à l'existence humaine. Mais écoutons ce que Jean-Pierre Vernant dit de l'homme tragique dans l'Antiquité grecque :

... cette logique qui admet que de deux propositions contradictoires, si l'une est vraie, l'autre doit nécessairement être fausse. L'homme tragique apparaît de ce point de vue solidaire d'une autre logique qui n'établit pas une coupure aussi tranchée entre le vrai et le faux : logique de rhéteurs, logique sophistique qui, à l'époque même où s'épanouit la tragédie, fait encore une place à l'ambiguïté, puisqu'elle ne cherche pas, sur les questions qu'elle examine, à démontrer l'absolue validité d'une thèse, mais à construire des « dissoï logoï », des discours doubles, qui, dans leur opposition, se combattent sans se détruire, chacune des deux ennemies pouvant au gré du sophiste et par la puissance de son verbe, l'emporter sur l'autre à son tour[1].

Oui, cette merveilleuse ambiguïté qui, lorsque nous terminons la lecture d'une des nouvelles de Tchekhov — dressés comme nous le sommes depuis l'enfance au sacro-saint principe de la non-contradiction logique —, nous déroute toujours de nouveau. Ne prétendait-il pas qu'après avoir écrit un récit, l'écrivain selon

1. *Mythe et tragédie en Grèce ancienne*, Paris, La Découverte, p. 21 et 22.

ses vœux devrait en biffer le commencement et la fin, puisque c'est là où s'immisce habituellement l'interprétation personnelle, le besoin fatal de convaincre ? Et il faut bien dire qu'avec lui l'histoire s'interrompt presque invariablement de façon abrupte et sur un procès-verbal plutôt sec, nous frustrant de l'habituelle — rassurante — conclusion morale.

Une phrase de Goethe me semble résumer à merveille cette conception philosophique :

Le sens de la vie est dans la vie elle-même.

*

Il nous faut considérer maintenant l'étrange dichotomie résiduelle entre son théâtre et sa prose.

Stanislavski, qui fut le premier interprète du rôle de Trigorine dans *La Mouette*, avoua plus tard qu'il mit très longtemps — même s'il en subissait le charme — à comprendre ce qu'il jouait. Stanislavski, à l'époque, n'avait encore lu aucune des nouvelles et je pense que le théâtre de Tchekhov ne peut être pleinement compris qu'au regard de celles-ci.

Si les pièces de Tchekhov nous entraînent bel et bien toujours vers :

les habitudes craintives et gourmandes des petits fonctionnaires, la nostalgie velléitaire des professions libérales en province, les personnages à lorgnon et à barbiche aux redingotes un peu fripées, les songeries

d'éternels étudiants souffreteux, la mélancolie des pro-
priétés déclinantes et appauvries, celle des change-
ments de garnisons lointaines et les soupirs au fond
des jardins de campagne, les châles noirs de grandes
jeunes filles aux traits tirés, les conversations languis-
santes sur les terrasses des datchas où chacun suit le
fil de ses rêves déçus, les dames au regard triste prome-
nant leur petit chien le long des quais moroses[1]

et que nous y retrouvons les ingrédients récurrents de son atmosphère : le regret nostalgique
des chimères, l'analyse ironique et désenchantée de la psychologie d'échec, la démystifica-
tion du sulpicianisme populiste, l'absurdité
boursouflée des professions de foi généreuses,
des attentes messianiques et des programmes
révolutionnaires, la moquerie acérée envers les
figures d'icônes de la prose humanitaire et
pour finir cette fatalité d'avortement qui pèse
de façon répétitive sur la plupart des entreprises humaines, bref, la description quasi ento-
mologique d'existences frustrées et plus ou
moins désespérées par les innombrables liens
qui les ligotent à un destin médiocre..., dans
les nouvelles apparaît de surcroît, en contrepoint de tout ceci, un élément fondamental et
sans cesse renouvelé : la description idyllique
des paysages naturels — d'autant plus idyllique,
notons-le, que l'histoire est plus navrante ! Et il
me semble que c'est dans ce point insuffisam-

1. Préface de Claude Frioux pour la Bibliothèque de la
Pléiade.

ment remarqué — substantifique moelle de la création tchekhovienne — que gît la teneur profonde de la vision d'Anton Pavlovitch.

En ce sens, Ivan Bounine, dans son recueil de souvenirs et de commentaires sur celui dont il fut le meilleur ami, a raison d'inclure un choix des passages descriptifs qui lui semblent particulièrement représentatifs de ce qu'il se contente de désigner comme « la fine poésie tchekhovienne ». Mais, à mon sens, il y a plus : c'est ici que ce qu'il faut bien nommer le « romantisme matérialiste d'Anton Pavlovitch » pointe le bout de son nez et que nous commençons de deviner à quel point le précepte de Paul Valéry — qui recommande, lorsqu'une figure se présente sous un aspect trop déterminé, de retourner la carte — est frappé au coin du bon sens, car ce n'est jamais *désespéramment mais désespérément* qu'une œuvre est poursuivie avec un art aussi minutieux et consommé !

On soupçonne alors que non seulement, sous le nihilisme de surface, sous le diagnostic implacablement négatif, s'exhale une douloureuse déception mais qu'en outre, pour qu'aient été déployés tant d'application et de talent pour l'élaborer, s'y dissimule l'élément d'une prescription. Or ce que semble désigner cette sous-jacente proposition tchékhovienne apparaît diamétralement opposé aux moralisations judéo-chrétiennes : ce n'est ni exclusivement en nous-mêmes ni dans une confiance aveugle en la sagesse supérieure d'un être transcendant qu'il nous faut chercher l'éventuel bonheur, mais plutôt dans une fusion panthéiste avec la nature, avec le cosmos ambiant auquel nous relient matériellement, organiquement, nos corps vivants. Ce que le médecin, que n'a jamais cessé d'être Anton Pavlovitch, était payé pour savoir[1].

Kourdioumov, un critique russe de l'époque, a dit :

La philosophie personnelle de Tchekhov le rattachait à son époque avec son rationalisme triomphant et son positivisme. Mais il ne les a pas acceptés jusqu'au bout, il n'a pas pu s'en contenter.

Ce panthéisme romantique, qui se laisse seulement deviner dans les pièces, est surtout sensible dans le déploiement de la splendeur des paysages dans les nouvelles.

Reprenons ici, pour s'en convaincre, quelques extraits des exemples choisis par Bounine :

Au premier moment, Startsev fut stupéfait par ce spectacle qu'il voyait pour la première fois de sa vie et qu'il ne lui arriverait sans doute plus de revoir : un monde qui ne ressemblait à rien d'autre, un monde où le clair de lune était si beau et si doux, à croire qu'il était là dans son berceau, un monde où il n'y avait pas de vie, absolument aucune, mais où dans

---

1. Bien qu'il réclamât rarement ses honoraires.

chaque peuplier noir, dans chaque tombe, on sentait la présence d'un mystère qui promettait une vie paisible, magnifique, éternelle. Des dalles et des fleurs fanées montait, en même temps que la senteur des feuilles d'automne, un parfum de pardon, de tristesse et de paix...

« IONYTCH »

Le jardin était calme, frais, ses ombres noires et paisibles s'allongeaient sur le sol. On entendait quelque part au loin, très loin, peut-être hors la ville, coasser des grenouilles. Cela sentait le mois de mai, le cher mois de mai ! On respirait à plein poumons et l'on se plaisait à penser que quelque part ailleurs qu'ici, sous le ciel, au-dessus des arbres, loin au-delà de la ville, dans les champs et les bois, s'épanouissait une vie printanière qui était à elle seule mystérieuse, magnifique, riche et sainte, hors de portée d'un faible pécheur tel que l'homme. Et l'on avait envie de pleurer.

« LA FIANCÉE »

Et c'est dans cette permanence des choses, dans cette totale indifférence à l'égard de la vie et de la mort de chacun de nous que réside peut-être le gage de notre salut éternel, du mouvement ininterrompu de la vie sur terre, d'une continuelle perfection. Assis à côté d'une jeune femme qui paraissait si belle dans la clarté de l'aube, apaisé et ravi par la vue de ce tableau féerique : la mer, les montagnes, les nuages, le vaste ciel, Gourov songeait qu'au fond, à bien y réfléchir, tout est beau ici-bas, tout, excepté ce que nous

pensons et faisons quand nous oublions les buts su-
blimes de l'existence et notre dignité d'homme.

« LA DAME AU PETIT CHIEN »

*

Shakespeare, on le sait, a formulé cette fameuse sentence sur l'étoffe fantasmatique dont nous sommes intimement tramés et que le sommeil délimite, Proust a parlé du rêve qui environne l'îlot de notre conscience diurne comme un océan mystérieux, Kant, beaucoup plus méthodiquement, a démontré qu'il était impossible au moyen d'arguments logiques de nous représenter à nous-mêmes si nous étions en état de veille ou de sommeil. À sa suite, de nombreux philosophes ont souligné que le problème de la perception du réel coïncidait avec celui de *l'intentionnalité* préalable à toute saisie par les sens et qu'en conséquence se dégageait inéluctablement de cet examen une incertitude fondamentale tout onirique.

Si ce que je crois, concernant la participation inconsciente de Tchekhov à la réduction phénoménologique (qui était l'*éidolon* réflexif flottant dans l'air de l'époque), a quelque pertinence, il n'est alors pas étonnant qu'un écrivain épris de précision comme il l'était ait mesuré les limites d'une description uniquement extérieure des phénomènes et qu'il ait senti l'importance du rendu onirique dans l'effort vers un réalisme plus complet. C'est sans doute en cela qu'il est un grand novateur en littérature, car il a introduit ce que ses contemporains ont désigné par « ce léger brouillard poétique qui lui est propre » et qui est, selon moi, la part du rêve dans notre appréhension habituelle du monde. Écoutons ce que nous dit V. Ermilov[1] — un critique de l'époque — à propos de la dramaturgie tchekhovienne :

... Tchekhov considère que le théâtre doit représenter la vie quotidienne des gens ordinaires, mais la représenter d'une façon telle que tout ce quotidien soit éclairé par la lumière intérieure de la poésie, par celle d'un grand thème, pour que derrière la réalité directe, il y ait encore un courant sous-marin.

C'est ce « courant sous-marin » qui fait la force réaliste inégalable de la création littéraire d'Anton Pavlovitch.

Dans la nouvelle intitulée « Beautés », le narrateur raconte deux anecdotes espacées dans le temps où la rencontre de la perfection physique féminine plonge les spectateurs occasionnels dans un état à la fois de puissante tristesse nostalgique et de compassion universelle. Dans *La Steppe*, l'apparition en pleine nuit de l'homme au sourire angélique, tout de blanc vêtu, un oiseau blanc à la main, exultant de ses amours comblées, venu partager le trop-plein de son bonheur au bivouac, avec les rouliers, les entraînant dans un songe mélancolique

---

1. Cité dans l'introduction d'Elsa Triolet au théâtre de Tchekhov, dans l'édition des Éditeurs français réunis, 1954.

d'empathie fraternelle, nous fait penser qu'il y a — plus étrangement encore — comme un relent de platonisme dans l'œuvre de Tchekhov, car ces apparitions merveilleuses évoquent l'anamnèse d'un état idéal antérieur à la déchéance de l'humanité telle qu'il la stigmatise d'autre part. Dans ces multiples évocations fugitives, nous touchons à un sentiment indéterminé et vague mais tenace (repris comme un leitmotiv au final de la plupart des pièces) : l'espoir d'un monde possible moins livré à la déréliction des passions médiocres.

C'est alors que nous revient en mémoire cette maxime littéraire un jour prononcée devant Bounine et reprise plus tard dans l'une des répliques de *La Mouette*, laquelle pourrait bien représenter la quintessence de l'art ambigu d'Anton Pavlovitch[1] :

> *Il faut montrer la vie non telle qu'elle est, ni telle qu'elle doit être, mais telle qu'elle nous apparaît en rêve.*

---

1. Cette maxime est aussi mise en exergue dans le très beau livre de Roger Grenier sur Tchekhov, intitulé *Regardez la neige qui tombe*, Paris, Gallimard, coll. Folio, 1997.

Le marionnettiste
nostalgique

Onze commentaires sur
l'œuvre de Thomas Bernhard

« *C'est vraiment le littérateur-né, qui
veut par sa parole agiter le public, non en
vue d'une action vraiment réformatrice,
mais pour le plaisir du mouvement, pour
l'effet produit sans s'y engager.* »

KARL JASPERS à propos de Strindberg

1) Chaque fois que je me laisse à nouveau ensorceler par les larges circonlocutions redondantes et obsessionnelles de la prose de Thomas
Bernhard, par l'envoûtement de son discours catastrophiste, une image finit par s'imposer à
moi : celle d'être insidieusement (à l'insu de ma
volonté, ainsi qu'en un rêve…) projeté parmi les
personnages mis en scène et manipulé, comme
eux, par un habile marionnettiste nous prêtant
de brillants discours sardoniques, d'une logique
toujours à la limite du délire mais imparable.

Thomas Bernhard s'est semble-t-il toujours
étonné qu'on le prenne, au bout du compte,
tellement au sérieux, lui qui ne se considérait
pas du tout comme le sombre moraliste que le
public a voulu voir en lui. Il semblerait qu'il eût

préféré pour sa part être accueilli comme l'artiste de cirque, le jongleur et l'illusionniste verbal qu'il ambitionnait d'être — un *baladin du monde occidental* en quelque sorte, dont les saillies et les plaisanteries apparemment gratuites auraient, sans y paraître de prime abord, pu confiner au sublime.

2) S'il est un parallèle éclairant à établir (ainsi qu'il le suggère lui-même à de multiples reprises et tout spécialement dans son livre *Des arbres à abattre*), c'est bien avec son grand frère tutélaire August Strindberg, autre grand vitupérateur exacerbé qui semble lui-même avoir construit, du moins en partie, son œuvre théâtrale pour résister filialement à l'influence majeure de la pensée d'Ibsen — qui lui-même avait construit son œuvre sous l'effet du mépris que lui inspirait la petite bourgeoisie étriquée de son bourg natal de Skien. Et qu'apercevons-nous donc alors, en filigrane de cette triple filiation véhémente, mouvementée et réactive, si ce n'est une véritable révolte mal assumée et plus ou moins inconsciente vis-à-vis du puritanisme latent dans les pays nordiques et métastasée, si je puis dire, dans le catholicisme collet monté de l'Autriche prénazie ?

S'il reste cependant une autre ombre tutélaire planant sur cette triade de tendres dépités cherchant désespérément à échapper à l'austérité éducationnelle de leur enfance, c'est bien aussi celle de l'autre grand contempteur de la morale victorienne — si proche de la scandinave — régnant alors en maître sur le reste de l'Europe, à savoir Friedrich Nietzsche — le turbulent et rebelle fils du pasteur piétiste — dont il n'est pas incongru de remarquer que Strindberg fut l'un des tout premiers à reconnaître le génie.

Remontant dans un passé plus lointain encore, la parenté avec Montaigne et Érasme (le génial louangeur sarcastique de *la sainte folie universelle*) s'impose d'elle-même.

3) Si Ibsen n'employa pour sa part que les moyens d'une sage controverse bien logique exercée contre la morale traditionnelle, Strindberg et, à sa suite, Bernhard passèrent à la raillerie indirecte, l'autodérision accablante, la mauvaise foi accusatrice, puis à la sombre bouffonnerie tirant parfois jusqu'au délire macabre — méthodes instinctives et irrationnelles autrement déstabilisantes pour les préjugés enracinés de longue date.

Strindberg :

Quelle occupation : être assis à son bureau, à écorcher ses prochains, et puis mettre leur peau en vente, prétendant même la leur faire acheter ! C'était comme lorsqu'un chasseur, en proie à la famine, coupe la queue de son chien, en mange la viande et donne au chien ses propres os, espionner les secrets des gens, révéler la marque de naissance de son meilleur ami, se servir de sa femme comme d'un lopin de vivisection, tout ravager comme un Croate, tuer, souiller, brûler et vendre, quelle horreur !

Interview de Bernhard par André Müller :

Müller : Je m'étonne tout de même que vous soyez si productif alors que vous êtes conscient de l'absurdité de la vie, et vous en vivez. On pourrait presque croire que c'est une malhonnêteté.

Bernhard : Comment peut-on savoir ? Même si c'est une malhonnêteté, ça ne changerait rien à la chose. Le nom qu'on donne à cela, on s'en fiche totalement. On ne sait jamais comment les choses naissent réellement. On s'assied, c'est tout, et c'est un effort qui dépasse presque nos forces en réalité, et puis voilà, un jour, c'est terminé.

Müller : Oui, mais quelle motivation a-t-on pour faire cet effort ? Puisqu'en allant de son lit à sa table de travail, on est assailli par l'idée que rien de toute façon n'a de sens.

Bernhard : C'est que je prends un immense plaisir à écrire. La semaine dernière j'étais à Stuttgart et j'y ai vu un Tchekhov, Les Trois Sœurs, *et je me suis dit ça, ça pourrait être de moi, mais je le ferais beaucoup mieux, beaucoup plus condensé, et tout de suite l'envie m'a repris d'écrire.*

Il est à noter ici que même si Bernhard ressent intuitivement le génie de Tchekhov, et l'affinité qui existe avec sa propre sensibilité, il n'en analyse pas avec justesse la teneur, liée précisément à ces longueurs jugées par lui superfétatoires. En second lieu, il est à noter encore qu'au contact de Tchekhov (le pessimiste déguisé), il ressent subitement une certaine impulsion « positive » de recommencer à créer. Il est donc patent que les natures « désespérées » du type de Bernhard n'ont que très peu d'aperçus intimes sur elles-mêmes et que leur nihilisme de façade n'est qu'une des nombreuses variantes du bovarysme intellectuel dont les dits pessimistes invétérés ne sont pas plus indemnes que les autres.

4) Strindberg et Bernhard se prévalent pareillement d'être des démolisseurs, de joyeux anarchistes incendiaires et amoraux :

Strindberg :

Je suis le destructeur, le démolisseur, l'incendiaire du monde, et quand le monde sera réduit en cendres, je me promènerai, affamé parmi les décombres, joyeux de pouvoir dire : c'est moi qui ai écrit la dernière page de l'histoire du monde, vraiment la dernière.

Bernhard :

Je suis un démolisseur d'histoires, je suis le démolisseur d'histoires type. Dans mes écrits, si une anecdote se dessine, ou si seulement je vois de loin derrière une colline de prose, apparaître le vague contour d'une histoire, je l'abats.

À la vérité, ne devons-nous pas entendre ces déclarations comme des rodomontades, des hâbleries de jeunes garçons meurtris par le jeu souvent cruel de la vie qui ne les a pas épargnés dans leur enfance et devant les nécessités stratégiques de laquelle leur absence de confiance en eux-mêmes, leur trouble rapport jamais vraiment résolu à l'impérieuse sexualité, les a désarmés pour toujours — si ce n'est à récupérer leur dignité bafouée au travers de la déblatération exacerbée et généralisée ?

Pour mieux illustrer ma vision de cette angoisse déguisée chez eux en bravade, me revient le court poème d'André de Richaud :

De quoi a donc peur l'enfant qui chantonne la nuit dans l'obscurité de sa chambre solitaire ? D'ailleurs il n'a plus peur dès qu'on prend garde à lui...

5) On sait que Bernhard a longtemps étudié la musique et de ses textes émane une musicalité particulière : une litanie dont l'envoûtement majeur se situe dans le bon usage récurrent, obsessionnel, de la redondance érigée en tant que rythme majeur et duquel jaillissent les lancinantes et éblouissantes variations sur un même thème. Cette musique répétitive du flux verbal, de la coulée verbale en tant que chant humoristico-lyrique, nous entraîne au plus profond d'une incantation mélancolique, au plus intime d'une humeur amère, nostalgique et désolée devant le train trop prosaïque du monde. L'opéra-bouffe à teneur tragique (si tant est qu'une telle chose puisse exister) vient d'être inauguré sous les auspices de la vieille sensibilité autrichienne si férue depuis toujours d'art lyrique. On pourrait presque dire de lui au ni-

veau stylistique : Thomas Bernhard ou la nostalgie d'un monde en forme de scène lyrique.

6) Il est décidément impossible (ce serait trahir ses vœux) de prendre les opinions de Thomas Bernhard au sérieux : s'il nous charme tant, c'est précisément parce qu'il a commencé par s'ensorceler lui-même avec sa propre prosodie lancinante, laquelle paraît mener une lutte sous-jacente contre l'esprit de lourdeur germanique dont il ne cesse de constater et déplorer jusqu'en lui-même les ravages déjà dénoncés par Nietzsche.

Dans les partis pris excessifs et la mauvaise foi trop appuyée de Bernhard réside une sorte de comique facétieux comparable à celui d'un lutin autrichien surgi des montagnes et apparu à la lisière d'un village bien propret pour se moquer avec une verve éblouissante de la profonde, indéracinable et débilitante cohésion de ses habitants en culottes de peau s'apprêtant à entonner des chants tyroliens.

Ce discours participe de la tautologie autodestructrice : il avance en s'annulant lui-même, prenant soin d'effacer toute trace de son passage. Seul compte l'instant festif de la parole qui ne cesse à la fois de se consacrer et de se résorber dans le même mouvement de va-et-vient presque gratuit. Demeure toutefois le souvenir d'une fête comique du langage, de son flamboiement éphémère autour d'un splendide feu d'artifice rhétorique.

7) Les péroraisons de Bernhard ne cessent de s'adosser au *memento mori*, axe central et interne de toute l'entreprise verbale : il s'agit de construire un futile rempart de mots pour masquer et en même temps défier la réalité de l'inéluctable spectre qui se dresse à l'horizon du décor. Le discours et tous les caprices de sa virtuosité fantaisiste rappellent les vocalises du don Juan de Mozart face à la statue du Commandeur, dont il n'espère aucune clémence. Thomas Bernhard est un don Juan chaste qui ne cesse à la fois de défier et de jouer avec le spectre de l'ultime rigueur incontournable du trépas, instaurant au passage, pour le plaisir, un flirt métaphysique, une complicité amicale enjouée avec le lecteur.

Hofmannsthal a dit :

Chez Mozart tout ce qui est lourd plane et tout ce qui est léger s'appesantit.

8) Paul Valéry a indiqué que lorsque nous avions affaire à quelqu'un qui se présentait à nous de manière trop entière et déterminée, il fallait retourner la carte pour qu'apparaisse la figure véridique. Si nous appliquons ce précepte à Thomas Bernhard, qu'arrive-t-il ? Nous obtenons le portrait d'un grand idéaliste romantique tout simplement déçu par la médiocrité de la vie sociale qui lui incombe et sur laquelle plane l'ombre de la grande période viennoise qui a précédé. On ne saurait trop insister sur cette ambiguïté de la sensibilité ber-

nardhienne qui ne vilipende tant la vie viennoise que parce qu'il a tant rêvé de la vivre telle qu'elle lui a été contée dans son enfance — et telle que n'en subsiste plus qu'une pâle caricature à but touristique — les passages sur sa propension à être un pilier de café et sur la comparaison entre les différents établissements de la capitale (aux pages 113, 114 et 115 du *Neveu de Wittgenstein*) attestent assez cette nostalgie de l'ancienne splendeur de la vie artistique et littéraire viennoise. Oui, à bien y regarder, la motivation profonde de Bernhard, sans doute dissimulée à lui-même, semble bien être la nostalgie indéfectible d'un monde festif, aristocratique, brillant et d'un ludisme musical et superficiel aussi réjouissant que celui qui apparaît dans les films d'Ernst Lubitsch ou de Max Ophüls. On peut se demander sérieusement si Thomas Bernhard n'aurait pas adoré être un personnage de *Lola Montès* ou de *La Ronde*.

9) Thomas Bernhard n'aurait-il pas créé un genre nouveau : le romantisme expressionniste exacerbé ? Et si tel est le cas, son génie rhétorique a porté cette « manière » — déjà présente en germe chez quelques autres auteurs dont il a peu ou prou hérité tels que Karl Kraus, Musil ou Kafka — à sa plus haute incandescence, y ajoutant toutefois cette musique en même temps lancinante, nostalgique et irrésistiblement comique, là où les premiers ne participaient que de la dimension de l'humour autrichien, du witz.

En revanche, il semblerait qu'il y ait un auteur hautement représentatif de la littérature autrichienne auquel, de façon relativement ambivalente encore (révolte filiale à nouveau), Bernhard cherche à s'opposer avec vigueur (tout spécialement dans son roman intitulé *Perturbation* où il pastiche en quelque sorte *Le Château des fous*) et cet auteur est Adalbert Stifter, le conteur et le peintre du bonheur sage et tranquille, de la benoîte stabilité petite-bourgeoise, le défenseur de l'existence restreinte au sein des villages isolés de montagne — existence justifiée par la proximité des précipices où l'on tombe si facilement et des profondes forêts où l'on peut se perdre irrémédiablement... Et notons que Stifter se suicida (lui aussi) assez jeune et contre toute attente, que pour finir, donc, l'attirance des gouffres intimes finit par l'emporter sur la quiétude du refuge douillet ; lézarde secrète dans l'édifice de l'œuvre, que Bernhard ne manqua sans doute pas de remarquer.

Or, dans son fameux discours de réception du prix de littérature de la ville de Brême (peut-être le plus remarquable discours qu'il ait jamais prononcé) *Le froid augmente avec la clarté*, Bernhard exprime nettement sa nostalgie du monde des contes :

Vivre sans contes de fées est plus difficile, c'est pourquoi il est si difficile de vivre au XXe siècle ; d'avancer vers où ? Je ne suis pas, je le sais, sorti d'aucun conte de fées et je n'entrerai dans aucun

conte de fées, voilà déjà un progrès et voilà déjà une
différence entre hier et aujourd'hui.

Avec Bernhard, il semble bien que, pour prendre la mesure de ce qui nous touche si fort dans son œuvre, il faille sans cesse rester attentif à ce qui reste peut-être caché à la conscience même de l'auteur mais qu'une oreille vigilante ne peut manquer de nous faire entendre sous le clinquant des mots. Ludwig Wittgenstein, l'oncle de Paul (l'ami de Thomas dans le livre éponyme), a souvent dit que son œuvre philosophique écrite n'était que la partie visible de l'iceberg de sa pensée, qu'elle ne visait qu'à suggérer l'essentiel, lequel devait rester inexprimé, car trop subtil pour n'être pas détruit par une mise en lumière rationnelle. Cette manière inductive serait-elle donc typiquement viennoise et à tout le moins une preuve de plus de l'appartenance définitive et nostalgique de Bernhard à ce monde qu'il professe de vomir ?

10) Il me semble qu'on peut considérer le théâtre de Thomas Bernhard comme une vision symbolique qui fait de la scène non plus un espace à trois dimensions, mais une sorte d'écran sur lequel le poète fait défiler des rêves et des apparitions tout intérieures, émanations de son moi le plus profond — un théâtre fantasmagorique pour marionnettes intimes, en quelque sorte, et au sein duquel son grand art est de nous entraîner corps et âme pour nous y faire partager son émotion.

11) Pour finir, ne peut-on déceler un élément récurrent derrière la plupart des écrits romanesques ou théâtraux de Thomas Bernhard, un timide abandon revendiqué à la toute simple sentimentalité :

> *Comme c'est bon, de temps à autre, de faire du sentiment, pensai-je...*
>
> *Des arbres à abattre*

> *Nous ne devrions pas craindre de nous laisser emporter de temps à autre par notre sentimentalité, pensai-je, et je me laissai emporter par le Boléro, et le fait est que je m'étais totalement abandonné à ce Boléro et à moi-même et donc à mes sentiments...*
>
> *Des arbres à abattre*

Il me semble que parvenu à ce point nous confinons au trait de caractère primordial qui sous-tend la mentalité bernhardienne à savoir la mélancolie, une mélancolie esthétisante très Mitteleuropa, garante d'un sombre bonheur de délectation morbide tel que savent si bien l'aménager les poètes romantiques[1] (une fois que l'orage de leur exacerbation est subitement retombé et que leur amertume accusatrice s'est muée en simple tristesse ontologique irrémédiable). Alors seulement, après les transes de la

---

1. Ces poètes romantiques qui ont fleuri abondamment dans l'ancien Empire austro-hongrois et dont parle si bien Claudio Magris dans son chef-d'œuvre *Danube* (Paris, Gallimard, coll. Folio, 1990).

fureur et du dépit, vient le moment dégagé des affres de l'enfer social et nous entendons la voix du poète s'élever discrètement :

La mélancolie est un fort bel état d'âme. J'y succombe très volontiers et très aisément. Peu ou pas à la campagne, où je travaille, mais instantanément en ville. À mes yeux, rien de plus beau que Vienne et la mélancolie qui est et a toujours été la mienne à la ville… Ce sont les gens que j'y connais depuis vingt ans, qui sont la mélancolie… Ce sont les rues de Vienne. C'est l'atmosphère de cette ville d'étude, tout naturellement. Ce sont toujours les mêmes phrases que les gens me disent là-bas, probablement les mêmes que je dis à ces gens, l'ensemble conditionne un merveilleux état de mélancolie. Je reste assis durant des heures dans un parc ou un café. Mélancolie. Ce sont les jeunes écrivains qui ne sont plus jeunes, qui appartiennent à mon passé. On remarque soudain : en voilà un qui n'a plus rien d'un jeune homme ; il se donne comme tel — ainsi que je le fais probablement moi-même — mais, pas plus que lui, je ne suis resté jeune. Et cela se renforce avec le temps, mais cela devient fort beau.

Ténèbres

Le bruit des pas sur les âmes mortes

> « *Le génie de la nature te mènera par la
> main en tous pays, te montrera la vie tout
> entière, l'étrange agitation des hommes, tu
> les verras errer, chercher, heurter, presser,
> écarter, arracher, pousser, frotter ; tu ver-
> ras le remue-ménage extravagant de la
> foule humaine, mais ce sera pour toi
> comme si tu regardais la lanterne magi-
> que.* »
>
> JOHANN WOLFGANG GOETHE[1]

Combien de fois n'ai-je pas essayé d'imaginer
Remy de Gourmont, là-haut dans son cinquième étage de la rue des Saints-Pères, vêtu de
sa robe de bure, parmi ses rangées de livres, ses
bibelots, ses tableaux, ses chats, rencogné dans
son fauteuil, fumant ses cigarettes roulées à la
main, ses bésicles sur le nez, son bonnet sur la
tête, écrivant ou méditant dans la solitude, au
cœur de Paris, et rayonnant de son puissant
magnétisme intellectuel sur les quelques centai-

1. Cité par André Maurois, dans *Lecture mon doux plaisir*,
p. 74.

nes d'esprits éclairés de son époque — cette confrérie d'« âmes sensibles » selon l'expression de son cher Stendhal (à laquelle il faut ajouter, bien sûr, la mince poignée de ses thuriféraires d'aujourd'hui).

Il me semble en effet que Gourmont, tant par son style de pensée que par son style de vie, son inlassable érudition, sa permanente curiosité non spécifique (s'intéressant tout autant à la sexualité des insectes qu'à celle des anges ou des satyres, aux faits divers les plus étranges, aux moindres événements du quotidien le plus banal aussi bien qu'aux plus absconses vaticinations des esprits les plus cérébraux), représente le prince de ce que les Anglais nomment les *scholars*, les éternels étudiants, ceux dont la pensée est aussi attentive aux morts qu'aux vivants et qui s'efforcent de relier les uns aux autres, leur accordant une studieuse et bienveillante amitié intemporelle.

Or s'il est une chose merveilleuse avec la littérature, ce sont bien les filiations et les affinités qui, découlant les unes des autres, nous entraînent dans de longues chaînes de connexions.

Je ne fais donc que proposer ici, à l'instar du maître, l'une de ces promenades singulières parmi les libres associations d'esprit provoquées chez moi, au fil du temps, par la lecture régulière de celui que John Cowper Powys nommait, le comparant à Goethe, un « grand anarchiste spirituel ».

Pour commencer, j'ai découvert Gourmont très jeune et, significativement, en même temps que Barbey d'Aurevilly, tous deux par l'intermédiaire de Blaise Cendrars, que je lisais alors avec passion. Celui-ci les désignait, en effet, comme ses deux maîtres littéraires, y ajoutant d'ailleurs Schopenhauer pour la clarté du style proprement dit. Or non seulement on connaît l'importance de ce dernier sur la pensée gourmontienne (tout particulièrement en ce qui touche à la *Physique de l'amour)* mais encore on peut mesurer avec le recul à quel point, s'agissant de Barbey, Gourmont et lui furent des frères spirituels. Ne suffit-il pas de lire l'essai que Gourmont lui a consacré pour savoir qu'il retrouvait en lui une sorte de « normandisme » (selon l'expression du Littré) excédant les seules proximités intellectuelles :

La race dont il sortait est une des moins religieuses de la France, quoiqu'une des plus attachées aux pratiques extérieures et traditionnelles du culte. L'influence du sol, du climat, est ici nettement visible : les Danois demeurés dans leur pays ont incliné, avec les siècles, vers une religiosité sombre, toute repliée dans l'obscurité de leur conscience ; ils portent leur foi en leur cœur comme le paysan portait un serpent dans son giron. Devenue normande, cette race naïve s'est épanouie au scepticisme avec une prudente lenteur. D'une incrédulité intime, elle manifeste une foi publique presque uniquement sociale. Elle tient peu au prône, mais beaucoup à la messe, qui est une fête ; elle aime ses églises et se désintéresse des curés. Ayant construit quelques-unes des plus belles abbayes et cathédrales de France, elle oublia de les pourvoir de moi-

*nes et de chanoines, de rentes et de terres. Bien avant
la révolution, les abbayes étaient désertes. À la mise
en vente des biens du clergé, encore plus que les paysans désintéressés dans la religion, la noblesse acheta,
sans hésitation, sans trouble : les chefs de la race donnaient l'exemple du scepticisme[1].*

Je cite ce passage tout au long parce qu'on y
retrouve concentrés, me semble-t-il, les arcanes
majeurs de l'œuvre gourmontienne et qu'on
réalise ainsi qu'ils se sont toujours enracinés
plus profondément qu'on ne pouvait le croire
dans l'inconscient collectif ancestral : l'élitisme
aristocratique, le paganisme catholique qui s'al-
lie lui-même si subtilement ensuite à l'anar-
chisme conservateur et au scepticisme désinvolte. Il est amusant de noter au passage qu'on
retrouve ces mêmes « caractères sarcastiques
enjoués », si l'on peut dire, chez les autres
grands auteurs normands : Flaubert, Maupas-
sant, Jean Lorrain et Barbey d'Aurevilly.

Pour continuer ce jeu passionnant des filiations et influences réciproques d'auteurs à
auteurs, on s'amuse de constater que Blaise
Cendrars qui révérait Gourmont au point de le
suivre, sans oser l'aborder, dans sa promenade
quotidienne sur les quais de Paris, fut le décou-
vreur et le parrain en littérature d'Henry Miller
qui, lui-même, entre toutes ses inégales qualités, possédait éminemment celle d'être un

1. « Barbey d'Aurevilly », *Promenades littéraires*, Paris, Mercure de France, 1922, p. 260-261.

grand et fin lecteur (*Les Livres de ma vie* demeurant sans doute son meilleur ouvrage). Or Henry Miller fut à son tour le grand promoteur dans le monde anglo-saxon de l'œuvre de celui qu'il faut bien considérer comme le génie tutélaire de la littérature européenne du XXe siècle : John Cowper Powys, et s'il est un auteur qui influença profondément ce dernier, c'est bien Remy de Gourmont. La seule lecture — indispensable aux gourmontiens ! — (qui n'existe, hélas, pour l'instant qu'en version anglaise) de l'essai qu'il lui a consacré dans son ouvrage intitulé *Suspended Judgments* suffit à nous en persuader :

> *Il suffit de lire quelques pages de Remy de Gourmont pour s'apercevoir qu'on se trouve à nouveau dans l'atmosphère ample, spacieuse, souveraine, dégagée et avant tout païenne des grands auteurs de l'antiquité. Le temps écoulé depuis ces âges classiques, les changements de forme dans les manières et les discours, semblent soudain abolis et n'ont plus aucune importance. Tout a ici disparu du ton moderne où se manifestent la conscience de soi, le désir pointilleux de se montrer original et de plaire au plus grand nombre qui gâchent l'attrait de tant d'écrivains vigoureux de notre époque. C'est un peu comme si quelque charmant compagnon de Platon — quelque Athénien sage et joyeux tel Agathon, Phèdre ou Charmide — se relevait de sa tombe dans les flots bleus de la mer Ionienne pour nous parler, sous les tilleuls et les marronniers du Luxembourg, des éternelles ironies de la nature et de l'existence humaine. C'est comme si*

quelque ami philosophe de Catulle ou de Properce re-
venait de longues vacances passées dans les oliveraies
de Sirmio pour se promener sur les rives de la Seine
ou parmi les petites librairies du quartier de l'Odéon.
À la lecture de ce grand critique païen, tous les
brouillards, toutes les vapeurs de la superstition hy-
perboréenne bouffie, comme un épais nuage fétide,
sont chassés de la surface du chaud soleil. Une fois
encore, ce qui est permanent, ce qui est intéressant
dans cette folle et complexe comédie qu'est la vie hu-
maine émerge, en reliefs audacieux et nets.

Artistes, romanciers, poètes, journalistes, occultis-
tes, excentriques, essayistes, scientifiques et même théolo-
giens, tous sont traités avec la curiosité humoristique et
passionnée, imprégnée d'un sens profond de l'im-
mense diversité des possibilités de la vie, que nous as-
socions avec la tradition classique.

Seule la France pouvait permettre l'apparition d'un
auteur de cette nature ; car seule la France, entre toutes
les nations, et seul Paris, entre toutes les villes, dans
notre monde moderne, ont conservé un lien solide avec
le « secret ouvert » des grandes civilisations[1].

C'est à mes yeux une évidence : Gourmont
représente l'une des quintessences de l'esprit
français, ce qui l'apparente non seulement à la
prestigieuse lignée des moralistes français, de
La Rochefoucauld à Anatole France en passant
par Pascal, La Bruyère, Chamfort, Vauvenar-
gues, Voltaire, Diderot et Rivarol, mais lui con-

1. *Suspended Judgments,* New York, American Library Service, 1923. Trad. Judith Coppel.

fère encore une place de choix parmi les auteurs européens qui écrivirent dans un esprit similaire : on l'a souvent comparé à Érasme et on sait l'importance qu'eurent pour lui Leopardi, Schopenhauer et Nietzsche[1].

Cependant, l'un des mérites les plus insignes de Gourmont — lequel atteste assez qu'il est un défenseur extraordinairement subtil du sens commun — est bien ce talent « mercuriel » qu'il possède entre tous de pouvoir pénétrer les spéculations les plus abstruses pour les relier à la pensée plus immédiate et pour tout dire à la simple sagesse. Non seulement son esprit encyclopédique l'a fait s'intéresser (ainsi qu'en témoignent ses fameuses dissociations) aux aspects les plus terre à terre de l'activité humaine mais il était aussi capable de critiquer avec pertinence, doublée souvent d'une raillerie féroce, les penseurs réputés les plus cérébraux. Son essai sur Kant, par exemple (dans le passage « Idées et paysages » de ses *Promenades philosophiques*), est un modèle de critique synthétique corrosive.

Chaque fois que l'on veut appliquer la logique générale à expliquer des faits concrets constatés par nos sens, on tombe dans l'absurde. À quoi est bonne la logique générale ? Peut-être à rien qu'à fausser les intelligences ?

1. Il subsiste pourtant un mystère (sur lequel Thierry Gillyboeuf, le grand spécialiste de Remy de Gourmont, lui-même s'interroge !) : comment se fait-il que Gourmont ne parle jamais de Montaigne à qui tout devrait pourtant le rattacher ? L'a-t-il seulement lu ?

Sera-t-elle, à défaut d'un mètre, un guide, un fil ?
Nullement. Elle ne sert qu'à insinuer dans l'esprit cet
aphorisme absurde : Cela est ainsi, parce que cela doit
être ainsi. Kant ne raisonne pas autrement. C'était
une belle machine à broyer du vent. Songer que cet
homme qui n'eut ni femme, ni maîtresse, qui mourut
vierge, dit-on, qui mena une vie purement mécani-
que, a eu l'audace de disserter sur les mœurs ! Mais
que le titre de son livre est beau : la Métaphysique
des mœurs ! *Ses aphorismes ne le sont pas moins :*

« Ce que nous devons faire, voilà la seule chose
dont nous soyons certains. »

Mais comment peut-on être certain de ce que l'on
doit faire a priori, sans avoir examiné les circonstan-
ces, à mesure qu'elles se présentent. Qu'est-ce que ce
devoir en soi ? Pure théologie[1].

Sa faculté d'abstraction l'a donc naturellement rapproché de cet étonnant et singulier
penseur qu'était son contemporain Jules de
Gaultier, dont il fut l'un des seuls, avec Victor
Segalen et Benjamin Fondane, à sentir l'importance et qu'il salua comme un remarquable
contempteur du conformisme judéo-chrétien
(d'obédience réformiste) à l'honneur dans les
milieux intellectuels de ces années-là, et que
lui-même combattait avec une ardeur non
exempte de pénétrantes réserves. Gourmont
comprit, en effet, toute la valeur de l'étonnante
clé psychique, en tant que moteur de l'activité

1. *Promenades philosophiques*, Paris, Mercure de France, 1913,
p. 130.

humaine, qu'est la notion de *bovarysme* et l'on peut dire que son appréhension sarcastique des élucubrations spéculatives (y compris les siennes propres), ressortit pleinement de cette humoristique et désinvolte façon de contempler l'humaine condition, tant intellectuelle que sensuelle. Il est fort rare qu'au terme d'une quelconque réflexion scientifique ou philosophique, Gourmont ne conclue sur une élégante pirouette de scepticisme dégagé, ce qui m'apparaît comme l'expression du plus élémentaire des principes de précaution — puissent les intellectuels et autres « beaux esprits » de ce XXIe siècle naissant savoir peu ou prou s'en inspirer !

Desmaisons. — Évidemment. L'art, le jeu, l'alcool, la danse, les sports, tout cela est du même ordre. Diviser les plaisirs en plaisirs matériels et plaisirs intellectuels, c'est un amusement scolastique. L'homme est une sensibilité détachée de sa racine, séchée et en voie de périr, comme des fleurs coupées si on ne renouvelle pas l'eau du vase où elles agonisent en ouvrant leur cœur et en répandant le parfum de leur âme.

Delarue. — Ce n'est pas très clair.

Desmaisons. — Mon cher ami, on ne peut pas être clair, quand on fait abstraction de tout le lieu commun. Les hommes parlent avec leur intelligence, je voudrais parler avec ma sensibilité. C'est très difficile. Des roses, des lys, des œillets, des violettes, cela fait des fleurs, très différentes entre elles. Laissez-les sécher et brûlez-les séparément, vous aurez quatre petits tas de cendres pareils d'aspect et à peu près identiques de composition. Les intelligences, ce sont ces petits tas de cendres, leur personnalité, leurs différences. Vouloir tout ramener à l'intelligence, c'est vouloir tout réduire en cendres. Deux mathématiciens qui parlent mathématiques se comprennent très bien : ils sont tout intelligence. Deux amants qui parlent amour ne se comprennent pas du tout : ils sont tout sensibilité.

Delarue. — Cependant les amants qui s'adorent…

Desmaisons. — Ils s'adorent, ils se mêlent, ils rient, pleurent, ou crient ensemble, mais ils ne se comprennent pas. Des sensibilités ne sont pas faites pour se comprendre, mais pour se sentir. Dans les moments où ils se comprennent, ils ne sont plus amants. Dès qu'ils sont amants ils se pénètrent, ils ne se comprennent plus. L'amour aussi fait partie des beaux-arts.

Delarue. — Vous voulez dire que l'art est fait pour être senti et non point compris ?

Desmaisons. — Il me semble. Aussi chaque fois que l'on veut parler de l'art avec son intelligence, on ne dit que des sottises. Vous voyez défiler tous les mots abstraits, tous les lieux communs, tout ce qui est trop connu, ou trop vrai, ou d'une généralisation si banale et si vague que l'auditeur y comprend ce qu'il veut, s'il est complaisant, ou rien du tout, s'il est rétif. Je suis rétif. Je n'aime pas les phrases où des escamoteurs maladroits ont fait semblant de mettre quelque chose : « Ouvrez l'orange, vous y trouverez votre bague. Je l'ouvre, il n'y a rien du tout. Le tour est manqué[1]. »

1. *Dialogue des amateurs sur les choses du temps*, Paris, Mercure de France, 1905-1907, p. 136-138.

Comme on peut le constater, la propension à s'élever dans les plus hautes sphères spéculatives est sans cesse tempérée chez Gourmont par le retour au niveau le plus immédiatement humain, à celui de la vie quotidienne. C'est à cette aune qu'il faut considérer son amitié avec Paul Léautaud, car on peut bien dire que celui-ci fut l'extrême opposé de Jules de Gaultier. D'un côté les plus hautes spéculations abstraites et de l'autre une pratique drastique et décapante du sens commun le moins disposé à se payer de mots et pour qui toute élucubration trop décollée du réel immédiat ou trop éloignée de la simple évidence est l'occasion de sarcasmes et de remises à l'ordre humoristiques des plus caustiques. Or il est avéré qu'une véritable amitié et une admiration réciproque se sont nouées entre eux au fil des ans. Bien que Léautaud ne puisse et ne veuille en rien entrer dans les subtilités de la pensée gourmontienne (*a fortiori* gaultiérenne), il respecte et admire chez lui le style, la concision[1], la clarté et l'ironie permanente. De son côté, Gourmont a inévitablement besoin du regard délibérément et intelligemment terre à terre de Léautaud. Il représente vraisemblablement pour lui un salubre garde-fou contre les envolées trop échevelées de l'esprit abstrait. Il y a dans cette relation

1. Je note ici, en passant, que je ne connais qu'un seul écrivain qu'on puisse comparer à Gourmont sur le plan de la concision expressive, c'est Jorge Luis Borges, et il semblerait — si l'on doit en croire Thierry Gillybœuf — que le second ait beaucoup lu le premier.

une complémentarité exemplaire, un quichottisme latent sans cesse ramené sur le chemin du réalisme par le sancho-pancisme et le diogénisme impénitents du mordant secrétaire du Mercure, qu'il rencontrait presque quotidiennement dans le bureau d'Alfred Vallette.

Gourmont n'aime décidément pas les bêtes, surtout les chiens, qu'il trouve, ce sont ses mots, il nous a expliqué cela bien avant que j'aie ce chien, « bas, serviles, sans noblesse, à cause de leur obéissance, de leur affection, de leur fidélité, etc. ». Rien de nietzschéen en un mot. Hier au soir, Ami [c'est le nom du chien de Léautaud] tournant autour de lui, assis dans mon bureau, il faisait une grimace du diable, s'impatientait sur place, et finalement s'est levé, se dirigeant vers le bureau de Vallette, en murmurant : « Nom de Dieu » entre ses dents[1].

En dépit de l'exagération et de la mauvaise foi patente de Léautaud concernant ce trait (Gourmont aimait les chats et a écrit des pages admirables sur les bêtes), la saillie fait néanmoins mouche au sujet du nietzschéisme et développe en sous main une critique implicite de la pensée abstraite qui mériterait qu'on s'y arrête ; il est hautement probable que Gourmont (à l'instar de Paul Valéry d'ailleurs) savait apprécier ce genre de remise à niveau sur le plan du réel immédiat que Léautaud n'était jamais en reste de prodiguer.

1. Paul Léautaud, *Journal*, 1er avril 1909.

Poursuivant mon exploration, ma « prome-nade » très subjective parmi la constellation gourmontienne, un autre nom s'impose curieu-sement à moi : Byron. Je devine que cette sorte de romantisme actif et pragmatique — on dit que les Anglo-Saxons rêvent les yeux ouverts —, l'incessant aller-retour entre la plus haute spiri-tualité et le trivial le plus immanent (ou le plus imminent), caractérisant la robuste et sportive chasse aux sensations que poursuivait Lord By-ron, fascina le reclus, le faune entravé qu'était Gourmont.

Il se trouve que j'ai découvert récemment qu'un autre de ces écrivains érudits et passeurs, lui aussi plus ou moins tombé dans l'oubli, Frederic Prokosch, qui s'amusa à écrire un faux journal de Byron intitulé *Le Manuscrit de Misso-longhi*, fut, lui aussi, un lecteur et un admira-teur de Remy de Gourmont. Or en relisant ce passage d'un entretien imaginaire de Byron avec deux de ses admirateurs américains dans le livre en question, je m'avise que s'y trouve ré-sumée l'essence même de ce que je considère comme la philosophie gourmontienne impli-cite. Est-ce un hasard ?

Finlay m'a demandé :

— Ne pensez-vous pas, monseigneur, que le poète a des devoirs vis-à-vis de la société ? Si un poète prê-chait la perversité, resterait-il toujours poète ?

— Platon dans son arrogance (ou peut-être était-ce de la trahison plus que de l'arrogance) excluait le poète de la république parfaite, ai-je répondu. Il le

considérait comme un fauteur de troubles, comme une force œuvrant à l'anarchie et à la décadence. Aveugle Platon ! Ne voyait-il donc pas que seule l'anarchie stimulante du poète peut sauver la société, faire en sorte qu'elle ne soit pas étranglée par les dogmatismes et les hommes de science ?

— *Vous haïssez les hommes de science, monseigneur ?* a murmuré Fowke avec une légère grimace.

— *Je ne les aime ni ne les hais. Ils ont fait, c'est évident, certaines choses qui sont bonnes pour nous. Mais dans cinq cents ans, lorsque l'*Homo sapiens *aura cueilli les fruits de la science et que l'esprit individuel aura été étouffé par les dogmatistes, ce sera la fin. Toute raison d'être aura disparu. C'est arrivé à d'autres animaux quand ils ont perdu leur flamme. Cela arrivera à l'homme quand on aura écrasé en lui tout amour de la vie. Il ne désirera plus que la mort, et la race humaine, s'étant multipliée au-delà du raisonnable, se jettera tête baissée dans le suicide.*

— *Vous avez parlé de décadence, monseigneur,* a remarqué Finlay. *Qu'est-ce que la décadence ?*

— *C'est un phénomène naturel comme les prunes qui pourrissent dans un verger. Il y a des vertus dans la décadence, tout comme il y a de la beauté dans un automne. Le poète, dans son indifférence vis-à-vis des dogmatistes et des hommes de science, voit ce qu'eux ne peuvent voir : la source secrète de la vie. Et c'est là ce que j'entends par les mots : « pouvoir de divination du poète ». Nos moralités* zeitgebundene *n'ont aucun rapport avec la vérité ni avec la poésie. Le poète s'adresse à l'Éternité : nos verdicts sociaux ne durent qu'une décennie... et quelle triste, quelle dégradante décennie !*

— Tout cela est très troublant et très contradictoire,
a déclaré tristement Fowke.

J'ai rempli mon verre.

— Oubliez ce que je viens de vous dire, ai-je mar-
monné. Vous serez assez bon pour ne pas le répéter à
Boston, je l'espère. Et maintenant mon cher Finlay,
parlez-moi encore de Herr Goethe. Porte-t-il des
gants ? A-t-il l'habitude de priser ? Ses culottes sont-
elles bien coupées ? Se promène-t-il avec un para-
pluie[1] *?*

À la vérité, l'attachement indéfectible de
Gourmont à certaines théories scientifiques me
paraît sa seule faiblesse esthétique ; néanmoins
il faut garder à l'esprit que l'idéal scientifique
qui le porta (et le transporta parfois) était plus
proche de celui de Goethe, d'Alexandre de
Humboldt ou, disons, de l'*Introduction à la*
science expérimentale de Claude Bernard que de
celui de Pasteur, de Darwin ou d'Auguste
Comte. Ce qu'il révérait dans l'idéal scientifique était l'esprit de précision et de vérification,
mais il est étrange que lui, l'inventeur de cette
merveilleuse formule « les complaisances infinies de la logique » (laquelle préfigure déjà
l'épistémologie moderne), lui, l'admirateur de
Jules de Gaultier (« L'esprit scientifique, par les
applications qu'il détermine, donne une place
telle dans la vie sociale à l'activité technique, industrielle et commerciale, ainsi qu'à toutes les

1. Frederic Prokosch, *Le Manuscrit de Missolonghi*, Paris, 10/18, 1962, p. 202-203.

formes du souci utilitaire que sous l'apparence d'augmenter le bien-être, il menace de tarir les sources de la joie[1] »), ait pu, à de multiples autres moments, souscrire sans trop de recul à une sorte de mysticisme rationnel que tout le reste de sa pensée ne cessait de railler. Mais personne n'est parfait et c'est aussi cela qui est merveilleux avec Gourmont : cette aptitude et cette facilité à assumer les contradictions, ce en quoi il est sans doute un vrai sage ; la sagesse véritable, en effet, ne consiste-t-elle pas à accepter avec une certaine auto-ironie nos facultés d'illusions bovaryques ?

Et d'ailleurs, pour immédiatement compenser, dans son œuvre même, cet égarement scientifico-bovaryque, il ne faut pas aller chercher bien loin : il suffit de citer ces deux passages du « Dialogue des amateurs », lesquels nous laissent entendre que, avec un tel sceptique, l'esprit utilitaire incriminé plus haut était encore loin de pouvoir « tarir les sources de la joie » :

Le petit tas des connaissances humaines est devenu une grande montagne, mais ce sont les mêmes fourmis qui s'y promènent. Les galeries sont plus longues et s'entrecoupent plus nombreuses, mais elles ne sont pas plus larges, ni plus hautes, et c'est la même nuit.

Puis, quelques pages plus loin, il nous délivre cette magnifique citation de Fontenelle :

1. Je cite de mémoire (quelque part dans *De Kant à Nietzsche*).

« *Il devrait y avoir, dit la marquise, un arrêt du genre humain qui défendît qu'on parlât jamais d'éclipse, de peur que l'on ne conserve la mémoire des sottises qui ont été faites ou dites sur ce chapitre-là. Il faudrait donc, répliquai-je, que le même arrêt abolît la mémoire de toutes choses, et défendît qu'on parlât jamais de rien, car je ne sache rien au monde qui ne soit le monument de quelque sottise des hommes*[1]. »

Quoi qu'il en soit du « scientisme » gourmontien, j'aimerais maintenant toucher un mot de quelques aspects de sa pensée qui me le rendent particulièrement précieux : tout d'abord sa subtile et savante défense du paganisme à travers le catholicisme traditionnel et, par voie de conséquence, son opposition déterminée au protestantisme. Mais citons ces deux passages tirés de *La Culture des idées* dont la modération et l'ambivalence tactique nous apparaissent autrement plus profondes et civilisées que les véhémentes professions de foi athéistes d'un Michel Onfray :

Une religion, c'est un ensemble très complexe de pratiques superstitieuses par lesquelles les hommes se rendent favorables les divinités. On ne perfectionne pas de pareils systèmes ; il faut les accepter tels que les générations les ont organisés, ou les nier rigoureusement. Les plus anciens sont les meilleurs ; c'est une grande absurdité de vouloir rendre raisonnables les jeux des enfants et une grande folie de vouloir épurer

1. *Dialogue des amateurs sur les choses du temps, op. cit.,* p. 47.

les religions. Les jeux surveillés par des maîtres ta-
quins n'en restent pas moins des jeux, quoique moins
amusants ; les religions réformées n'en restent pas
moins des religions, mais dépouillées de toutes leurs
grâces puériles[1].

[...]

Si on néglige les formes passagères et locales, on
peut dire qu'il n'y a jamais eu qu'une seule religion,
la religion populaire, éternelle et immuable comme le
sentiment humain lui-même. Ce qui s'est modifié,
c'est l'esprit religieux, c'est-à-dire la manière d'inter-
préter ou de nier les symboles ; mais ceci se passe en
des têtes qui vraiment n'ont pas besoin de religion,
puisqu'elles discutent. La vraie religion est matière à
croyance et non à controverses. Elle est matière à expé-
riences, mais non à démonstrations historiques ou
philosophiques. Des pèlerins boiteux ont-ils, oui ou
non, laissé leurs béquilles à Éphèse ou à Lourdes ?
Voilà la question, qui n'en fut pas une pour les té-
moins oculaires. Toute idée de vérité doit être écartée
des études religieuses, et même de vérité relative. Une
religion est utile et vit ; inutile elle meurt. La vraie re-
ligion est une forme de la thérapeutique ; mais elle va
plus loin et guérit des maux plus obscurs et avec des
moyens plus naïfs que la médecine naturelle. Elle gué-
rit même la vague inquiétude spirituelle des âmes sim-
ples ; et cela est très beau. Tous les moyens lui sont
bons, soit ; mais ce qui est utile à un homme sans
nuire aux autres hommes n'est jamais mauvais[2].

1. *La Culture des idées*, Paris, Éditions Mercure de France,
1916, p. 174.
2. *Ibidem*, p. 194-195.

Ensuite vient sa conception de l'art et du succès.

Dans l'essai intitulé « Le succès et l'idée de beauté » (inclus dans le recueil *Le Chemin de velours*), il oppose, avec une justesse pleine d'ironie sous-jacente pour les jérémiades récurrentes des « incompris », la puissance et l'intangibilité du mythe populaire du succès en tant que critère de valeur, à la fragilité et l'ambiguïté de celui de beauté esthétique qui n'est, après tout, que le signe de ralliement d'une caste de raffinés — lesquels devraient se satisfaire du plaisir de s'apprécier entre eux et s'interdire de loucher incessamment sur une célébrité plus large — vaste et récurrente comédie pourtant, que les époques successives renouvellent chacune à sa façon, et qui fera toujours le bonheur des satiristes. Cette opinion aristocratique, sans le moindre dédain mais tout simplement réaliste, fut celle de Barbey d'Aurevilly, de Villiers de L'Isle-Adam (dont on sait l'importance qu'il eut dans la vocation littéraire de Gourmont) et de Jules de Gaultier qui, pour sa part, opposait la minorité des contemplatifs à la majorité des actifs (les uns et les autres étant tenus ensemble par la synergie de leur couple mécanique entraînant la roue du monde…) ; mais écoutons ce morceau d'ironie si bien frappé au coin du bon sens :

Le but de l'art étant de plaire, le succès est tout au moins un commencement de preuve en faveur de l'œu-

vre. Plaire, l'idée est très complexe ; nous verrons plus tard ce qu'elle contient ; mais le mot peut servir provisoirement. Donc cette œuvre plaît. Une tour s'est élevée soudain aux accents passionnés de la foule. Voilà le fait. Il faut la démolir. Cela n'est point facile, puisque par une magie singulière, presque tous les béliers dont on la bat se transforment en contreforts qui ajoutent leurs poids à la solidité du monument. Il faut prouver à cette forteresse qu'elle n'existe pas ; à cette foule que son admiration n'a pas remué toutes ces pierres, qu'elle est menteuse, hallucinée ou imbécile. Cela ne se peut pas. Ils trouvent cela beau. Que leur répondre, sinon : oui, cela est beau[1].

Et plus loin cette mise au point d'une précision toute « scientifique » (au sens qu'il lui donnait) :

En somme, ce que la caste [esthétique] appelle beauté, le peuple l'appelle succès ; mais il a appris des aristocrates ce mot vraiment dénué de sens pour lui, et il s'en sert pour rehausser la qualité de ses plaisirs. Cela n'est pas tout à fait illégitime, succès et beauté ayant une origine commune dans les émotions, la seule différence étant la différence même des systèmes nerveux et elles ont évolué. Et d'ailleurs très peu d'hommes sont capables d'une originale émotion esthétique ; la plupart de ceux qui l'éprouvent ne font qu'obéir, tout comme le peuple, à la suggestion d'un maître, au commandement de leurs souvenirs, aux

1. « Le succès et l'idée de beauté », dans *Le Chemin de velours*, Paris, éditions du Sandre, 2008, p. 48.

influences de leur milieu, à la mode. Il y a une beauté de passage aussi précaire que les succès de l'engoue-ment. Une œuvre d'art vantée par la caste d'aujourd'hui sera méprisée par la caste de demain ; et il en restera moins peut-être que de l'œuvre délaissée par la caste et acclamée par le peuple. Car le succès est un fait dont l'importance croît avec la poussière qu'il soulève, avec le nombre des fidèles qui sont venus et qui l'accompagnent en cortège. Les émotions de la caste et les émotions du peuple sont destinées à un même aboutissement ; la nature, qui ne fait pas de sauts, ne fait pas de choix. Il s'agit de faire des en-fants. L'odorat du grand-paon (ou un sens analo-gue) est si développé qu'une larve femelle de ce papillon rare attire, le jour de son éclosion, une nuée de mâles là où la veille on n'en voyait aucun. Cette acuité serait absurde si elle ne servait au grand-paon qu'à se choisir une nourriture plus délicate parmi le troupeau des fleurs, ou, d'une façon quelconque qu'à augmenter son plaisir et son avancement spirituel, la culture de son intelligence. Elle sert au grand-paon à mieux faire l'amour ; c'est son sens esthétique[1].

En troisième lieu, enfin, sa vision subversive de l'instruction et du prétendu savoir. C'est là où, de concert avec Jules de Gaultier et Anatole France, il s'élève à une finesse de conception admirable. Il est fatal que l'opinion de Gour-mont sur ce sujet, à une époque où sévit la mys-tique intouchable de l'enseignement républi-cain obligatoire, ne puisse être qu'un objet de

1. *Ibidem*, p. 54.

grand scandale (voire de poursuites légales pour incitation au dévoiement de la jeunesse) et c'est pourquoi je ne l'évoque ici qu'en tremblant... Celle-ci peut, à mon sens, se résumer dans cet aphorisme, décliné de diverses façons au cours de l'œuvre :

Instruisez un sot, vous amplifiez sa sottise.

... et, sur un plan plus strictement technique, voici ce qu'il en dit dans un passage remarquable de l'essai intitulé « La valeur de l'instruction » (toujours dans ce chef-d'œuvre qu'est le recueil *Le Chemin de velours*) :

... un seul terme [la] résume : l'abstraction. On a fini par admettre dans les milieux enseignants que la vie ne peut être connue que sous la forme du discours. Qu'il s'agisse de poésie ou de géographie, la méthode est la même : une dissertation qui résume le sujet et qui a la prétention de le représenter. Finalement l'instruction est devenue un catalogue méthodique de mots, et la classification remplace la connaissance.

Un homme le plus intelligent et le plus actif ne peut acquérir qu'un fort petit nombre de notions directes et précises ; ce sont cependant les seules qui soient vraiment profondes. L'enseignement ne donne que l'instruction ; la vie donne la connaissance. L'instruction a au moins cet avantage d'être de la connaissance généralisée, sublimée, et pouvant contenir, sous un petit volume, une grande quantité de notions ; mais dans la plupart des esprits, cette nourriture trop condensée reste neutre et ne fermente pas.

Ce que l'on appelle la culture générale n'est le plus souvent qu'un ensemble d'acquisitions mnémoniques, purement abstraites et dont l'intelligence est incapable de faire la projection sur le plan de la réalité. Sans une imagination très vivante et active dans tous les sens, les notions confiées à la mémoire se dessèchent dans un sol inerte ; l'eau qui les amollit et le soleil qui les mûrit sont nécessaires à la germination des graines.

Il vaut mieux ignorer que de savoir mal, ou peu, ce qui est la même chose. Mais sait-on ce que c'est que l'ignorance[1] ?

À la lecture de ce passage, si irrévérencieux pour l'école publique et pour la mystique de l'amélioration humaine par la connaissance, on ne peut que s'étonner une fois de plus que Gourmont ne nous ait jamais commenté l'*Apologie de Raymond Sebond*, où cette position est défendue par Montaigne avec un brio inégalable :

Mais quand la science ferait par effet ce qu'ils disent, d'émousser et rabattre l'aigreur des infortunes qui nous suivent, que fait-elle que ce que fait beaucoup plus purement l'ignorance[2] ?

Cette sorte d'ermite urbain, que la défiguration avait cloîtré de force et qui, depuis son réduit spirituel, régnait sur un monde d'idées et d'images lointaines, exaltait paradoxalement le

1. « La valeur de l'instruction », *ibidem*, p. 65.
2. Je cite de mémoire.

monde naturel et turbulent ainsi que le paganisme sauvage qui mène le monde ; il me plaît de savoir qu'à la fin de sa vie, il connut de nouveau l'amour (platonique certes, mais pour les grands imaginatifs cela est souvent suffisant, voire préférable...) et que cet amour le conduisit à faire un dernier grand voyage, en bateau sur la Seine, en compagnie de sa chère « amazone ». (Et je me réjouis, de surcroît, d'apprendre qu'ils allèrent visiter cet autre grand collecteur d'idées, cet autre merveilleux *scholar* contemporain qu'était Maurice Maeterlinck.)

Pour finir, Natalie Clifford Barney résume parfaitement ce que fut cette ultime escapade :

Trop invalide de corps pour pratiquer le plaisir, trop lucide pour être ambitieux, il lui fut salutaire de prendre le large au bras d'une amazone.

Et plus loin :

Dévasté dans sa chair, en révolte contre Dieu, ayant résisté à toute croyance, il trouva enfin un compromis entre l'amour et la religion dans l'amitié — cette religion de l'intimité [1].

On imagine avec bonheur la suprême exaltation que dut représenter pour le vieux satyre décati cette croisière sur la Seine vers sa Normandie natale, piloté par une demi-déesse, une

1. Natalie Clifford Barney ; cité p. 328 du Cahier de l'Herne consacré à Remy de Gourmont, Paris, 2003.

Athena parisienne, semblant si bien le comprendre et l'apprécier à sa juste valeur. La vie offre parfois, dans ses moments de grâce, d'aussi merveilleuses compensations.

Pour terminer, je suivrai l'exemple de John Cowper Powys[1] en citant le poème de Gourmont « Les feuilles mortes », car s'il est bien une chose qui nous rend Remy de Gourmont essentiel aujourd'hui (je veux dire, à nous, la petite « caste » de ses admirateurs), c'est le talent et la studieuse attention avec lesquels il a su nous rappeler à la richesse de notre mélancolique civilisation latine.

Simone, aimes-tu le bruit des pas sur les feuilles
mortes ?
Elles font un bruit d'ailes ou de robes de femme.
Simone, aimes-tu le bruit des pas sur les feuilles
mortes ?
Viens nous serons un jour de pauvres feuilles mortes.
Viens ; déjà la nuit tombe et le vent nous emporte.
Simone, aimes-tu le bruit des pas sur les feuilles
mortes[2] ?

Cependant, depuis toutes ces années que je me le remémore, je prends conscience que le vers final de ce poème s'est, à la longue, insensiblement transformé dans mon subconscient. Si j'en cherche la raison, il me semble décou-

1. À la fin de son propre essai déjà cité.
2. John Cowper Powys, *op. cit.*, p. 252.

vrir que cette involontaire translation (mais l'enchantement de la lecture n'est-il pas toujours plus ou moins de cet ordre ?) n'a fait que réaliser à mon insu une parfaite synthèse de ma dilection et de mon amitié intemporelle pour l'anachorète païen de la rue des Saints-Pères. Il me semble entendre, en effet, son cher fantôme me murmurer à l'oreille interne :

« Denis, aimes-tu le bruit des pas sur les âmes mortes ? »

DU MÊME AUTEUR

Composition Nord Compo
Impression Novoprint
à Barcelone, le 3 janvier 2011
Dépôt légal : janvier 2011
1er dépôt légal dans la collection : avril 2010

ISBN 978-2-07-043777-1./Imprimé en Espagne.

182520